KB008392

피파 박,
나만의 게임

PIPPA PARK RAISES HER GAME by Erin Yun

This Korean edition was published by See&Talk in 2022
by arrangement with Fabled Films LLC c/o Fabled Films Press
through KCC(Korea Copyright Center Inc.), Seoul.

이 책은 (주)한국저작권센터(KCC)를 통한 저작권자와의
독점계약으로 씨앤톡에서 출간되었습니다.

피파 박,
나만의 게임
PIPPA PARK

에린 윤 지음 | 이은숙 옮김

BASKETBALL
LAKE VIEW
CLEAR FILE
NOTE BOOK
COMIC BOOK
DIARY
BASKET BALL
HISTORY 1
HISTORY 2
MATH
ENGLISH
SCIENCE
PIPPA PARK
GO! LAKE VIEW
SMILE
블랙홀

차례

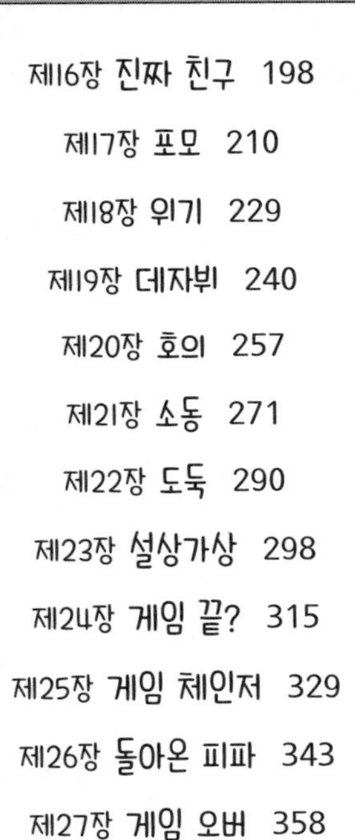

"그날은 나에게 잊지 못할 날이었다.

내 삶에 위대한 변화를 일으킨 날이었기 때문이다.

하지만 그건 어떤 인생에서든 마찬가지다.

– 찰스 디킨스, 『위대한 유산』

★

이 책을 열어 보는 분께:

당신이 여기 있어 행복합니다.

※ 본문에 삽입된 주석은 모두 옮긴이주입니다.

제1장 이상한 만남

공원에 나 말고는 아무도 없었다.

나는 축축하게 젖은 머리카락을 귀 뒤로 쓸어 넘기며, 버려진 미끄럼틀과 텅 빈 공원 의자를 쭉 훑어보았다. 금요일 오후 6시를 이제 막 넘겼지만 비를 맞고 싶어 하는 사람은 아무도 없는 것 같았다.

성큼성큼 앞으로 걸어가자 차가운 바람에 손가락 끝의 감각이 무뎌졌다. 농구공을 잡은 손을 더 꽉 움켜쥐었다. 공식적으로는 아직 여름이 끝나지 않았지만 매사추세츠 주 빅토리아 지역에 자리 잡은 한랭전선은 여길 떠날 기미를 조금도 보이지 않고 있었다.

그래서 이렇게…… 텅 빈 농구장과 형편없는 날씨, 그리고 집에서와 똑같은 암울한 분위기인가 보다.

우리 언니 미나는 최근에 내가 대수학 시험에서 '부적격' 점수를 받았다는 걸 알고는 거의 한 시간 동안 나를 말 그대로 달달 볶았다. 마침내 언니의 잔소리가 끝을 보이자, 나는 농구공과 물병을 움켜쥐고 아파트 밖으로 뛰쳐나왔다. 잠시 집 밖에 있을 계획이었다.

이제 보니 따뜻한 겉옷도 챙겨 왔으면 좋았겠다는 생각이 든다. 아니면 최소한 모자라도 가져올 걸 그랬다. 하지만 비가 오든 해가 나든, 난 아직 집으로 돌아갈 준비가 되어 있지 않았다.

그네가 앞뒤로 흔들리는 놀이터를 지나가는데 녹슨 금속 그넷줄이 바람에 삐걱거렸다. 그네가 내는 날카로운 소리 때문에 두 번이나 어깨너머를 돌아봐야 했다.

농구장은 바로 코앞에 있었는데, 그레이 숲의 시작점을 알려주는 빽빽하게 늘어선 나무에 둘러싸여 있었다. '그레이'라는 이름은 백 년 전 마을에 이 땅을 환원한 한 부유한 남자에게서 따온 것이었지만 오늘 같은 날씨에는 그 이름이 기이할 만큼 잘 어울렸다. 부슬부슬 내리는 빗줄기와 안개 속에서 굵은 나무 기둥이 만드는 어둑어둑한 그늘은 나를 불안하게 만들었다.

뻣뻣하게 굳은 맨손으로 농구공을 돌리면서 중앙선 앞으로 발을 내디뎠다. 숨을 깊숙이 빨아들이자 등 근육의 긴장이 스르르 풀리는 느낌이 들었다. 농구는 내게 언제나 이런 존재였다.

골대를 향해 드리블했다. 손가락 끝으로 튕기는 공의 감각에 집중하자, 풀지 못한 대수학 문제에 관한 걱정과 잔소리하는 언니의 얼굴이 마음속에서 희미해졌다. 모든 순간이 자연스럽게 느껴졌다. 공이 내 몸 밖에 있는 어떤 물건이 아닌 나의 일부 같았다.

자유투 라인을 향해 달려갔다. 두 번 공을 튕겨 드리블한 뒤 농구 골대를 향해 공이 활처럼 날아가도록 던졌다.

휙. 그물 외에는 아무것도 없었다. 공이 그물을 쏙 통과하는 모습을 지켜보는 건 세상에서 가장 만족스러운 순간 중 하나였다. 그리고 자랑은 아니지만 난 자유투를 꽤 잘 던졌다. 사실은 잘하는 것 그 이상이었다. 자유투에 일가견이 있었다.

이것이 내가 학교 농구팀으로 돌아가야 하는 이유다. 난 첫 시도에서 자유투를 성공시켰고(6학년으로서는 굉장한 일이다.) 작년 말까지 쭉 그랬다. 경기마다 선발 선수로 출전했다. 올해 내 계획은 팀의 에이스가 되는 거였다. 하지만 그 꿈은 지난봄, 내 수학 점수가 떨어진 후에 곧 사라져 버렸다. 농구팀에 다시 합류하는 걸 언니가 금지했기 때문이다.

언니 남편, 그러니까 정화 형부는 내 성적이 나아질 거라며 언니를 부드럽게 설득하려 했지만 언니는 그 말에 형부를 잡아먹을 듯이 굴었다. 내가 할 수 있는 최선의 행동은 올해 더 좋은 점수를 받으면 한번 생각해 보겠다는 언니 말에 동의하는 것뿐이었다. 하지만 오늘 첫 시험에서 D를 받았으니 내 꿈은 이제 물 건너갔다.

휙, 휙, 휙.

말할 것도 없이 '옴마Omma'는 언니 편이다. 옴마는 우리 엄마로 이름은 지민이다. 나는 미국에서 태어났지만 엄마는 미국 시민이 아니었는데, 내가 다섯 번째 생일을 맞을 무렵 만료된 취업 비자를 갱신하지 못해서 언니, 형부와 함께 나를 여기에 남겨 두고 떠났다. 비록 한국으로 돌아갔지만 엄마는 불굴의 '한국인 파워'로 여전히 내 삶을 좌지우지하고 있다.

만약 언니가 최근 내 시험 성적을 엄마한테 말한다면, 인정사정없는 훈계를 듣게 될 것이 분명했다. 1만1200킬로미터가 넘는 거리도 엄마에게는 조금도 방해가 되지 않기 때문이다.

엄마의 전화를 받을 생각을 하니 집중력이 와장창 깨져 버렸다. 공이 링 가장자리에서 엉뚱한 각도로 튀어 올라 숲으로 통통 튕겨 들어갔다.

여기까지로군. 한숨을 쉬며 어둑해진 나무들 사이를 살펴보았다. 어두컴컴한 비구름 때문에 시간이 얼마나 늦었는지는 알 수 없었지만 농구를 적어도 한 시간은 하고 있었던 것 같았다.

먼지바람이 불어와 황량한 농구 코트를 휩쓸고 그네를 세차게 흔들어 놓았다. 그네들이 다시 한번 날카롭게 끼익, 소리를 내기 시작했다. 인상이 찌푸려졌다. 언니한테 전화해야 하는데.

어디에 가는지, 언제 돌아올지 말도 안 하고 나와 버렸다. 그건 절대 잘한 짓이 아니었다. 특히 언니가 나한테 이미 화나 있을 때는 더 그랬다.

휴대폰을 꺼내려고 왼쪽 주머니에 손을 넣었는데 휴대폰이 없었다. 오른쪽 주머니에도 없었다. 그럼 그렇지. 집을 박차고 나오면서 휴대폰 챙기는 걸 깜빡했다. 또 무슨 잘못을 하려나? 벌컥벌컥 물을 들이켠 다음 물병을 내려놓고 공의 뒤를 쫓았다.

코트를 가로질러 뛰어가던 나는 숲 가장자리에서 미끄러지듯 멈춰 서고 말았다. 큰 키에 후드를 덮어쓴 형체가 나무 사이에 숨어 있었기 때문이다.

낯선 사람이 내 쪽으로 한 발짝 다가왔다. 그리고 또 한 발, 또 한 발. 나도 모르게 벌어진 입에서 비명이 터져 나온 줄 알았는데, 막상 나온 건 희미한 '아' 소리였다.

사람이 스트레스가 높은 상황에 부딪히면 그에 맞서 싸우거나 도망가는 '투쟁 도주 반응'을 보이게 된다고들 하던데, 난 아니었다. 낯선 사람이 더 가까이 다가왔는데도 반대 방향으로 잽싸게 도망가기는커녕 그 자리에 얼어붙고 만 것이다. 대수학과의 힘겨운 씨름뿐 아니라 언니가 유치원 시절부터 내 머릿속에 반복적으로 주입해 놓았던 '낯선 사람의 위험성' 교육마저 엉망이 되고 있는 게 분명했다. 시 바로 외곽에는 주립 교도소가 있었다…….

이 사람이 도망친 죄수면 어떡하지? 아니면 살인자? 탈옥한 살인자의 다음 희생양이 내가 되는 걸까?

짙은 초록색 후드가 남자의 얼굴에 그림자를 드리우고 있었다. 한 손에는 내 농구공을 들고, 다른 한 손에는 덩치가 큰 검정 케이스를 들고 있었는데 앞은 좁고 뒤는 넓은 형태였다. 저 케이스에 뭘 숨기고 있을까? 마지막 희생자의 잔해? 나도 모르게 불쑥 내뱉었다.

"부탁이에요, 절 해치지 마세요. 우리 언니가 날 죽일 거예요, 그러니까, 내가 죽으면요."

낯선 남자가 멈칫하더니 짜증 섞인 한숨을 내쉬며 내게 공을 내밀었다. 그제야 이 불가사의한 인물이 십대 남학생이라는 걸 알게 됐다. 노련한 살인범이 되기에는 아마도 너무 어린 나이일 것이다. 초록색 후드 아래로 여드름 흉터가 남은 약간 둥그스름한 얼굴이 드러났다. 그걸로 봐서 열일곱 살은 넘지 않은 것 같았다.

"네 공 받아."

초록 후드티가 검정 케이스를 땅에 내려놓으며 무뚝뚝하게 말했다. 감기에 걸린 듯 약간 쉰 목소리였다.

우리 둘은 그때 처음으로 눈을 마주쳤다. 이 무렵에는 내 시력이 어둠에 적응했는지 그 남학생의 눈이 강렬한 적갈색이라는 걸 알아볼 수 있었다.

"고맙습니다."

인사가 자동으로 튀어나왔다. 언니는 항상 내게 '부탁합니다.'와 '고맙습니다.'를 말하라고 가르쳐 왔다. 비록 불가사의한 낯선 사람에게 어울리는 예의범절이 무엇인지는 몰랐지만, 어떤 습관은 쉽게 흔들리지 않는 법이다. 나는 여전히 약간의 경계를 늦추지 않으면서 공을 받아 옆구리에 꼭 꼈다.

그러자 이제 손이 자유로워진 초록색 후드티의 남학생이 청바지 주머니 속으로 손을 쑥 집어넣었다. 뭘 꺼내려는 거지? 나는 뒤로 한 걸음 물러섰다.

남학생이 시큰둥한 표정으로 주머니에서 다름 아닌…… 휴대폰을 꺼내자 다시 정상적으로 숨을 쉴 수 있었다.

"이 근방 중학교 농구팀에서 뛰나 보지?"

"빅토리아 중학교에서 뛰었어. 우리 언니가 성적 때문에 그만두라고 했지만."

멈추려 하기도 전에 입에서 말이 흘러나왔다. 도대체 왜 이 사람한테 말하고 있는 거야?

"아깝다. 잘하던데."

"농구 해?"

내가 뭘 잘못 먹었나? 이제 대화를 계속 이어가는 사람은 바로 나였다.

초록 후드티는 대답 대신 휴대폰을 잠시 노려보다가 살짝 흔들었다. 이어서 주머니를 툭툭 두드려 보고는 인상을 찌푸렸다.

"너 혹시 보조 배터리 같은 거 없겠지?"

나한테 보조 배터리가 없다는 사실을 백 퍼센트 알고 있으면서도 난 주머니들을 탈탈 털어 보았다. 심지어 난 원래 보조 배터리가 없는데도 그랬다.

그런데 '행복한 약속 카스타드 케이크'라고 적힌 꾸깃꾸깃한 봉지 하나가 반쯤 뭉개진 채로 나왔다. 봉지를 가만히 보던 나는 웬일인지 그걸 건네주었다. 후드티 남학생이 필요하다고 했던 물건과는 거리가 멀었지만, 그가 배고파 보인다고 생각한 것 같았다. 아니면 그냥 슬퍼 보였는지도.

"배터리는 없지만 이게 있네. 한국 간식이야. 롯데라는 일등 과자 회사가 만든 거야. 진짜 맛있어."

초록 후드티는 나를 빤히 바라보더니, '행복한 약속 카스타드 케이크'를 한 번 보고는 다시 나를 쳐다보았다. 얼굴이 찌푸려지려는 걸 억지로 참는 듯 입술을 꽉 다물었다. 아니면 결국 나를 죽여야겠다고 심각하게 고민하는 중인지도 몰랐다. 난 침을 꿀꺽 삼켰다.

하지만 곧 후드티의 입술이 부드럽게 풀어지더니 얼굴에 미소가 번졌다.

"고마워."

케이크를 받고는 잠시 멈췄다가 다시 말했다.

"고마워……. 어, 너 이름이 뭐야?"

"아, 피파, 피파 박이야."

세상에! 내 이름을 알려 주면 절대 안 되는 거였는데! 손바닥으로 내 이마를 한 대 치고 싶었다. 이 멍청이!

농구장 바깥쪽 도로에서 자동차 헤드라이트 한 쌍이 불을 밝히자 초록 후드티가 눈을 찡그리며 쳐다봤다. 숲으로 슬금슬금 뒷걸음질 치는 그의 시선이 온 사방으로 흩어졌다.

"만약에 누가 물어보면, 난 여기 절대 안 온 거야, 알았지?"

좋았어, 이제 확실히 수상해졌다.

"당연하지, 심지어 난 그쪽이 누군지도 모르는……."

"고마워, 피파. 피파 박."

그 말과 함께 후드티는 사라졌다. 그리고 난 다시 텅 빈 공원에 서 있었다. 여전히 춥고 여전히 축축하며 여전히 혼자인 채. 게다가 이제는 혼란스럽기까지 했다. 우리가 나눈 대화를 속으로 되새기며, 검정 케이스를 들고 이렇게 차가운 비를 맞으면서 초록 후드티가 사라져 간 숲속을 가만히 쳐다보았다.

보슬비가 폭우로 바뀌기 시작했다. 우르릉거리며 천둥이 치자 몸이 부르르 떨렸다. 나 지금 뭐 하고 있는 거지? 지금 몇 시야? 언니가 날 죽이려 할 텐데!

재빨리 숨을 한번 들이마시고는 농구공을 옆구리에 꽉 끼고 집으로 뛰기 시작했다. 비에 젖은 보도를 가로지를 때 운동화에서 나는 찰박찰박 소리를 들으며 초록 후드티에 대한 모든 생각을 마음에서 떨쳐 버렸다.

무엇보다 그 남자를 다시 볼 일은 없을 것 같았다.

제2장 우리 언니

우리 동네에 도착했을 무렵 나는 홀딱 젖은 채 헐떡거리고 있었다. 숨을 돌리려고 내내 뛰던 속도를 줄여 빠르게 걷기 시작했다.

빗속에서 벽돌처럼 생긴 아파트 건물들을 올려다보았다. 이 부근에 사는 우리를 제외하면 다른 사람들 눈에는 전부 똑같아 보일 것이다. 회색 벽돌로 지은 5층 높이 건물과 짙은 붉은색 문, 그리고 현관 앞 바닥에 문의 벗겨진 페인트 조각들이 엇비슷하게 떨어져 있기 때문이다.

하지만 저마다의 이웃에게 생기를 불어넣을 만큼 작은 차이를 찾는 일이 나한테는 참 쉬웠다. 햇볕에 말리려고 화재 대피

로에 영원히 내놓다시피 한 이씨 가족의 펄럭이는 빨랫감부터(그리고 지금은 완전히 흠뻑 젖어 있었다.) 창문의 크리스마스 전구가 1년 내내 반짝이는 플린 가족, 창턱 아래 알로에 베라 화분이 옹기종기 모여 있는 윌슨 가족에 이르기까지 전부 달랐기 때문이다. 윌슨 부인은 알로에의 연두색 즙이 멍이나 햇볕으로 입은 화상, 그리고 여드름까지 전부 낫게 해 준다고 주장했다.

길모퉁이를 돌아 '럭키 빨래방'을 지나갔다. 작지만 깔끔하게 정돈된 가게로, 창문에는 가게 이름이 파스텔 블루 색깔로 적혀 있었다. 언니는 약 8년 전에 이 빨래방을 열었는데 누구의 기준으로 보아도 엄청나게 잘되는 편은 아니었다. 컴퓨터 칩 제조회사에서 장시간 근무하는 형부의 일과 더불어, 우리 가족이 어찌어찌 망하지 않을 만큼 유지시켜 주는 수준이었다. 엄마가 한국에서 보낼 수 있는 것들을 이것저것 보내 주었지만, 몇 가지 건강 문제로 인해 시간제 근무로 변경한 지금은 그 수가 많지 않았다.

집으로 서둘러 올라가면서 나에게 운이 따르길 기도했다. 부디 언니가 또다시 잔소리를 시작하지 않고 나를 방에 들여보내 주기를. 아파트 2층에 있는 우리 집 앞에 도착해서는 잠시 망설였다. 내 안의 용기를 전부 끌어 모으고, 검고 긴 머리카락을 비틀어 빗물을 조금 짜낸 다음 최대한 조용히 하려고 온 힘을 다

했다. 현관문 열쇠구멍에 열쇠를 집어넣고 천천히 돌려 문을 열었다.

신 '김치kimchi'와 자반고등어 냄새가 희미하게 났지만, 주방에서 누가 움직이는 소리는 들리지 않았다. 비좁은 현관도 다행히 텅 비어 있었다. 언니와 형부 방에서 텔레비전 소리가 약하게 들리자 희망에 부푼 가슴이 두방망이질했다. 아마 언니는 자신이 제일 좋아하는, 오글거리는 K-드라마에 푹 빠져 있을 것이다.

슬그머니 신발을 벗고 내 방으로 향했다. 하지만 채 몇 걸음 못 가서 언니 목소리가 뒤통수에 꽂혔다.

"우리가 널 얼마나 걱정했는지 알아?"

언니가 방문을 벌컥 열고 나오며 호통 치는 소리에 놀라 농구공을 가슴팍에 더 꽉 끌어안았다. 언니는 까만 두 눈을 찡그리고 단단히 쥔 주먹을 허리춤에 얹고는 내 앞에 꼿꼿한 자세로 섰다.

언니 뒤에서는 형부가 넓은 어깨를 움츠린 채 굳은살이 박인 큰 손으로 헝클어진 머리카락을 연신 쓸어 넘기고 있었다. 형부의 걱정스러운 표정은 내가 늦은 것보다는 언니랑 더 관련이 있는 것 같았다. 언니가 화를 내면 모두가 고달팠기 때문이다.

"그냥 공원에 있었어. 시간이 이렇게 된 줄 몰랐어."

공원에서 만난 남자가 잠깐 떠올랐지만 그 사람에 대해서는 아무 말도 하지 않았다. 한편으로는 그 사람이 나한테 말하지 말라고 했기 때문이고, 또 한편으로는 일을 더 복잡하게 만들고 싶지 않았기 때문이다.

"전화하려고 했었는데……."

"그런데 집에 이걸 놓고 나갔지."

언니가 내 말을 끊으며 낡은 휴대폰을 들어 보였다.

"또다시 말이야."

내가 휴대폰을 잡으려 하자 언니는 자기 주머니에 쏙 집어넣었다.

"이 플라스틱 덩어리로 한 달 치 식료품을 살 수 있어, 너한테는 중요하지 않겠지만."

"자, 자, 여보yeobo."

형부가 언니의 목덜미를 풀어 주려는 듯 팔을 뻗었다. 하지만 그런 애정 어린 애교로도 언니를 진정시킬 수 없었다. 언니는 형부의 손을 거칠게 털어 버리고는 나한테 한 걸음 더 다가섰다.

"있지, 네가 그 바보 같은 걸로 드리블하는 데 쓴 시간의 절반을 학교 공부에 썼다면……."

"농구라고 하는 거야."

나는 언니의 장황한 비난을 싹둑 잘랐다.

"뭐라고 부르든지 상관없어!"

"그게 바로 문제일걸? 언니가 절대 상관하지 않는 거!"

나도 사납게 받아쳤다.

"당신도 들었어?"

언니가 웃음기 하나 없는 표정으로 코웃음을 터뜨리며 말을 이었다.

"난 전혀 상관없어."

그 말에 형부의 어깨가 좀 더 축 처졌다. 형부는 우리가 싸우는 걸 싫어했다. 언니도 나도 그걸 알고 있었지만, 형부가 말리려고 끼어들면 상황은 더 나빠질 뿐이었다.

"네 밥을 누가 해 주니? 네 옷을 누가 빨아 줘? 그 잘난 농구랑 이 휴대폰 비용은 누가 내고? 나야! 내 손으로 널 키웠어, 전부 내 손으로! 지금 당장 드는 생각은 내가 널 진짜 이 손으로 키워야 되나, 하는 거야……."

나를 한 대 칠 것처럼 언니의 손끝이 움찔거렸다.

"널 얼마나 더 많이 챙겨 줘야 하니? 넌 내가 해 주는 밥을 먹으면서 내 집에서 살아. 널 내 자식처럼 키웠는데……."

"난 언니 자식이 아니야! 그리고 언니가 얼마나 옴마처럼 행동하든 언니는 내 옴마가 아니고!"

"그래? 내가 옴마가 아니라서 다행이네! 그랬다면 내 딸한테 실망했을 테니까!"

언니가 한 발 더 바싹 다가섰다.

"옴마가 널 두고 가셔서 네가 여기 미국에서 자랄 수 있는 거야. 옴마는 널 위해서 모든 걸 포기했는데 넌 하나도 고마워하지 않는구나."

두 눈에 눈물이 차올랐다. 재빨리 엄지손가락과 집게손가락 사이의 살을 최대한 세게 꼬집었다. 그렇게 하면 눈물을 멈출 수 있다고 인터넷 어디에선가 읽었던 것 같다. 하지만 그럼에도 첫 두어 방울의 눈물이 뺨을 타고 흘러내렸다.

언니 말이 맞았다. 그리고 그게 가장 마음 아팠다. 엄마의 희생에도 불구하고 내 수학 성적이 간신히 최소 통과 점수를 넘는 수준이라는 걸 알게 되면 엄마의 마음이 무너질 것이다.

"울지 마."

언니가 내 눈물을 보고는 목소리를 가다듬으며 팔짱을 꼈다. 내가 받을 수 있는, 사과에 가장 가까운 행동이었다. 말을 잇는 목소리가 약간 부드러워졌다.

"피파, 난 네 성적 문제에 대해 아주 진지해. 네가 어리다는 건 알지만 넌 이제 학교 교육을 진지하게 받아들이기 시작해야 해."

말이 끝날 무렵에는 목소리가 다시 높아지기 시작했다. 언니가 입술을 오므리고 숨을 깊이 들이마셨다. 형부가 언니를 격려

하듯 고개를 끄덕였다. 형부는 언니가 열을 올릴 때마다 숨을 코로 깊이 들이마시고 5초 동안 입으로 내뱉게 하려고 애썼다.

언니가 휴, 하고 숨을 내뱉었다.

"내가 좀 알아 봤어. 레이크뷰 중학교에 무료 개인 과외 프로그램이 있길래 네 이름을 등록했어. 지금부터는 화요일 저녁 시간을 수학 공부에 쓰도록 해."

"뭐? 난 동의 안 해!"

갈 곳 잃은 눈물을 손등으로 문지르며 항의했다. 자만심으로 똘똘 뭉친 끔찍한 사립학교 학생에게 고문을 당한다니 말도 안 된다. 이건 잔인하고 비정상적인 불법 처벌 아닌가?

"네 허락은 필요 없어, 피파. 네 협조가 필요한 일이긴 하지만. 그리고 이걸 돌려받고 싶으면……."

언니가 내 휴대폰을 꺼내 들었다.

"……내가 하라는 대로 해."

싸움이 다시 이어지기 전에 형부가 흠흠 목을 가다듬더니 우리 사이에 끼어들었다. 착하게 생긴 얼굴이 불안한 미소로 움츠러들었다.

"다들 지금 좀 피곤할 것 같은데, 과외 문제는 나중에 상의하면 어떨까?"

"상의할 게 뭐 있어요? 저한테는 선택권이 없는 것 같은데."

나는 화가 나서 톡 쏘아붙이고 언니 손에서 휴대폰을 낚아챘다. 쿵쾅거리며 형부 옆을 지나쳐 내 방문을 거칠게 열고 들어갔다. 난 언니가 어떤 사람인지 알고 있었다. 언니가 저렇게 행동하면 마음을 바꾸는 법이 없었다.

그 후로도 한참 동안 거실에서 언니와 형부 목소리가 들려왔다. 30분 후 형부의 묵직한 발소리가 내 방문으로 향하자, 난 재빨리 불을 끄고 침대 이불 속으로 뛰어들어 머리를 베개 밑에 파묻었다.

삐걱거리며 문이 열렸다.

"피파? 자니?"

난 대답하지 않았다. 형부가 곁으로 다가와 내 머리카락을 살살 헝클어뜨렸다.

"언니 말을 너무 심각하게 받아들이지 마. 너한테 최선을 다하고 싶어서 그러는 것뿐이야."

형부가 속삭이며 내 손을 잡았다. 꽉 쥐고 있던 내 주먹을 천천히 펼치고는 종이 느낌의 얇은 무언가를 손바닥에 내려놓았다.

"언니한테는 말하지 마."

밖에서 들어오는 희미한 빛줄기를 통해 구겨진 5달러짜리 지폐가 보였다. 힐끗 올려다보자 형부의 얼굴이 환해졌다.

"그냥, 얼마 안 되지만 용돈이야. 달달한 것 좀 사 먹으라고.

초코파이 같은 거, 아니면 팥 들어 있는 호두과자 어때? 처제, 그런 거 좋아했잖아. 언니가 그런 걸 사 올 때면 간식 봉지를 숨겨 놔야 했는데. 안 그러면 우리가 하나씩 맛보기도 전에 혼자 다 먹어 버렸던 거, 기억나? 언니가 시리얼 상자나 주방 서랍장, 빈 신발 상자 여기저기에 초코파이랑 호두과자 숨겼던 거."

형부가 웃으며 말을 이었다.

"그런데 항상 다 찾아냈지."

난 억지로 싱긋 웃었다. 형부가 손가락으로 내 콧등을 톡톡 쳤다. 내가 기억하는 옛날부터 형부가 나한테 하루에 한 번씩은 하는 행동이었다. 그러고 나서 형부는 방문으로 향했다.

형부가 문을 닫고 나가자, 참았던 숨을 깊이 내쉬었다. 난 형부가 좋다. 우리 아버지는 내가 태어나고 채 1년이 되지 않아 돌아가셨지만 형부는 나에게 아빠 역할을 하며 빈자리를 채워 주려고 열심히 노력했다. 형부는 자기 주변의 사람들이 행복해하면 자신도 행복해하는 사람이었다. 그리고 만약에, 그러니까, '누군가' 실수로 언니 속옷을 분홍색으로 물들여 버리면 자기 책임이라고 말하는 사람이었다.

한편으로는, 특별한 간식이 모든 고민을 '만사 오케이'로 만들어 준다고 생각하는 사람이기도 했다. 그런 생각이 마음을 스치자 양심의 가책이 느껴졌다. 형부도 나름대로 최선을 다하고 있는데.

하지만 형부의 좋은 의도에도 불구하고 내 미래는 여전히 최악의 상황에 놓여 있었다. 더는 농구팀도 아니고, 게다가 이제는 잘난 체하는 레이크뷰 학생에게 일주일에 한 번씩 고문을 당해야 한다.

미안하지만, 초코파이나 호두과자가 아무리 많아도 이 문제는 해결할 수 없었다.

제3장 하버포드 대저택

화요일에 수학 교실로 터덜터덜 들어간 나는 평소처럼 제일 친한 친구 버디 존슨 옆자리에 앉았다.

"얼굴이 맛이 갔는데."

버디가 내 얼굴을 살피며 말했다. 난 시큰둥하게 툭 던졌다.

"와, 고마워."

버디와 나는 지난 3학년 때 만났다. 버디가 멀고 먼 앨라배마에서 빅토리아로 이사 왔을 때였다. 우리 반의 악당 막시밀리안 그레이버가 버디의 점심 도시락에서 쿠키를 훔친 날, 난 버디에게 버터 와플 과자를 나눠주며 미래에 대한 희망을 전했다. 입속에 와플을 연달아 쑤셔 넣느라 빵빵해진 버디의 뺨에는 눈물이 방울방울 흘러내렸고, 그때 버디의 표정은 우리의 우정을 단단하게 만들어 주었다.

버디는 포동포동한 뺨을 벗고 훌쩍 자랐지만 우리는 그 후 줄곧 친하게 지내고 있다. 심지어 내 얼굴이 맛이 갔다고 말하고도 무사할 만큼 친하다.

오늘이 첫 과외였는데, 이런 불행의 뒤에 어떤 이유가 있는지 생각하느라 얼굴이 구겨졌다. 한숨을 푹 내쉬고 다리를 꼬았다. 오른쪽 운동화 바닥이 끈적거려 신경이 거슬렸다. 복도에서 누가 씹다 버린 껌을 밟은 것 같았다. 또야? 역겹다는 표정을 지으며 운동화 바닥을 흘낏 쳐다보았다.

"이번이 두 번째야, 세 번째야?"

버디의 갈색 눈이 즐거움에 반짝거렸다.

"자자, 피파, 학기 시작한 지 2주밖에 안 됐어."

버디가 길쭉한 다리를 앞으로 뻗으며 자신의 낡은 농구화를 사랑스러운 눈길로 쳐다봤다. 내가 뭐라고 대답하기도 전에 라스콜 선생님이 문을 열고 급히 들어왔다. 선생님은 내가 본 남자 중에 키가 가장 큰 남자로, 실제로 2미터 13센티미터나 되었다. 단체 경기를 좋아하는 타입이었다면 농구팀의 훌륭한 센터가 될 수 있었을 텐데.

안타깝게도 라스콜 선생님 반의 학생인 우리가 보기에는 선생님이 실제 인간과 상호작용하기보다는 시험 점수 매기는 걸 훨씬 더 편안하게 여기는 것 같았다.

"모두 자리에 앉아."

늘 그렇듯 선생님이 굵은 목소리로 말했다.

"다들 앞으로 숙제 전달하고, 교과서 42쪽 펴자."

나는 선생님이 말한 페이지를 펼쳐 놓고 일련의 글자와 숫자를 흘끔 내려다보았다. 뺨 안쪽 살을 질근질근 씹으면서 이게 무슨 뜻인지 이해하려고 노력했다. 핵심 단어를 이해하려고 '노력했다'.

"누가 자원해서 첫 번째 문제의 답을 말해 볼 사람 있나?"

라스콜 선생님이 교실을 쓱 훑어보았다.

전 아니에요, 전 아니에요.

나는 내가 선생님을 보지 않으면 선생님도 나를 볼 수 없을 거라는 터무니없는 생각에 기대며 책상만 뚫어지게 내려다보았다.

"그럼……. 피파, 어떠니?"

내 이름을 부르는 소리에 움찔하고 놀랐다. 제가 자원하는 모습을 하고 있었나요, 선생님?

선생님은 얼핏 방정식처럼 보이는 문제가 적힌 칠판을 가리켰다.

7+2x=3x-1이라면, x는 얼마인가?

침을 꿀꺽 삼켰다. 숫자만으로도 세상 끔찍하다. 도대체 어떤 사악한 인간이 여기에 알파벳을 끼워 넣기로 한 걸까?

모두가 내 대답을 기다렸다. 난 칠판을 뚫어져라 쳐다보았다. 다들 조금 더 기다려 주었다.

그때 뒤에서 누군가 낮게 야유를 보냈다.

"동양인은 수학 잘하는 거 아니었어?"

킥킥, 하고 숨죽여 웃는 소리가 뒤를 따랐다.

얼굴이 찌푸려졌다. 고정관념이란 형편없는 것이지만, 가끔은 그런 고정관념에조차 부응하지 못하는 게 더 형편없게 느껴질 때도 있다. 머리카락 뒤에 숨을 수 있었으면 하는 마음으로 초조하게 머리카락을 잡아당겼다.

버디가 내 의자를 발로 툭 차길래 슬쩍 쳐다보니 입 모양으로 '8'이라고 알려 주었다. 난 그 숫자를 또박또박 큰 소리로 따라 말했다.

"고맙다, 버디."

라스콜 선생님 말씀에 우리 둘의 얼굴이 빨개지고 말았다.

선생님은 긴 한숨과 함께, 단연코 우리 반에서 제일 똑똑한 애인 프란신에게로 몸을 돌려 다음 문제를 물었다.

"4번을 해 보는 게 어떨까, 스테인 양?"

선생님은 '그러면 인류에 대한 내 믿음이 복원될 텐데.'라는 뜻이 담긴 말투로 물었다.

프란신이 숫자를 줄줄이 말하는 동안 나는 고개를 푹 수그리고 있었다. 하지만 내심 진짜 위기는 끝났다는 걸 알고 있었다. 라스콜 선생님은 수업 시간마다 한 번씩만 학생들에게 굴욕감을 주었는데, 이 말은 이제 내가 남은 39분은 수업을 따라가는 척하면서 비교적 편안하게 보낼 수 있다는 뜻이었기 때문이다.

마침내 3시 30분에 종이 울리고 버디와 나는 나란히 학교 출입문을 향해 걸었다. 버디가 물었다.

"우리 집에 갈래? 엄마가 골드피쉬 크래커를 잔뜩 사 오셨거든. 비디오 게임을 하거나 골대에 슛 좀 쏴도 되고."

"그러고 싶은데, 언니가 날 대수학 과외에 등록했어."

버디의 눈썹이 단숨에 곤두섰다. 내가 덧붙였다.

"어떤 레이크뷰 학생이랑 하는 거야."

"페이크뷰* 애가 널 가르친단 말이야? 구찌 안경을 쓰고 자기 이름을 새긴 각도기를 든 애가 등장한다에 10달러 건다."

"윽, 이름 새긴 각도기라니!"

---

*원래의 '레이크(Lake: 호수)'를 '페이크(Fake: 가짜, 거짓)'로 바꿔 부른 것.

난 놀라는 척하며 몸을 움츠렸다.

"진심으로 하는 말인데, 내가 지루해 죽더라도 날 너무 많이 그리워하지는 말아 줘."

"왜 그런 위험을 무릅쓰는 거야? 알다시피 내가 언제든지 널 가르쳐 줄 수 있잖아."

버디가 미간을 찌푸리며 말했다. 난 어깨를 으쓱했다.

"기분 나쁘게 듣지 마. 우리 언니는 A-는 진짜 A가 아니라고 생각하거든."

버디가 실망한 표정으로 제멋대로 뻗은 머리카락을 연신 쓸어 올렸다.

입구의 이중문을 활짝 열고 나와, 화창하고 쌀쌀한 오후의 날씨 속으로 걸음을 내디뎠다. 학생들이 주차장으로 떼를 지어 몰려가고 있었다. 몇몇 아이들은 집으로 데려가 줄 차를 기다리고, 또 몇몇은 어슬렁거리며 수다를 떨고 있었다.

전에 같은 팀이었던 카미가 눈에 들어왔다. 카미는 내가 모르는 어떤 신입 선수랑 이야기를 나누고 있었다. 우린 평소대로 공을 휙 던지는 신호를 주고받으며 씩 웃었지만, 이후 카미는 그 아이와의 대화를 멈추지 않고 이어갔다.

버디가 내 주의를 돌리려고 코를 흥흥거렸다. 버디의 시선을 따라 학교 창문을 올려다보니 우리랑 점심을 같이 먹는 잭 도버가 교실 창 안쪽에 서 있었다. 지저분한 얼룩이 묻은 창문에 우스꽝스럽게 일그러진 얼굴 전체를 대고 꾹 누른 채, 입술을 쭉 내밀고 있었다. 유리창에는 지워지는(부디 그러길) 마커로 '살려 줘.'라고 쓰여 있었다.

"잭이 오늘 또 방과 후에 남는 벌을 받는 게 아니라고 말해 줘."

"정확히 말해서 두 번이야. 이제 세 번이 되겠구만."

"너무하네. 잭은 그 벌을 너무 많이 받아서 면회권을 얻을 자격도 있다고 봐."

내가 동정 어린 목소리로 말했다.

우리는 동네를 향해 계속 걸었다. 레이크뷰 중학교의 과외 선생님은 우리 동네에서 약 1.6킬로미터 떨어진 곳에 살고 있었는데 거기는 부유한 사람들이 사는 시내 지역이었다. 럭키 빨래방이 가까워지자 버디가 걸음을 늦췄다.

"잠깐 들러서 미나 누나한테 인사하고 갈까?"

안쪽을 흘낏 쳐다보았다. 몇몇 사람이 세탁기에 동전을 넣거나, 언니가 허리를 구부리고 다리미판 앞에서 와이셔츠를 다림질하는 동안 의자에 앉아 기다리고 있었다. 언니는 손님과 통화하는지 휴대폰을 어깨와 한쪽 볼 사이에 끼우고 있었다.

"오늘은 안 돼."

난 버디를 재촉했다. 지난밤 이후로 언니 곁에 가까이 있고 싶은 기분이 사라졌다.

거리 끝에 있는 우중충한 구멍가게를 지났다. 초코파이, 농심 신라면 봉지, 그리고 팥소가 든 호두과자를 창가 앞에 진열한 곳이었다. 형부가 나한테 준 용돈을 떠올렸으면 한 통을 전부 살 수 있었을 텐데, 그때는 수중에 50센트밖에 없다고 생각했다.

버디가 자기 집 쪽으로 돌아서면서 작별 인사를 했다. 버디가 가는 모습을 지켜보았다. 버디의 뒤를 따라 골드피쉬 그레이엄 크래커가 가득 찬 버디네 식료품 저장실로 가고 싶었다. 하지만 그러는 대신 우리 동네를 벗어나 시내에 도착할 때까지 터덜터덜 걸었다.

'듀오디너'의 커다란 유리창 안쪽을 힐끗거리며, 안에서 감자튀김과 밀크셰이크를 나눠 먹고 있는 아이들을 부러워했다. 여느 날 같으면 버디와 나도 식당 칸막이 자리에 느긋하게 앉아 있었을 텐데.

듀오디너는 우리가 좋아하는 간이음식점이었다. 문을 밀고 들어서기만 하면 시간 여행을 하는 것처럼 과거의 세상이 펼쳐졌다. 벽에는 낡은 코카콜라 간판이 있고 가죽으로 된 붉은색 칸막이 좌석과 체크무늬 바닥, 그리고 끈적끈적한 옛날 노래를 연주하는 주크박스가 돌아가는 곳이었다.

오늘처럼 화창한 하루를 버디와 함께 초콜릿 선데 아이스크림을 나눠 먹으면서가 아니라, 고리타분한 부잣집 아이의 집에 수학 교과서와 함께 갇혀 낭비한다는 게 작은 비극처럼 느껴졌다.

적어도 신선한 공기를 즐길 시간이 아직 조금은 남아 있었다. 과외가 시작하려면 30분 더 있어야 해서 공원으로 향했다. 몇 사람이 삼삼오오 모여 농구를 하는 픽업 게임을 20분 정도 구경했다. 그런 다음, 너무 이르지만 억지로 몸을 움직였다.

언니가 종이에 휘갈겨 쓴 과외 선생님의 주소를 두 번 확인했다. 퍽 잘사는 집으로 추측할 수 있었는데, 주소에 있는 앨더 다리 서쪽은 널따란 잔디와 화려한 대문이 있는 크고 고급스러운 고가의 주택이 쭉 늘어선 거리였기 때문이다.

다리를 건너자마자 곧 웅장한 주택들이 어렴풋이 눈에 들어오기 시작했다. 목적지인 새티스 가 끝까지 쭉 걸었다. 그리고 그제야, 내 턱이 바닥으로 툭 떨어졌다. 나의 새로운 과외 선생님이 빅토리아 전체를 통틀어서 가장 큰 집 중 하나에 살고 있다는 사실을 알게 되었기 때문이다.

전에 자전거를 타고 여기를 한두 번 지나간 적은 있었지만 실제로 멈춰 서서 그 규모에 감탄한 적은 한 번도 없었다. 솔직히, 이걸 '집'이라고 부르는 건 거의 모욕에 가까웠다. '대저택' 이라는 말이 좀 더 어울릴 것이다.

빅토리아풍의 붉은색 벽돌로 지은 집에는 지붕을 얹은 현관과 거대한 덧문이 달린 창문, 둥근 탑이 있고 앞마당에는 쇠 울타리가 쳐져 있었다.

하지만 이처럼 웅장한 외양에도 불구하고, 정원을 책임지는 사람은 영영 휴가를 떠나 버린 게 틀림없었다. 육중한 정문을 밀고 들어가 현관까지 깔린 돌길 위에 발을 올리자마자, 온 틈새에서 잡초가 무성하게 자라고 있다는 걸 알게 됐기 때문이다. 울타리 옆 관목들도 완전히 제멋대로 자라 있었다. 날카로운 가시 비슷한 것에 발목이 걸리는 바람에 청바지를 잡아당겨 뜯어내야 했다.

현관에서 사자 머리 모양의 묵직한 청동 손 고리를 흔들어 내가 도착했음을 알렸다. 그런데 몇 분이 지나도 아무런 대답이 없었다. 나는 인상을 찡그리며 창문 틈으로 안을 들여다보려 했지만 커튼이 바닥까지 길게 드리워져 있어 아무것도 보이지 않았다.

다시 한번 문을 두드리려는 순간 문이 휙 열렸다. 짙은 색 정장 바지에 빳빳한 감색 와이셔츠를 입고 키가 우뚝한 사람의 모습에 놀라, 나는 한 걸음 뒤로 물러섰다. 희끗희끗한 머리와 검은 사각 테 안경, 짙은 눈썹 아래로 선명한 파란색 눈동자가 빛나는 50세 무렵의 남자였다.

"잡상인은 출입 금지야!"

남자가 소리치듯 말했다. 나는 침을 꿀꺽 삼켰다.

"죄송합니다. 제가 잘못 찾아왔나요? 개인 과외를 받기로 되어 있는데요, 누구냐 하면……. 이름이 E. 하버포드예요."

언니가 준 메모를 확인하며 말했다.

남자의 무성한 눈썹이 서로 뭉치며 일그러졌다.

"E?"

마침내, 눈을 끔뻑거리며 말했다.

"아, 엘리엇을 말하는 거구나. 정말 미안하다, 난 엘리엇의 아버지야."

하버포드 씨가 몸을 돌려 집 안으로 향했다. 분명 내가 따라 들어오기를 바라는 몸짓이었다. 잠시 망설이다가 곧 단단한 참나무 문을 닫고 따라 들어갔다. 자, 알고 보니 내 과외 선생님은 맞춤 각도기를 가진 범생이 여학생은 아닌 것 같았다……. 맞춤 각도기를 가진 범생이 남학생이었으니 말이다.

하버포드 씨의 긴 보폭에 맞춰 허겁지겁 뒤를 따르면서도, 칙칙하고 어두운 나무 패널로 장식된 거대한 현관 입구에 놀라 벌어진 입을 다물 수 없었다. 어마어마한 거실을 지날 때는 빤히 쳐다보지 않으려고 노력했다. 거실은…… 내가 기대한 것과 전혀 달랐다.

화려하게 조각된 가구와 실크, 그리고 벨벳이 가득한 동시에 너무나 '옛날' 식이었다. 마치 이 집을 처음 짓던 그 오래전에 산 것 같았다. 실크는 빛이 바래고 낡아서 올이 풀려 있었고 벨벳은 먼지를 뒤집어써 윤기가 없었다. 벽난로 위에 커다란 그림이 놓여 있었지만 검은 천으로 덮여 있어 어떤 그림인지 알 수 없었다.

거실 제일 끝에는 그랜드 피아노임이 분명한 물체가 웅크리고 있었는데 역시 먼지투성이 천으로 덮여 있었다. 퀴퀴한 공기와 높은 천장 때문에 이곳이 최근 문을 닫은 박물관처럼 느껴졌다. 아이들이 사는 곳이라고 상상할 수 있을 만한 곳은 아니었다.

하버포드 씨가 모퉁이를 돌아 식당으로 들어가자 나도 잽싸게 뒤를 따랐다. 그리고 급히 멈추기 직전에, 내가 지금껏 본 중에서 독보적으로 잘생긴 남자아이가 눈에 들어왔다.

제4장 만찢남

"안녕."

그 독보적으로 잘생긴 남자아이가 말했다. 티 하나 없는 매끈한 피부는 세안제 광고에서 튀어나온 것 같았고 완벽하게 다듬어진 금발을 보면 샴푸를 팔아도 될 정도였다.

"난 엘리엇이야."

지금껏 살면서 내 심장 박동 소리를 인식한 적이 거의 없었는데, 갑자기 근사한 스테레오 스피커의 쿵쿵거리는 베이스 소리처럼 내 가슴을 빠르게 쿵쾅 울리는 박동이 느껴졌다. 소리가 너무 커서 엘리엇에게도 들릴 것 같았다. 사실은, 미국 인근에 사는 사람이라면 누구라도 들었을 것이다.

바로 '이 사람'이 수학 천재 엘리엇 하버포드라고?

내가 줄곧 예상했던 모습은 빼빼 마르고 여드름 난 얼굴에 스티브 잡스처럼 검정색 터틀넥 티셔츠를 입은 천재 공학자 타입이었지, 디즈니 만화에 나올 법한 스타가 아니었다.

난 왜 쳐다보는 걸 그만두지 못하는 거야? 음, 사실 난 그 이유를 알고 있었다. 답은 엘리엇의 눈이 너무 새파래서 내 눈이 깜빡이는 기능을 일시적으로 잃었기 때문이다.

엘리엇이 기다리는 눈빛으로 나를 쳐다보고 있었다. 자신을 소개했으니 이제 내 소개를 할 차례라는 걸 퍼뜩 깨달았다.

"나는……."

어쩜 눈이 저렇게 파랄 수 있지?

"피파!"

마침내 간신히 입을 뗐다. 지나치게 열정적으로 들렸다.

"내 이름은 피파야."

나는 말끝에 불쑥 손을 내밀었다. 엘리엇은 손의 등장이 당황스럽다는 듯 잠깐 내 손을 쳐다보았다. 그러다 드디어 자기 손을 내밀어 내 손을 잡고 흔들었다. 그러자 하얀 교복 셔츠의 빳빳한 소맷단이 뒤로 밀리면서, 햇볕에 그을린 손목의 스마트워치가 반짝이며 모습을 드러냈다. 문득 갈라진 내 손톱과 거칠거칠한 손을 깨닫고 쑥스러워서 내 얼굴이 빨개졌다.

"그래, 피파."

엘리엇의 말투는 열정의 수준이 나랑 다르다는 걸 분명히 알려 주었다. 괜찮다. 일단 나를 좀 더 알면 날 좋아하게 될 테니까.

"피파, 분명히 엘리엇한테서 많은 걸 배우게 될 거다. 엘리엇은 수학과 과학 모두 반에서 일등이니까."

하버포드 씨가 이렇게 말하며 엘리엇의 어깨를 가볍게 두드렸다.

"게다가 올해는 농구팀에서도 뛰지. 바라건대, 공부할 때처럼 코트에서도 열심히 해 주었으면 좋겠구나."

엘리엇이 옅은 미소를 지었다.

"이럴 수가, 포지션이 뭐야?"

내가 적극적으로 몸을 앞으로 내밀며 물었다.

"난 빅토리아 중학교에서 뛰어! 스몰포워드야."

이번 시즌에 뛰지 않을 거라는 말은 하지 않기로 했다.

엘리엇은 어깨를 으쓱했다.

"난 포지션을 바꿀 거야. 그건 그렇고, 우린 수학 공부하려고 만난 거지, 농구 얘기하려고 만난 게 아닌데."

다시 한번 얼굴이 빨개진 나는 두꺼운 적갈색 카펫으로 얼른 시선을 내렸다. 덕분에 엘리엇은 내 눈에서 실망한 표정을 읽지 못했을 것이다.

"그럼 얘들아, 난 이만 가 봐야겠구나."

하버포드 씨가 무뚝뚝하게 말하고는 우리 둘만 남겨 둔 채 성큼성큼 방을 나갔다. 나는 안도의 한숨이 나오려는 걸 가까스로 참았다. 하버포드 씨는 그렇게 친절한 것 같지 않았다. 언니보다도 더 무서운 편이었다.

방을 휙 둘러보았다. 무겁고 어두운 색상의 목제 가구와 검은 천에 덮인 더 많은 그림이 방을 압도하고 있었다. 뒷벽에는 키가 큰 시계가 큰 소리로 천천히 똑딱거리고 있었는데, 그걸 제외하면 집은 으스스할 정도로 고요했다.

"그럼, 어디서부터 시작할래?"

엘리엇이 물었다.

네가 좋아하는 취미부터, 주말에는 뭘 하고 싶고, 여자친구가 있는지 없는지부터…….

"음, 우린 지금 일차 방정식을 배우고 있어, 네가 농구 얘기를 좀 더 하고 싶은 게 아니라면."

희망적인 미소를 지으며 뒷말을 살짝 덧붙였다.

엘리엇이 차가운 눈빛으로 나를 똑바로 바라보았다.

"내가 왜?"

나는 입술을 잘근잘근 씹으며 교과서를 펼쳤다.

"좋아, 일차 방정식 하자."

엘리엇이 자기 공책의 첫 페이지를 펼치고 간단한 문제를 적어 내려가기 시작했다. 그러면서 X, Y, 아니면 다른 어떤 돌연변이 문자가 튀어나오든지 간에 가장 쉽게 찾아내는 방법을 강의하기 시작했다. 엘리엇이 문자와 숫자를 제시했는데, 이 둘을 섞는 게 천재적인 발상인 것처럼 들렸다.

"알겠어."

나는 엘리엇을 따라 고개를 끄덕였다.

집중하려고 열심히 노력했지만 너무 긴장됐다. 이 집은, 그러니까 이 집의 침묵은 퀴퀴한 공기 때문에 재채기가 나올 지경이어도 숨을 죽여야 할 것 같은 기분이 들게 했다.

그리고 엘리엇! 엘리엇은 말도 안 되게 귀여운 것도 모자라 정말로 명명백백히 똑똑했다. 문제 풀이에 집중할 때 미간을 살짝 찌푸리는 모습은 너무도 사랑스러웠다. 내 관심을 끈 또 다른 습관도 있었다. 특별히 어려운 개념을 설명하는 동안에는 셔츠에 달린 단추 하나를 만지작거린다는 것이다.

엘리엇은 아직 레이크뷰 교복, 즉 남색 넥타이와 짝을 이루는 흰색 셔츠, 카키색 바지, 그리고 검정 구두 차림이었는데, 버디와 함께 교복 입는 애들을 놀리는 걸 좋아했던 내 생각을 어느새 바꿔 버렸다.

난 내 차림새를 슬쩍 훑어보았다. 소맷단이 해진 평범한 담홍색 맨투맨 티셔츠, 찢어진 청바지, 그리고 너덜너덜한 컨버스 운동화. 엘리엇이 내가 청바지를 일부러 '찢은' 거라고 생각했으면 싶었다. 사실은 그냥 낡은 거였지만 엘리엇이 그렇게 의심하지 않기를 바랐다.

"이해 돼?"

"뭐? 아, 음……. 그런 것 같은데?"

난 연필을 내려놓았다.

"사실은, 조금 쉬었다 해도 괜찮을까? 손에 쥐가 나서."

엘리엇이 무표정한 눈으로 나를 바라봤다. 나를 완전히 불안하게 만드는 표정이었다.

"그러고 싶다면."

그렇다면, 좋았어.

난 긴장 때문에 땀을 흘리지 않으려고 노력하면서 시큰거리는 손을 주물렀다. 마음 한편에서는 과외 시간이 얼른 끝나서 이 부끄러움을 안고 허겁지겁 도망갔으면 싶었다.

하지만 다른 한편에서는 내 모습이 얼마나 어색한지 신경 쓰지 않고 있었다. 엘리엇을 계속 바라볼 수 있는 한 여길 절대 떠나고 싶지 않았기 때문이다.

무슨 말을 할지 내가 머리를 쥐어짜는 동안 우린 잠시 아무 말 없이 앉아 있었다.

"음……. 레이크뷰 남자 농구팀 꽤 잘하더라."

마침내 조심스럽게 말을 꺼냈다. 엘리엇은 고개를 살짝 갸우뚱할 뿐 대답하지 않았다.

"지난 시즌에 레이크뷰 팀이 우리 팀을 무너뜨렸잖아."

엘리엇이 자기 공책의 페이지를 넘기며 무심히 말했다.

"레이크뷰가 빅토리아 중학교를 꺾은 건 놀랄 일도 아니야. 당연한 거지."

엘리엇은 '빅토리아 중학교'라는 말을, 마치 그 단어에서 역겨운 맛이 난다는 듯 툭 내뱉었다. 벌써 몇 번째인지 모르게 내 뺨이 후끈 달아올랐다. 지금쯤이면 엘리엇은 내 얼굴이 원래 이렇게 생겼다고 생각할 것이 분명했다.

"하지만 레이크뷰 여자 팀은 빅토리아 중학교에 매년 지는 걸."

내가 쏘아붙였다. 엘리엇의 표정이 어두워지자 그건 지적하지 말 걸 그랬다는 생각이 들었다. 분위기를 회복하려고 급히 물었다.

"지금까지 내내 레이크뷰에만 다녔어?"

"당연하지."

엘리엇이 코웃음을 쳤다.

뭐가 '당연하다'라는 거야?

"레이크뷰가 공립학교랑 그렇게 달라?"

엘리엇은 눈을 가느다랗게 뜨며 고개를 갸웃거렸다. 마치 지금까지 들어 본 중 가장 무례한 질문이라는 듯한 표정이었다.

"글쎄, 우선 주 전체 시험에서 레이크뷰의 성적은 서부 매사추세츠의 다른 어떤 학교보다 약 20퍼센트 높아. 연극 프로그램은 최고 중 하나로 꼽히고, 토론 클럽이랑 코딩 클럽 둘 다 전국적으로 인정받고 있어."

엘리엇이 느릿느릿 말을 이었다.

"남자 농구팀은 두말할 필요 없이 주 전체에서 최강 팀 중 하나야. '당연히' 이렇게 달라."

참 이상했다. 솔직히 말해서 엘리엇이 무례하게 굴려는 의도였다는 생각은 들지 않았다. 자기 말이 모욕을 줄 것이라고 생각하지 않은 것에 더 가까웠다. 전부 사실일 뿐이었으니까.

"아, 그리고 우리 급식실에는 정체불명의 고기도 없어."

레이크뷰의 우월함에 대한 이 마지막 증거가 대단히 만족스럽다는 표정이었다.

"지난달 다큐멘터리에서 보기 전까지는 정체불명의 고기라는 게 꾸며낸 얘기인 줄 알았거든."

"걱정하지 마, 그런 건 아무도 안 먹으니까."

난 태연한 척하려고 애쓰며 말했다.

"내 생각에 그건 사람들이 보수용 접착제로 쓰는 것 같아. 복도에서 그런 냄새가 나는 걸 보면."

엘리엇이 순간 웃음을 터뜨렸다가 곧 자신의 웃음에 놀랐다는 표정을 지었다. 다시 진지한 표정으로 돌아와 곧바로 단호하게 물었다.

"아직도 손이 저런 게 아니면 공부 계속할까?"

하지만 엘리엇의 퉁명스러운 말투가 내 가슴에 번지는 따스한 빛을 막을 수는 없었다. 내가 엘리엇을 웃게 했다! 물론 아주 짧은 웃음이었지만……. 한 번 했으면 또 할 수 있을 것이다.

나는 연필을 쥐었고, 엘리엇은 X를 추적해서 답을 찾아내는 게 왜 중요한지에 대한 설명을 이어갔다. 목소리가 또렷하고 확신에 차 있었다.

엘리엇처럼 자신감을 갖게 된다면 어떤 기분이 들까? 부자여서 갖게 됐을까? 레이크뷰에 다녀서 갖게 됐을까? 문득 사립학교 교복을 입은 내 모습이 그려졌다. 카키색 치마, 단추 달린 셔츠, 남색 조끼, 그리고 갈색 옥스퍼드화까지. 레이크뷰 여학생들은 시내를 돌아다닐 때 이런 모습이었고 항상 무척이나 세련되어 보였다.

내 눈은 공책을 내려다보고 있었지만 마음속의 나는 듀오 디너에서 엘리엇의 맞은편에 앉아 함께 감자튀김을 먹고 있었다. 엘리엇은 내가 던진 우스갯소리에 막 웃음을 터뜨리고 있었다…….

쾅!

현관문을 닫는 소리에 번뜩 몽상에서 깨어났다. 누군가 나타나 '안녕' 하고 외치길 기다렸지만 그 대신 재빨리 사라지는 희미한 발소리만 들려왔다.

"어머니셔?"

내가 조심스럽게 물었다.

"아니."

엘리엇이 짧게 답했다.

그으래…….

"있지, 집이 너무 조용한 것 같아. 음악을 좀 틀어도 될까? 가끔은 음악이 도움……."

"이 개인 과외는 네가 집중해야만 도움이 될 텐데."

엘리엇이 내 말을 싹둑 잘랐다.

"알았어, 미안해."

마른침을 꿀꺽 삼키고 수학에 억지로 집중했다.

다행히 수업이 계속 진행되면서 당혹감도 사라져 갔다. 내가 엘리엇이랑 잡담을 나누려고 하지 않는 한 모든 게 순조롭게 흘러간다는 걸 알게 되었다. 엘리엇은 설명을 정말 잘했다. 그리고 놀랍게도, 정말로 방정식이 덜 헷갈리기 시작했다.

6시 정각이 되자 엘리엇이 공책을 덮고 일어섰다. 현관문 쪽으로 걸어가면서 어깨너머로 나를 돌아보았다.

"아."

난 가방에 교과서를 마구 쑤셔 넣으며 벌떡 일어났다.

"다음 주 화요일에 오면 되는 거지?"

종종걸음으로 엘리엇의 뒤를 좇으면서 물었다. 내 목소리가 귀에 거슬릴 정도로 간절하게 들려서 살짝 민망했다.

"그럴걸."

이렇게 대답하며 엘리엇은 이미 현관문을 열어 당기고 있었다. 그러고는 나를 위해 문을 잡아주었다.

나는 밖으로 나와 잠시 머뭇거리다가 말을 꺼냈다.

"그럼……."

하지만 내가 말을 마치기도 전에 문이 닫혔다. 나무 문을 쳐다보면서 문 앞에 놓인 매트에 잠시 서 있었다.

엘리엇은 어떤 사람일까? 확실히 무례하고 단연코 오만하다. 나를 별로 좋아하는 것 같지도 않았다. 어깨가 축 처졌다. 그럼 난 도대체 왜 엘리엇이 그렇게 마음에 든 걸까?

내가 웃긴 얘기를 했을 때 엘리엇이 웃음을 터뜨리던 순간을 다시 떠올렸다. 그때 놀란 표정은 정말 우스꽝스러웠는데. 평소에 얼마나 자주 그렇게 웃는지 궁금했다.

엘리엇의 자만심을 인신공격으로 받아들이면 안 될 것 같았다. 아마도 그저 엘리엇에게는 즐기는 법을 알려 줄 나 같은 사람이 필요했는지도 모른다.

나는 기운을 차리고 어깨를 똑바로 폈다. 그리고 집을 향해 걷기 시작했다.

바로 그거야. 엘리엇은 나에게 수학을 가르쳐 주고, 나는 엘리엇에게 활짝 웃는 법을 알려 주는 거다.

제5장 열망

몸을 오른쪽으로 움직여 속이고 머리는 왼쪽으로, 세 번 공을 튕겨 드리블 후에 이지 레이업 슛.

버디는 너무 뻔하다. 나는 버디에게 공을 던져 주고, 버디가 앞으로 움직이길 기다렸다가 미들 드리블로 다시 뺐었다. 버디는 화가 나서 아스팔트를 걷어찼지만 난 아무것도 모른다는 듯 눈을 끔뻑거렸다.

상대의 상체에 집중하는 게 요령이다. 눈은 거짓말을 할 수 있고 어깨와 발, 머리도 거짓말을 할 수 있기 때문이다. 버디는 그걸 아직 제대로 파악하지 못했다. 슛 기회를 몇 번 뺏긴 버디가 코트 한가운데에 털썩 주저앉아 버린 건 놀랄 일도 아니었다. 버디는 다리를 아무렇게나 늘어뜨린 채 숨을 헐떡거렸다.

"벌써 포기하는 거야? 겨우 22 대 4인데."

내가 놀렸다.

"모두가…… 약자를…… 사랑해."

가쁜 숨을 몰아쉬는 버디의 온몸이 땀에 젖어 번들거렸다. 버디를 이렇게 완패시킨 건 참 오랜만이었다.

"조심해, 피파. 다음에는…… 최소한 22 대 6은 될 테니까."

난 웃으면서 버디를 일으켜 세워 주었다.

우리끼리만 공원에 올 수 있을 만큼 자란 후로 줄곧 토요일 아침은 버디와의 일대일 게임 시간으로 남겨 두고 있었다. 버디가 나보다 연습을 훨씬 많이 했던 초창기에는 내가 이기기 어려웠다. 하지만 이제는 내가 마지막으로 졌을 때가 언제였는지 기억도 나지 않는다. 어쨌거나 지금이 내게는 일주일 중 최고의 두 시간이다.

물병을 꺼내 물을 쭉 들이켠 다음 버디에게 건넸다. 버디가 내게 고맙다는 미소를 보내는 순간 우리 둘의 눈높이가 비슷하다는 걸 깨달았다. 버디는 원래 키가 컸지만 지난 몇 달 동안 나도 콩나물처럼 쑥쑥 자랐다. 지금은 내가 우리 학년 여자애들 중에 가장 크다.

난 좋은데 우리 언니는 분개했다. 나한테 새 신발을 사 주어야 한다는 뜻이기도 했지만, 그뿐만 아니라 이제 내가 언니보다 키가 크다는 뜻이기도 했기 때문이다. 엄마가 즐겨 말했듯이(그리고 언니가 듣기 싫어했듯이), '피파는 계속 자라고 미나는 계속 커지는' 상황이 된 것이다.

버디가 물병을 돌려주면서 눈을 가늘게 뜨고 내 어깨너머를 쳐다봤다.

"저 은색 SUV가 쭉 저 모퉁이에 서 있는데 말이야, 지금까지 10분 동안 아무도 내리지 않았어. 네 추측에는 어때? FBI일까?"

나는 고개를 돌려 버디의 시선을 따라가 보았다. 고급 브랜드 차였는데 창문에 선팅이 되어 있어서 안에 누가 있는지 보이지 않았다. 내가 쳐다보자 차는 시동을 걸더니 자리를 떠났다. 번호판에는 'LKV1'이라고 적혀 있었다.

"그냥 길을 잃었나 보지."

난 어깨를 으쓱하고 말을 이었다.

"이제 그만 가자. 미나 언니가 오늘은 빨래방에서 두 시간 정도 일하라고 했거든. 일단 연료부터 채워야겠어."

몇 주 전에 찾아온 때 이른 추위가 따뜻하게 풀려 있었다. 우리의 또 다른 토요일 전통인 듀오디너의 선데 아이스크림을 먹으러 가는 마음이 참 흡족했다.

가게 뒤쪽 칸막이 좌석을 차지하고, 늘 먹는 메뉴를 버디가 주문하는 동안 나는 동전 몇 개를 꺼내 주크박스로 향했다.

듀오디너에서 주크박스를 처음 봤을 때는 케이팝 노래가 하나도 없어서 깜짝 놀랐다. 그 당시에 나는 한국에서 큰 인기를 끌고 있던 샤이니, 소녀시대, 빅뱅 같은 그룹에 푹 빠져 있었기 때문이다. 하지만 언니와 형부를 제외하고는 그때까지 한국 음악을 들어 본 사람이 한 명도 없었다.

그러다 중학생이 되고, 지드래곤을 아무도 모른다는 사실을 깨닫는 데 그리 오래 걸리지 않았다. 여전히 가끔 〈핫이슈〉나 〈내가 제일 잘 나가〉를 흥얼거리지만 듣는 사람이 전혀 없을 때뿐이다. 공식적으로, 엄밀히 말해 차트 50위 곡이었는데.

하지만 내가 알기로 듀오디너의 주크박스에는 한국 곡이든 미국 곡이든 1980년대 이후의 노래는 하나도 없었다. 나는 버디가 좋아하는 더 후The Who의 고전 록 〈핀볼 위저드Pinball Wizard〉를 골랐다.

"선곡 좋은데!"

듀오디너의 공동 사장인 제넬 아주머니가 말했다. 아주머니는 엄청나게 큰 선데 아이스크림 두 개를 양손에 들고 춤을 추며 다가왔다. 버디랑 나는 항상 바나나 버터 스카치와 핫 퍼지를 하나씩 시켜서 반쯤 먹고 나서는 서로 바꿔 먹었다.

오늘 아이스크림을 서빙하는 분이 제넬 아주머니라는 사실이 반가워 활짝 웃었다. 젝넬 아주머니는 매끄러운 장밋빛 뺨과 활기 넘치는 웃음소리, 그리고 모든 사람의 이름을 기억하는 탁월한 능력으로 듀오디너만의 매력을 상징하는 분이었다.

모든 손님들은 또 다른 사장이자 젝넬 아주머니와 남매간인 하인 아저씨가 아니라 젝넬 아주머니가 서빙해 주기를 기대했다. 젝넬 아주머니가 서빙하면 추가 휘핑크림과 두 배의 체리를 받을 수 있기 때문이다. 하인 아저씨는 계산대에 흘리지 말라고 짜증스럽게 쳐다보거나 툴툴거리며 잔소리하는 쪽에 훨씬 가까웠다.

"건배. 난 이렇게 화창한 날씨가 참 좋아."

버디가 아이스크림 숟가락을 내 숟가락에 짤그랑, 하고 부딪히며 느긋하게 팔다리를 쭉 뻗었다.

"이번 주에는 매일 농구장에 가자."

"노력해 볼게."

나도 버디의 말에 동의했다. 아침에 한 시간 일찍 일어나서 학교 가기 전에 럭키 빨래방에서 할 일을 해치운다면, 아마 언니가 오후에 숙제하기 전에 놀게 해 줄 것이다.

"물론 화요일은 빼고."

"그래, 아직도 믿기지 않아. 너를 페이크뷰 애랑 시간을 보내게 하다니, 미나 누나가 말이야."

버디가 툴툴거렸다.

"실제로 배우는 게 많아. 수학뿐만 아니라, 엘리엇이 레이크뷰에 관해 전부 말해 주거든."

"그래? 엘리엇이 뭐라고 했는데?"

버디가 엘리엇의 '엇'을 딱딱하고 단호하게 발음하며 물었다.

버디의 말투에서 '실제로는' 그 얘기를 듣고 싶어 하지 않는다는 걸 알 수 있었지만, 그래도 말했다.

지금까지 과외 수업을 두 번 받았는데, 엘리엇과 시간을 보내면 보낼수록 엘리엇의 말이 맞는다는 느낌을 더 많이 받는다는 것. 즉 레이크뷰는 정말 우수한 학교이며 레이크뷰 아이들에게는 내가 꿈도 꿀 수 없는 기회가 있다는 것 말이다.

설사 버디가 여전히 그 애들이 잘난 척하는 속물이라고 생각할지라도 난 뒤도 안 돌아보고 레이크뷰에 갈 것이다. 그러니까, 정화 형부가 로또에 당첨되기만 한다면 말이다.

그리고 내가 계속 세어 보거나 하지는 않았지만, 지난주 화요일에는 엘리엇을 두 번 웃게 했다. 엘리엇이 피식 웃음을 터뜨릴 때 고개를 뒤로 젖히는 모습이 참 좋았다.

"뭐, 각종 시험에서 레이크뷰가 빅토리아 중학교보다 훨씬 높은 점수를 받는다는 사실 말고도 코딩이랑 연극 프로그램은 실제로 하버드 수준이야. 그리고 스포츠 말인데! 레이크뷰에는 자체 올림픽 규격 수영장이랑 스쿼시 코트, 테니스 코트, 심지어 펜싱 코치도 있대. 꽤 대단하다는 걸 인정해야지 뭐."

"여자 농구팀은 별로 안 대단해."

버디가 무뚝뚝하게 대답했다.

"작년에 너희가 레이크뷰 여자 농구팀을 얼마나 무자비하게 박살 냈는지 기억나?"

난 그 경기를 떠올리며 버터 스카치를 입힌 바나나를 한 입 떠 넣었다. 다른 어떤 시합보다도 중요했다는 걸 모두가 알고 있었다.

해마다 12월의 첫 번째 금요일에 빅토리아 중학교는 레이크뷰와 맞붙는다. 작년 시합에서 나는 공식적으로는 처음으로 빅토리아 중학교 유니폼을 입고 코트에 올랐고 굉장히 자랑스러웠다. 정확히 따지면 압도적인 승리까지는 아니었지만 우리 팀이 44 대 34로 이겼다. 거기서 내가 9점을 올렸다.

그때의 승리감을 떠올리는 것만으로도 목구멍이 조여 왔다. 어떻게 언니는 나를 농구팀에서 못 뛰게 할 수가 있지? 내가 정말 유일하게 잘하는 게 농구인데, 언니가 그걸 뺏어 버렸다.

버디와 내가 선데 아이스크림을 맞바꾸는데 듀오디너의 앞문이 열리면서 남자아이들 한 무리가 걸어 들어왔다. 맨 앞에 엘리엇 하버포드가 있었다.

숨이 턱 막혔다. 선데 아이스크림의 냉기에도 불구하고, 불구덩이에 빠진 것처럼 두 뺨이 화끈거렸다. 버디가 내 시선을 따라 주위를 휘휘 둘러보았다. 그리고 뭐라고 말을 한 것 같은데 난 대화를 나눌 수 있는 상태가 아니었다. 엘리엇의 금빛 머리에서 딴 데로 주의를 돌릴 수가 없었다.

엘리엇이 앉을 곳을 찾아 좌석을 쭉 훑어보다가 나와 눈이 마주쳤다. 난 쿨하게 보이기를 바라며 차분히 고개를 끄덕였다.

엘리엇은 잠시 멈칫했지만 아무런 표정도 짓지 않았다. 그러더니 몸을 돌려 듀오디너의 맞은편 끝으로 걸어갔다. 엘리엇 패거리가 그 뒤를 바짝 쫓았다.

배가 딱딱하게 굳었다. 엘리엇은 나에게 손을 흔들어 주지 않았다. 웃어 주지 않았다. 심지어 눈도 깜박이지 않았다.

핫 퍼지가 묻은 숟가락을 깨끗이 핥아 거기에 내 모습을 슬쩍 비쳐 보았다.

엘리엇이 아는 척하지 않은 게 당연해.

난 스스로를 나무랐다. 이마에는 까만 머리카락이 땀에 젖어 찰싹 달라붙어 있고 입가에는 묽은 연갈색 버터 스카치가 묻어 있었다. 참혹한 몰골이었다.

나는 숟가락을 내려놓으며 중얼거렸다.

"이제 그만 여기서 나가자."

버디와 나는 아이스크림 값을 나눠 냈다. 세금과 팁을 포함해서 각자 4달러 50센트씩 부담하면 되었다. 구겨진 지폐 세 장과 동전 한 움큼을 테이블에 내려놓았다. 일주일 내내 빨래방에서 일하고 받은 돈이었다.

언니는 내가 빨랫감 4.5킬로그램을 세탁, 건조, 정리할 때마다 1달러를, 손세탁 작업을 할 때마다 50센트를 주었다. 많은 돈은 아니지만 주말마다 아이스크림을 사 먹기에는 충분해서 불평하지 않았다.

우리가 듀오디너를 나갈 때도 엘리엇은 고개를 들어 쳐다보지 않았다. 바깥은 환하고 따뜻했다. 버디가 기분 좋게 휘파람을 불었다.

"오늘 날씨가 얼마나 좋은지 지금도 믿기지 않을 정도야. 내일 자전거 탈래?"

버디가 머리 위로 두 팔을 쭉 뻗으며 물었다.

"언니가 허락해 주면."

내 목소리가 쾌활하다고는 할 수 없었지만 돌아서서 집으로 향하던 버디는 눈치채지 못한 것 같았다. 럭키 빨래방으로 가는 길에 아시아 식료품 상점에 잠깐 들렀다. 내가 좋아하는 한국 간식이 잔뜩 쌓여 있는 곳이었다. 주머니 속, 형부가 준 5달러짜리 지폐를 만지작거렸다.

버디와 함께 먹은 선데 아이스크림으로 배가 꽉 차 있었지만 우울한 내 기분은 기운을 북돋아 줄 무언가를 원했다. 내가 뽑은 최고의 픽은 호두과자 두 개였다.

잡지 매대를 지나는데 어떤 표지가 내 눈을 사로잡았다. 『십대들』이라는 제목의 잡지였다. 표지에는 초록색 눈의 완벽한 금발 소녀가 쓸쓸하게 정면을 응시하고 있었다. 끝내주게 예쁘고 너무나 멋있었다. 난 둘 다 아닌데.

내가 저 여자애처럼 생겼다면 듀오디너에서 엘리엇이 나한테 인사를 건넸을 게 틀림없다.

표지에 적힌 네온색 글자는 이런 약속을 하고 있었다. '화장에 관한 모든 것' 그리고 '가성비 만점 스타일'. 노란색 말풍선 안의 굵은 체리색 헤드라인에는 '새 학년, 새로운 나: 당신이 알아야 하는 쿨해지는 법'이라고 적혀 있었다.

잡지를 살까 말까 잠깐 망설였지만 곧 고개를 흔들었다. 뭐 하러 돈을 낭비해? 난 금발도 아니고 멋지지도 않은데. 절대 그렇게 될 수도 없다. 이제 그렇게 생각하자 호두과자를 먹고 싶은 마음도 싹 사라졌다.

구겨진 5달러 지폐를 다시 주머니에 쑤셔 넣고 가게를 나왔다. 그리고 터덜터덜 빨래방으로 향했다.

제6장 기회

그날 오후 늦게 아파트에 들어서자 매콤새콤하고 맛있는 냄새와 여러 목소리가 나를 반겼다.

"그래서 내가 그 사람한테 말했어, '당신이 직접 김치를 만들지 않을 거라면 김치는 목사님 부인한테 사야 한다는 건 누구나 아는 사실이에요.' 하고."

이웃의 이씨 아주머니가 자신의 말을 강조하려고 주방 식탁을 탕탕 두드렸다.

"사모님samonim, 김치가 제일 맛있죠. 굉장히 새콤하고요."

형부가 동의했다. 내가 주방에 들어가자 형부가 가스레인지 앞에서 고개를 들고 나를 쳐다보았다.

"피파! 제시간에 왔네. 여기에 고추장gochujang 더 넣을까?"

형부가 김치찌개kimchi-jjigae를 한 숟가락 가득 떠서 내밀었다. 나는 국물을 후루룩 마시며 진하고 매운맛을 음미했다. 내 배 속은 아우성을 치면서 점심으로 단것 말고 아무것도 먹지 않았다는 사실을 상기시켜 주었다.

"최고예요."

직접 숟가락을 들고 계속 먹고 싶다는 유혹을 받았지만, 형부가 저녁 시간이 되기 전까지는 못 먹게 할 거라는 걸 이미 알고 있었다.

컵에 수돗물을 가득 채우고 식탁에 앉았다. 내가 제대로 앉기도 전에 흐릿한 갈색과 회색 털 뭉치가 내 무릎으로 뛰어들었다. 아주머니의 고양이 보즈였다. 아주머니는 채 2분도 걸리지 않는 거리에 살고 있었지만 꾀죄죄한 버미즈 고양이 없이는 아무 데도 가지 않았다.

내가 귀 뒤를 살살 긁어 주자 보즈가 만족스러운 듯 골골 소리를 내며 보답했다.

"그래, 피파. 네 언니 말이 수학 과외를 받고 있다던데, 엘리엇이라는 남학생한테 말이다."

아주머니의 까만 두 눈이 호기심에 빛났다.

"하버포드 사람이잖아."

아주머니는 그 이름에 뭔가 특별한 의미가 담겨 있다는 듯이 발음했다.

"네, 맞아요."

속으로 끄응, 하며 내가 대답했다. 아주머니는 뭐랄까……. 예의 있게 말하자면 다른 사람의 삶에 굉장한 흥미를 갖는 분이고 다른 방식으로 표현하면 '오지랖'을 부리는 분이었다.

"하버포드 사람들을 아세요?"

"만나 본 적은 한 번도 없어, 하지만 당연히 그 가족들에 대해서는 알고 있단다. 어쩜 그런 비극이 다 있는지!"

심장이 갈비뼈를 쿵쿵 쳤다.

"그게 무슨 말씀이세요?"

엘리엇한테 무슨 일이 있었던 걸까?

"수년 전이었어. 내가 그저 어린 여자애일 때였지."

아주머니의 나이가 어느 정도인지는 몰랐지만, 아주머니가 한국에서 여기로 온 1960년대에 십대였다는 건 알고 있었다. 무엇에 관한 이야기이든 간에 엘리엇이 태어나기도 훨씬 전에 일어났던 일이 분명했다. 마음을 진정시키며 몸을 아주머니 쪽으로 기울였다.

"무슨 일이 있었는데요?"

갑자기 나까지 약간 오지라퍼가 된 기분이었다.

"대참사였지."

아주머니는 침울한 어조로 이야기를 꺼냈지만 흥분해서 반짝이는 두 눈은 이야기꾼의 역할을 즐기고 있음을 알려 주었다.

"온갖 신문이랑 텔레비전에 다 나왔어. 그땐 내 영어 실력이 그리 좋지 못했지만 어쨌든 그 얘기는 다 읽을 수 있었단다. 알다시피 하버포드는 이 동네에서 굉장히 중요한 가족이었거든. 그 사고에 우리 모두 충격을 받았지."

"사고요?"

내가 되물었다.

형부가 동정 어린 눈으로 혀를 끌끌 차며 아주머니의 잔에 차를 더 따라 주었다.

"하버포드 집안의 딸인데, 이름이 에블린이었던 거 같아. 에블린이 보스턴 심포니 연주자로 활동하고 있었거든."

과거를 회상하는 아주머니의 눈가에 잔주름이 생겼다.

"에블린이 참여하는 첫 번째 대형 공연이었단다. 에블린의 오빠, 그러니까 엘리엇의 할아버지랑 할머니가 공연을 보러 가던 길이었는데 어떤 미친놈이 도로에서 그 부부의 차를 치고 달아났지 뭐니. 그래서 그 어린 아들은 고아가 되었단다."

그 부부의 어린 아들이라면 엘리엇의 아버지일 것이다.

"끔찍해라! 그 운전사를 잡았으면 다행인데요."

형부가 소리쳤다.

"엎친 데 덮쳤어."

아주머니가 하던 말을 잠시 멈추고 차를 길게 한 모금 마셨다. 얼른 이야기를 계속했으면 하는 간절한 마음에 달달 떨리는 다리를 멈출 수가 없었다. 아주머니가 마침내 다시 이야기를 시작했다.

"에블린의 아버지가 그 소식을 듣고는 뇌졸중을 일으키고 말았지. 사람들 말로는 그 영감이 딸 때문이라고 했대. 그간 딸이 음악 하는 걸 인정하지 않았다는 거야. 가엾게도 가족 전체를 잃고 말았지, 한꺼번에 말이야!"

"하버포드 할아버지의 부인은 어떻게 됐어요?"

형부가 물었다. 아주머니가 손을 휘휘 저었다.

"아, 그 할머니는 그 일이 있기 전에 세상을 떠났어."

나는 비극적인 딸의 이야기가 더 듣고 싶었다.

"에블린이란 분은 어떻게 됐어요? 엄청난 충격을 받았을 것 같아요."

"모르겠구나. 새티스 가에 있는 하버포드 저택은 오랫동안 비어 있었어. 판자로 막아 놓았었거든. 그런데 판자가 치워진 걸 보니 누군가 그 집에 돌아온 게 틀림없는 것 같아. 하지만 에블린에게 무슨 일이 있었는지는 나도 몰라. 피파, 네가 과외 받는 곳이 거기니?"

아주머니가 차를 한 모금 마시며 물었다.

나는 고개를 끄덕이며 내 자리로 돌아왔다. 와! 그러니까 엘리엇에게는 비극적인 가족사가 있었구나. 에블린 하버포드가 지금 어디에 있는지 궁금했다. 틀림없이 할머니가 되었을 텐데. 이씨 아주머니보다 더 늙었을지도 모른다. 아직 살아 있을까? 빅토리아에서 살았을까?

현관문이 쾅, 하고 닫히자 보즈가 펄쩍 뛰어오르며 내 무릎에 발톱 자국을 남겼다. 곧이어 언니가 주방으로 갔다. 언니가 아주머니와 인사를 나누는 동안 난 방으로 냉큼 들어갔다.

샤워를 하고 나와서 헝클어진 침대에 누웠다. 금이 간 천장 페인트 자국을 빤히 바라보았다. 엘리엇과 그 가족에 관한 생각을 멈출 수가 없었다.

"피파! 와서 식탁 좀 차려! 식사 시간이야."

언니가 주방에서 불렀다.

마음속에서 엘리엇을 밀어내려고 노력하면서 주방으로 갔다. 저녁을 먹는 동안 나는 말을 많이 하지 않았다. 여전히 엘리엇과 엘리엇의 대고모 에블린을 생각하고 있었기 때문이다.

엘리엇에게 대고모님에 관해 물어봐도 될까? 엘리엇이 나한테 마음을 여는 계기가 될지 모른다. 하지만 반대로 엘리엇의 화만 돋울지도 모르는 일이었다.

직접 해 보기 전까지는 어떻게 반응할지 모르는 거야.

마침내 결심했다. 엘리엇과 나눌 진심 어린 대화를 상상해 보았다. 신경질적인 반응으로 시작하겠지만 내가 자신을 얼마나 많이 걱정하는지 알고 나면 마음의 벽이 와르르 무너져 내릴 테고, 머지않아 나에게 마음을 쏟아내면서 우린 서로의 두 손을 맞잡게 될 것이다.

그래, 모험해 볼 가치가 분명히 있어.

월요일 아침에 나는 알람 소리를 못 듣고 쭉 자 버렸다. 그래서 하교 후에야 빨래방 일을 할 수 있었다. 집에 도착했을 때, 온통 건조기 열기로 땀을 흘리던 내 귀에 언니와 형부가 거실에서 나누는 대화 소리가 들려왔다. 그런데 내가 거실에 들어서자 갑자기 조용해졌다. 두 사람이 동시에 나를 쳐다봤다.

심장이 쿵, 하고 떨어졌다.

"뭐? 내가 뭘 어쨌다고?"

언니가 아무 말 없이 내게 두툼한 봉투를 내밀었다. 입구가 뜯어진 봉투 안에는 발신자 이름과 주소가 화려하게 찍힌 크림색 종이가 들어 있었다. 편지지 상단의 엠블럼이 익숙하다고 느끼던 순간, 엘리엇의 교복에 있던 것과 똑같다는 사실을 깨달았다.

"이거 레이크뷰에서 온 거야? 여기서 왜 우리한테 편지를 보냈대?"

"장학금 제안서야!"

형부가 자랑스럽게 가슴을 쫙 펴고 소리쳤다. 그러면서 입이 찢어질 듯 크고 환하게 웃었다.

"학교 투어 하러 한 번 오래!"

형부가 열정적으로 말을 이었지만 내 눈이 글자 위로 날아가면서 형부 목소리는 흐릿하게 뒤로 묻혔다.

김미나, 김정화 님께,

레이크뷰 학교를 대표하여, 두 분의 피보호자인 피파 박 양에게 장학금 수령 기회를 줄 수 있게 되어 기쁘게 생각합니다. 아시다시피 레이크뷰는 지난 1923년부터 새로운 세대에 걸맞은 가장 훌륭한 미래 지도자와 혁신가, 그리고 사상가를 양성해 오고 있습니다.

본교 여자 스포츠팀의 역량을 강화하려는 노력의 일환으로, 저희는 모집 가능성이 큰 지역사회 내 재능 있는 선수와 접촉해 왔습니다. 피파 학생의 농구 실력이 가장 많은 추천을 받았으며, 저희는 피파 양이 레이크뷰 재규어스의 일원으로 활동하는 동안 학부 성적인 GPA를 3.0 이상으로 유지할 수 있다는 조건 하에 본교의 프로그램에 대해 전액 장학금을 지원할 준비를 마쳤습니다.

언제쯤 본교를 방문하여 유일무이한 본 제안에 대해 논의하고 레이크뷰 학교 투어를 하실 수 있는지 알려 주시기 바랍니다.

회신을 기다리겠습니다.

안녕히 계십시오.

신입생 모집 담당
앨리슨 무어 드림

편지를 거듭 읽어 보았다.

이게 진짜라고? 내가 레이크뷰 중학교랑 조금이라도 관련 있는 일이라고는 작년에 빅토리아 중학교에서 열린 시즌 개막전뿐이었다. 레이크뷰 중학교에는 가 본 적도 없었다. 그 시합에 나온 레이크뷰 팀의 누군가가 나를 기억하고 있던 걸까?

"우리 꼬마 '강아지gangaji', 네가 너무 자랑스럽다!"

형부가 내 볼을 살짝 꼬집었다. 'gangaji'는 한국어로 강아지라는 뜻이다. 형부는 끝없이 기운이 넘치는 나를 보면 항상 강아지가 떠오른다며 이렇게 불렀다.

"옴마도 그러실 거야."

난 어리둥절해서 형부와 언니를 번갈아 쳐다보았다.

"어떻게 이런 일이 있을 수 있어?"

"우린 네가 설명해 줄 줄 알았는데?"

언니가 처음으로 입을 뗐다. 황당하면서도 약간 의심스럽다는 표정이었다.

"우린 이 일과 관련해서 분명히 아무 짓도 안 했어."

"나도 안 했어! 심지어 레이크뷰 중학교에서 내가 아는 사람이라고는 단 한 명……."

잠시 말을 멈췄다. 엘리엇? 엘리엇이 이 일이랑 무슨 관련이 있는 건 아닐까?

분명 아니다. 엘리엇이랑 농구 이야기를 나누려고 여러 번 시도했지만 엘리엇은 별 관심이 없었다. 내가 경기하는 모습을 본 적도 없으니 엘리엇은 내가 농구를 잘하는지 못하는지도 모를 것이다.

"……네 수학 과외 선생님뿐이잖아."

언니가 나 대신 말을 마무리하고는 눈살을 찌푸린 채 생각에 잠겼다.

“그 과외 프로그램이 우수한 잠재력이 있는 학생들을 식별하는 방법이었을지도 모르겠어. 좀 이상하긴 하지만…….”

“그럼 어쨌든 이 일은 당신한테 책임이 있네, 여보. 피파의 과외 계획은 당신이 세운 거니까.”

형부가 언니에게 환한 웃음을 지으며 말했다.

편지를 들고 있던 손이 바들바들 떨리기 시작했다. 이상하게 웅웅거리는 소리가 귓속을 가득 채웠다. 가능한 일일까? 내가 생각했을 때 나랑 레이크뷰 중학교를 연결하는 유일한 고리는 엘리엇 하버포드인데, 엘리엇이 나를 장학생으로 추천하는 일이 정말로 가능한 걸까?

믿을 엄두가 나지 않았다. 그런데 문득 내 안에서 희망의 풍선이 부풀어 오르기 시작했다.

어마어마하게 멋진 시설과 우수한 성적을 자랑하는 레이크뷰 중학교에 갈 기회가 생긴 것이다. 심지어 코딩팀에 들어갈 수 있을지도 모른다! 머리가 빙빙 도는 것 같았다. 분명 뭔가 이상한 일이 일어났다.

그리고 무엇보다, 어쨌든 엘리엇이 나를 정말로 좋아하는지도 모른다…….

꺄아악, 하고 소리 지르며 언니에게 달려들어 몸을 꽉 감싸

안았다. 언니 뺨에 뽀뽀한 다음에는 형부의 크고 단단한 몸을 팔로 꽉 끌어안았다. 그러고 나서 내 방으로 황급히 들어갔다. 이 기쁜 소식을 버디에게 전해야 했다.

땀에 젖은 손으로 편지를 움켜쥔 채 다른 한 손으로 버디에게 메시지를 보냈다.

버디! 방금 믿을 수 없는 일이 일어났어.

라스콜 쌤이 A 주셨어?

나 사립학교에 가!!

뭐?

레이크뷰 농구팀에 내가 필요하대!
나한테 장학금을 준다는 거야!

꽤 오래 답이 없음.

하지만 미나 누나가 절대 농구 못 하게 할걸.

마침내 답이 옴.

하게 해 줘야 해! 장학금을 제공하는 조건이야!

또 한 번 꽤 오래 답이 없음.

와, 뜬금없네.

뜬금없다고? 할 말이 그게 다야? 약간 상처받은 느낌이었다. 그때 또 다른 메시지가 떴다.

대단해, 물론. 그쪽에서 정확히 널 어떻게 찾아냈대?

내 생각에는 엘리엇을 통한 것 같다고 버디에게 말해 줘야 할까? 그러지 않기로 했다. 정확한 건 아니니까. 그리고 어쨌든 버디는 이미 내 소식에 그다지 열광하는 것 같지도 않았다.

몰라.

몇 분 더 기다렸지만 버디는 다시 메시지를 보내지 않았다.

묶고 있던 머리카락을 잡아당기며 인상을 찡그렸다. 버디의 반응이 내 행복 위로 옅은 구름을 드리웠다. 하지만 나쁘게 받아들이지 않기로 했다. 무엇보다, 만약 버디가 나를 두고 근사한 사립학교로 간다고 했으면 나도 당연히 상처받았을 것이기 때문이다. 난 그저 버디가 차라리 일찌감치 이 상황을 받아들이기를 바랄 수밖에 없었다.

한편, 내가 해야 할 다른 일이 생겼다. 형부가 준 5달러짜리 지폐가 아직 있는지 확인하려고 주머니를 뒤졌다. 그리고 아파트를 서둘러 빠져나갔다.

"2분 안에 돌아올게!"

어깨너머로 소리쳤다.

길모퉁이의 아시아 식료품 상점으로 달려가 곧장 잡지 매대로 향했다. 『십대들』이 아직 자리를 지키고 있었다. 화려한 금발 소녀 역시 여전히 표지에서 포즈를 취하고 있었다. 그리고 나를 애태웠던 바로 그 기사, '새 학년, 새로운 나!'.

잡지를 움켜쥐고 계산대에 돈을 내려놓았다. 초조한 마음으로 거스름돈을 기다렸다가 잔돈이 손에 들어오자마자 다시 집으로 내달렸다.

거실로 질주해 들어오는 나를 언니가 쏘아봤다.

"숙제야."

나는 숨을 헐떡거리면서 내 방으로 쏙 들어갔다. 언니한테는 그렇게 보이지 않을 수도 있겠지만 나한테는 숙제가 맞다.

형광펜을 들고 침대로 몸을 던졌다. 작업을 시작할 준비가 됐다. 이제 나는 절대적으로 '쿨해지는 법'을 배울 필요가 있다. 레이크뷰 중학교에 다니게 됐기 때문이다.

재미있고 자신감 넘치는 사립학교 버전의 피파로 다시 태어날 시간이었다. 주름 하나 없는 빳빳한 교복을 입고 잡지에 나오는 여자애처럼 머리를 근사하게 손질한 피파. 엘리엇이 한눈에 반할 만한 피파.

침대에 엎드려 손으로 턱을 받치고 잡지를 읽기 시작했다. 배워야 할 게 너무 많았다.

제7장 첫인상

레이크뷰 학교 투어는 그 주 화요일 오후 1시 30분으로 예정되어 있었다. 나는 정확히 12시 45분에 빅토리아 중학교에서 언니를 만나 가장 가까운 버스 정류장으로 향했다. 언니가 두 사람 요금을 낸 다음 자리에 앉자, 버스가 거칠게 덜컹거리며 출발했다.

정신을 바짝 차리려고 노력하면서 길게 뻗은 도로를 멍하니 바라보았다. 뱃속이 요동쳤다. 평상시의 나는 수업을 빼먹으면 마냥 신이 났지만 오늘은 너무나 긴장돼서 이 상황을 즐길 수가 없었다.

"피파."

몇 분 후에 언니가 낮게 으르렁거리며 나를 불렀다.

"왜?"

언니가 손을 내 무릎에 올려놓았고, 그제야 내가 다리를 위아래로 달달 떨고 있었다는 사실을 깨달았다.

"긴장 풀어, 그냥 학교 투어야. 아무리 너라고 해도 이걸 망칠 수는 없어."

세계 최고의 자신감 코치가 들려주는 정말 대단한 격려 말씀이었다. 침을 꿀꺽 삼켜 보려 했지만 입안이 바짝 말라 있었다. 가만히 앉아 있으라고 나 자신을 억누르며 『십대들』에 나와 있던 '쿨해지는 법'을 속으로 복습해 보았다.

법칙 1, '될 때까지 그런 척해라.', 이건 자신이 쿨하다는 확신이 들지 않을 때조차 자신감 있게 쿨한 척 행동하라는 얘기다. 이론상으로는 이해가 가지만 현실에서는 실현 가능성이 낮아 보였다. 그러다 내가 진짜 자신만만한 멍청이처럼 행동하면 어쩌란 말인가? 사람들이 나를 재미있고 독특한 애로 생각할지, 아니면 그저 비웃을지 알 수 없다.

법칙 2가 조금 더 쉬워 보였다. '더 원하게 놔둬라.', 이 말은 기본적으로 새 친구를 만드는 데 너무 열심인 것처럼 보이면 안 된다는 뜻이다. 필사적으로 보일 테니 말이다. 법칙 2는 법칙 4와 어느 정도 연결된다. '약간의 신비로움을 유지해라.'였다.

그러니까 네 인생 이야기 전부를 모든 사람에게 당장 얘기하지는 마, 피파. 아이들이 너를 궁금해하게 놔 둬.

나는 자신에게 충고했다.

이제……. 법칙 3이 뭐였지? 그걸 생각해 내기 전에 버스가 울퉁불퉁한 정류장으로 미끄러져 들어갔다. 언니가 자리에서 일어섰다.

"다 왔어."

침을 꿀꺽 삼키며 언니를 따라 버스에서 내렸다.

우리는 엘리엇의 집을 지나 도시의 가장 부유한 지역에 와 있었다. 우리가 서 있는 블록에 집은 하나도 없는 것 같았다. 대략 내 어깨높이의 긴 돌담만이 보도를 따라 늘어서 있을 뿐이었다. 블록 가운데에 황동 정문이 열려 있었다. 학교로 들어가는 입구였다. 우리는 그 입구를 지나 양쪽에 우뚝 솟은 나무들이 그늘을 드리운 판석 길을 걷기 시작했다.

레이크뷰는 지금까지 내가 본 그 어떤 학교와도 비슷하지 않았다. 고풍스러운 벽돌로 지은 건물이 사방으로 펼쳐지는 거대한 저택이었다. 암녹색 덧문으로 경계가 나뉜 높은 창들이 광활한 잔디밭을 내다보고 있었다. 오른쪽 주차 구역을 가득 메운 스쿨버스와 자동차들은 산울타리에 반쯤 가려 있었다. 왼쪽에는 벽돌로 지은 다른 건물이 몇 채 있었는데 그중 한 창문에 금색으로 '피터슨 체육관'이라고 적혀 있었다. 우와, 체육 수업만을 위한 별도의 건물인 거야?

이 모든 상황을 받아들이기 위해 걸음을 잠시 멈추었다.

잠시라도 내가 여기 속할 수 있다는 생각을 왜 했을까? 여긴 부잣집 아이들이 다니는 학교야. 나 같은 애가 아니라.

나는 고개를 저었다.

'될 때까지 그런 척해라.'라니, 내가 누굴 속인다는 거야? 난 여기에 절대 어울리지 않을 것이다.

"피파, 어서 움직여. 늦고 싶지 않다고."

언니가 앞장섰다.

내 시선이 마지막으로 교정을 훑었다. 그리고 나서, 나는 마음 저편에 있는 나약한 생각을 억눌렀다. 여긴 정말이지, 너무나 굉장한 곳이었다. 난 이 학교에 '다녀야만' 했다.

내가 가난하다는 건 아무도 알 필요가 없어.

언니의 뒤를 따라잡으며 생각했다.

그리고 아이들이 일단 나를 알게 되면 날 무척 좋아할 거야, 가난은 중요하지 않을 거야.

우리는 건물 입구에 도착했다.

이제 시작이야.

숨을 깊이 들이마시며 치맛단을 끌어내렸다. 몸에 딱 붙는 심플한 감청색 원피스는 지금까지 딱 두 번 입었다. 한 번은 크리스마스 미사 때, 또 한 번은 언니 친구의 결혼식 때. 가장 화려한 옷은 아니었을지 모르지만, 언니 말대로 나를 최소한 '남 앞에 나서도 될 만'하게는 만들어 주는 옷이었다. 레이크뷰에 오는데 찢어진 청바지와 빛바랜 티셔츠를 입을 수는 없었기 때문이다.

"예의 바르게 구는 거 잊지 마. 하지만 궁금한 건 물어봐."

언니가 다시 한번 알려 주기에 고개를 끄덕였다.

우리는 이중 유리문을 열고 안으로 들어갔다. 바람이 잘 통하고 빛이 가득 찬 공간이었다. 앞면이 유리로 된 진열장이 벽에 늘어서 있고 그 안에 사진, 트로피, 학교 기념품들이 섞여 보관되어 있었다. 공간 한쪽은 오래되었지만 편안해 보이는 의자와 긴 나무 벤치가 놓인 좌석 구역이고 다른 한쪽은 붉은 머리 여성이 미소를 띤 채 책상 뒤에 앉아 있는 안내 데스크였다.

"학교 투어를 하러 오신 분들 같네요."

우리가 머뭇거리며 둘러보자 붉은 머리 여성이 말을 걸었다.

언니와 내가 책상으로 다가갔다.

"교장 선생님과 1시 30분에 약속이 되어 있어요. 미나 김과 피파 박입니다."

약간 경직된 목소리였다.

"아, 네. 1분만 기다려 주시면 헤드마스터*께 두 분이 여기 오셨다고 말씀드릴게요."

그러고는 자리에서 일어나 책상 뒤에 있는 문 중 하나로 사라졌다.

교장 선생님이 아니라 헤드마스터구나. 언니의 뺨이 살짝 붉어지는 게 보였다. 언니가 겁을 먹었을지 모른다는 생각이 들었다. 강인하고 거침없는 우리 언니가 긴장했던 적이 언제였는지 기억도 나지 않았다.

언니가 휴대폰으로 시간을 확인하는 동안 나는 유리로 된 트로피 케이스를 천천히 돌아보았다. 황동으로 만든 컵 옆에 남자 축구팀 사진이 액자에 담겨 걸려 있었다. 뒷줄 가운데에 있는 엘리엇을 발견한 순간 심장이 멎는 듯했다. 엘리엇을 제외하고는 사진 속 모든 사람이 웃고 있었다. 엘리엇은 눈을 약간 가늘게 뜬 채 카메라를 똑바로 바라보고 있었다. 마치 사진사에게 도전하는 것처럼 보였다.

"피파?"

돌아보니, 안내 데스크 직원이 사라졌던 문에서 어깨가 넓은

* 주로 사립학교의 교장은 '교장 선생님(principal)'이 아닌 '헤드마스터(headmaster)'라고 부른다.

여성이 나타났다. 남색 바지와 흰색 블라우스, 그리고 세련된 줄무늬 재킷을 입고 있었다. 짧게 자른 갈색 머리카락은 관자놀이 부분에서 막 회색이 보이기 시작했다.

"난 부헤드마스터인 조애너 소프라고 해."

손을 내밀며 말했다.

나는 땀에 젖은 손바닥을 원피스에 재빨리 문지른 다음 선생님과 악수했다.

"'부'헤드마스터라고요?"

언니가 힐난하는 목소리로 따라 했다.

"피파의 언니 되시겠군요."

소프 선생님이 언니 쪽으로 돌아보며 말을 이었다.

"죄송합니다, 일정에 뜻밖의 차질이 있었어요. 헤드마스터가 자리를 비워서 제가 대신 두 분을 뵈러 왔습니다."

선생님은 멋스럽게 꾸며진 사무실로 우리를 안내한 다음 자리에 앉으라는 몸짓을 했다. 나는 의자에 앉아 창밖을 내다보았다. 체육관 너머의 바깥에 작은 호수가 햇빛을 받아 반짝반짝 빛났다. 물론, '레이크뷰' 중학교 안에 있는 호수임이 틀림없을 것이다. 호아!

"오늘 이렇게 와 주셔서 감사합니다."

소프 선생님 말씀에 다시 주의를 집중시켰다.

"두 분과 함께 필요한 요건을 검토해 보려고 합니다. 그냥 피파가 레이크뷰와 잘 맞는지 확인하는 거예요, 물론 그 반대의 경우도요."

난 이렇게 외치고 싶었다.

'전 잘 맞아요! 완전 잘 맞아요!'

하지만 그러는 대신, 선생님 책상에 놓인 병에서 레몬 사탕 한 알을 꺼내 손에 놓고 조몰락거리면서, 날 째려보는 언니의 눈길을 무시하려고 애썼다.

"먼저, 네 학교 성적을 살펴보았는데 수학 점수에 약간 아쉬운 부분이 보이더구나."

소프 선생님의 부드러운 목소리는 날 진심으로 걱정하는 듯 들렸다.

언니가 당연하게 혀를 쯧쯧 차자 나는 움찔했다.

"네, 맞아요."

선생님 말씀에 동의하며 재빨리 머리를 굴렸다.

"하지만 운이 좋게도 저는 지금 레이크뷰에서 진행하는 수학 과외 프로그램에 등록되어 있어요. 이미 잘 아시겠지만요."

내 가슴이 한 뼘 부풀어 올랐다. 내가 생각해도 꽤 괜찮게 들렸다.

"아, 그러니?"

난 놀라서 선생님을 쳐다보았다. 이 장학금을 받을 수 있었던 건 엘리엇과의 과외 덕분이라고, 적어도 나는 그렇게 추측했는데 선생님은 그 사실을 모르고 있는 게 이상했기 때문이다. 하지만 내가 부연 설명을 하기 전에 선생님이 말을 이었다.

"좋아, 정말 훌륭해. 물론 너한테 이런 제안을 하기로 한 건 어느 정도는 네 농구 실력 때문이지만 우린 빅토리아 지역사회에 대한 의무 역시 깊이 생각하고 있거든. 과외 프로그램은 그런 책무의 일환이야. 이 제안도 그런 거고. 넌 그저 운동하러 여기 오는 게 아니라, 배우러 오는 거야."

"들었어?"

언니가 완전히 이해되었다는 표정으로 물었다.

소프 선생님이 덧붙였다.

"우리의 장학금 제안이 네 농구 활동, 그리고 학기 중 GPA 점수 3.0 유지 여부에 따라 결정되는 이유가 바로 그것이란다."

선생님은 내가 집중해서 듣고 있는지 확인하려고 나를 쳐다보았다.

"거기엔 네 수학 성적이 포함돼."

이마 선을 따라 송골송골 땀이 솟는 게 느껴졌다. 맞다, GPA 이야기는 레이크뷰에서 온 편지에도 있었다. 하지만 소프 선생님과 함께 티 없이 깨끗한 이곳 사무실에 앉아 있다 보니 갑자기 상황이 좀 더 심각하게 느껴졌다. 레이크뷰는 성적에 정말 진심이었다.

"할 수 있어요."

끌어 모을 수 있는 자신감을 모두 모아 내가 대답했다.

"수학이 문제가 되진 않을 거예요."

선생님의 입꼬리가 살짝 올라갔다.

"그래, 네가 할 수 있는 거 알아."

"반드시 할 수 있게 할게요."

언니가 작게 말했다.

"그럼 이제, 농구 연습은 월요일부터 금요일까지 방과 후에 바로 시작해. 아마드 코치님이 첫날 네 모습을 관찰한 다음에 네가 팀에 어떻게 어울릴지를 결정하실 거야."

선생님이 내 시간표와 사물함 번호가 적힌 종이를 묶어 건네주는 순간 인상적인 클래식 음악이 스피커에서 흘러나왔다.

"6교시 종이 치네. 저 곡 제목을 말할 수 있겠니?"

선생님이 미소를 지으며 물었다.

난 자신감을 잃고 고개를 저었다. 적어도 이를 악물게 할 만큼 시끄러운 빅토리아 중학교의 종소리보다는 훨씬 멋지게 들렸다.

"베토벤 심포니 5번이야."

선생님은 살짝 실망한 것 같았다.

"걱정하지 마. 이제 여기 레이크뷰에서 전 세계 음악계의 중요한 인물을 더 많이 배우게 될 테니까."

"멋지네요."

이 학교에 케이팝을 한 곡이라도 아는 사람이 있을지 궁금해하며 대답했다.

"이제 언니와 선생님이 몇 가지 세부 사항을 검토하는 동안 넌 공식적인 학교 투어를 시작하면 돼. 올리브 지오다노가 구경시켜 줄 거야. 올리브는 유치원 때부터 여길 다녀서 구석구석 다 알고 있거든."

유치원 때부터라고?

잠시 의아했다가 레이크뷰는 유치원부터 8학년까지 연결된다는 사실이 기억났다.

"네, 좋아요."

대답은 했지만 손바닥이 땀에 젖기 시작했다. 나는 아직 새로운 동급생과 첫 만남을 가질 준비가 되어 있지 않았기 때문이다. 그 애가 날 보자마자 싫어하면 어떡하지?

그나마 '언니가 나랑 함께 학교 투어를 하지는 않잖아.' 하고 나 자신에게 말했다. 이건 나의 새로운 시작이고 나에 대한 다른 아이들의 첫인상이 언니가 복도에서 내게 소리 지르는 모습이 되길 바라지는 않았다.

소프 선생님이 문을 열어 주며 이제 나갈 때가 되었다는 분명한 신호를 주었다.

"감사합니다."

작게 웅얼거리고 다시 로비로 향했다. 두 걸음을 걷기도 전에, 약간 누런 피부에 짙은 색 머리의 여자애가 달려왔다.

"올리브 지오다노, 학생 홍보대사야."

자신을 소개하는 목소리에 콧소리가 섞여 있었다.

"안녕, 난 피파야. 난……."

나도 나를 소개하려고 했는데 올리브가 벌써 말을 시작했다.

"전학생이 올 거라는 얘기를 들었을 때 꼭 내가 구경시켜 주어야겠다고 생각했어. 단지 수업을 빼먹을 수 있어서만은 아니야. 하! 여긴 전학생이 많지 않거든. 너무 신나……. 넌 많은 주목을 받게 될 거야."

올리브는 생각만으로도 기분이 좋은 것 같았다.

"자, 가자."

올리브가 내 팔을 꼭 붙들었다. 나를 잡아끌자 올리브의 참 장식 은팔찌에 매달린 작은 구슬들이 가볍게 흔들렸다.

복도를 돌아다니면서 올리브는 원래 무도회장이었던 급식실이나 강당 같은 주요 건물들을 하나씩 짚어 주었다. 그러면서 제일 좋은 선생님과 최악인 선생님부터 가장 맛있는 점심 메뉴에 이르기까지 학교생활의 모든 것에 대해 재잘거렸다. 가장 귀여운 남학생의 순위를 매기기 시작하자 내 생각이 엘리엇에게로 옮겨가는 바람에 올리브의 목소리가 흐릿해졌다.

바로 지금 이 순간, 이 학교 어딘가에 엘리엇이 있었다. 전교생이 교실에 있는 시간이었는데도 불구하고, 모퉁이를 돌면 엘리엇이 보일지 모른다거나 어느 화장실에서 불쑥 튀어나올지 모른다는 희망을 버릴 수 없었다.

"체육관으로 가 보자."

올리브의 말에 정신이 번쩍하고 현실로 돌아왔다.

"네가 농구부 신입 부원이라고 들었어."

마치 기밀 정보라도 되는 듯 올리브가 목소리를 낮추어 속삭였다.

"맞아."

내 얘기는 꺼내고 싶지 않았지만 농구에 대한 열정을 숨기기가 어려워 말을 이었다.

"난 전에……."

"우리 학교 남자팀은 정말 잘해."

올리브가 내 말을 끊더니 남자팀의 순위에 관한 몇 가지 통계를 술술 풀어 놓기 시작했다.

우리는 체육관으로 들어갔다. 따스하고 습한 공기를 들이마시자 염소 성분 같은 냄새가 났다.

"수영장은 아래층에 있어. 올림픽 규격이야."

올리브가 알려 주었다.

내가 아무 말도 안 하면 또다시 내 말을 끊지는 못할 거라고 생각하면서 고개만 끄덕였다. 문 왼쪽에는 매트와 역기가 있는 방이 유리벽으로 막혀 있었다. 한쪽 끝은 클라이밍 벽처럼 보였다. 바로 앞은 체육관 그 자체였다. 올리브가 안으로 이끌자 난 기분 좋은 놀라움에 휩싸여 멍하니 쳐다보았다.

온 사방에 있는 높은 창문들 덕분에 수천 톤의 가을 햇살이 들어와 반들반들 윤이 나는 마룻바닥을 따스하게 비추었다. 양쪽 끝에 있는 농구 골대 말고도 사이드라인을 따라 연습용 골대와 백보드가 설치되어 있었다. 각 벽에는 검붉은 색 관중석이 늘어서 있었다. 이곳 전체가 완벽하게 아름다웠다.

원피스 차림으로 농구공이 없는데도 코트에 서 있다는 사실만으로 마음이 흥분되었다. 나는 두 눈을 감았다. 팬들의 응원소리가 진짜로 들렸다. 운이 좋으면 나를 응원하는 소리도 들을 수 있을 텐데.

"작년에는……. 하지만 여름 내내 연습한 덕분에 올해는 결국 팀에 들어갔어!"

내 생각에 푹 빠져 있느라 올리브가 한 마지막 말만 겨우 들을 수 있었다. 난 놀라서 올리브한테 고개를 돌렸다.

"너도 농구팀이야?"

"응. 빨리 팀 동료가 되고 싶어! 너랑 난 친구가 될 거야, 난 알아."

난 희미한 미소를 지었다. 올리브가 날 많이 좋아하는 것으로 보여 다행스러웠다. 하지만 나에 대해 알고 난 후에도 정말로 날 좋아할까? 올리브가 보여 주는 호의는 내 실제 성격보다는 내가 전학생이라는 사실과 좀 더 관련 있다는 느낌을 받았기 때문이다. 특히 우리가 만난 후 올리브가 나라는 사람에 관한 건 하나도 묻지 않아서 더 그랬다.

학교 투어의 다음 차례는 저널리즘 클럽이었다.

"학교 신문을 발행할 때는 내내 여기 있곤 했어. 하지만 농구팀에 들어가고 나니까 더는 신문을 발행할 시간이 없어졌어. 아, 방금 좋은 생각이 떠올랐다. 너에 관한 기사를 쓸 수 있을 거야, 그럼 애들이 널 잘 알게 되겠지!"

"난 그렇게 생각 안……."

내가 입을 열었지만 스피커에서 나오는 다른 클래식 음악 때문에 말이 끊겼다. 올리브가 얼굴을 찌푸렸다.

"벌써 종이 치는 거야? 좋았어, 이제 복도가 꽉 찰 거야."

올리브가 내 팔에 팔짱을 꼭 끼며 말했다.

"이렇게 하면 군중 속에서도 우린 떨어지지 않을 거야."

본관 건물을 지나면서 올리브가 말한 '군중'이 무슨 뜻일까 궁금해졌다. 복도 양쪽에 있는 교실 네 곳에서 쉰 명쯤 되는 아이들이 나왔는데, 그건 각 교실에 약 열두 명에서 열세 명이 있다는 뜻이었기 때문이다. 난 고개를 절레절레 흔들었다. 빅토리아 중학교에서는 반마다 최소 서른 명이 있었다.

우리가 다시 현관홀로 들어가는데 희끗희끗하고 헝클어진 머리에 유난히 키가 큰 사람이 모퉁이를 휙 돌아가는 모습이 언뜻 보였다. 눈이 휘둥그레졌다. 엘리엇의 아버지, 하버포드 씨 아니었나? 오늘 엘리엇을 일찍 데리러 오신 걸까?

올리브가 나를 잡아당겼다. 하버포드 씨는 시야에서 사라졌지만 내 마음은 엘리엇에게로 향했다. 엘리엇이 아픈 게 아니었으면 좋겠다. 오늘은 화요일이고 이따가 과외 수업 때 엘리엇을 볼 수 있는 날이기 때문이다. 내가 레이크뷰에 갈 거라는 소식을 전하면 엘리엇이 어떤 반응을 보일지 알고 싶어 가슴이 터질 것 같았다.

난 레이크뷰 학생이야!, 하고 생각하자 맥박이 빨라졌다.

지금 이 순간이 오기 전까지는 충분히 실감 나지 않았다. 하지만 이제는 고개를 뒤로 젖히고 이 세상에 나의 행복을 소리쳐

알리고 싶었다.

난 맹세했다.

난 다 잘할 거야. 난 농구 코트를 지배하고, 점심시간에는 멋진 아이들과 같이 앉고, 위대한 작곡가들에 대해서 배울 거야. 심지어 모든 수학 시험에서 일등을 할 거야. 엘리엇은 나를 좋아할 수밖에 없을 거야.

난 활짝 웃었다.

오늘, 새로운 피파 박이 태어난다!

제8장 입성

그날 오후, 하버포드 저택에 공부하러 가는 일이 내게는 몹시 중요한 사건처럼 느껴졌다. 딱 일주일만 지나면 내가 '엘리엇의 학교'에 다니기 시작할 것이기 때문이다.

나는 뭐든 다 잘할 거라는 결심을 이미 실행에 옮겼다. 레이크뷰에서 수업 시간을 알릴 때 틀어 준 베토벤 심포니의 온라인 녹음본을 찾아냈다. 그리고 잡초가 무성한 하버포드 저택 앞마당을 걸어가면서 헤드폰으로 그 곡을 듣고 있었다. 분명 샤이니는 아니었지만 그렇다고 끔찍하지도 않았다.

현관으로 올라서는데 진입로에 주차된 은색 SUV가 눈에 띄었다. 번호판에는 'LKV1'이라고 적혀 있었다. 나는 얼굴을 찡그리며 전에 어디서 봤었는지 생각해 내려고 했다.

그때 갑자기 떠올랐다. 지난 주말 농구장 옆에 주차되어 있던 차였다!

생각이 빠르게 굴러갔다. 이제 모든 게 하나로 합쳐지고 있었다. 엘리엇은 내가 농구 하는 걸 보고 있었다. 엘리엇은 그날 아버지와 함께 차에 있던 게 틀림없다. 그래서 나를 장학생으로 추천한 것이다. 정말로 엘리엇이었다!

초인종을 누르는 내 마음은 노래를 부르고 있었다. 엘리엇은 정말 나를 좋아했어. 그래야지!

엘리엇이 문을 열자 나는 헤드폰을 목으로 끌어 내렸다.

"안녕. 음, 저기……."

엘리엇이 손으로 머리카락을 쓸어 올리며 먼저 말을 꺼냈다. 하지만 난 참을 수가 없었다.

"고마워, 정말 고마워!"

이렇게 소리치고는 충동적으로 엘리엇을 안아 주려고 다가갔다.

"난 너무 좋아!"

"너 뭐 하는 거야?"

엘리엇이 놀란 표정으로 몸을 뒤로 홱 뺐다. 그러다 옷의 단추 하나가 내 헤드폰 줄에 걸려 버렸다. 헤드폰 잭이 휴대폰에서 뽑히자, 휴대폰 스피커에서 오케스트라 연주가 큰 소리로 쾅 쾅 울렸다. 엘리엇의 얼굴에 완연한 공포가 떠올랐다.

"이 시끄러운 소리는 뭐야?"

어둑한 집 안쪽에서 날카롭게 다그치는 소리가 들렸다.

"그것 좀 꺼! 지금 끄라고!"

엘리엇이 낮지만 몹시 화난 목소리로 말했다.

나는 어안이 벙벙해서 휴대폰을 더듬었다. 휴대폰 화면을 옆으로 밀었지만 움직이지 않았다. 몇 번 잽싸게 두드리는 동안 베토벤의 우레와 같은 선율이 계속해서 요란하게 터져 나왔다.

"엘리엇!"

날카로운 비명이었다. 마침내 간신히 음악을 조용히 시키자마자, 키가 크고 뼈가 앙상히 드러난 몸의 나이 든 여인이 현관으로 성큼성큼 다가왔다. 나는 휴대폰을 가방에 집어넣다 말고 그대로 얼어 버렸다. 사람을 빤히 쳐다보는 게 무례한 행동이라는 건 알고 있었지만 어쩔 수 없었다.

여인의 백발은 머리 꼭대기에 매우 풍성한 모양으로 얹혀 핀으로 고정된 것이, 마치 버섯 같았다. 움직일 때마다 반짝거리는 긴 검정 드레스를 입고 얇은 검은색 숄을 어깨부터 늘어뜨렸으며, 손에도 역시 팔꿈치까지 오는 검은색 장갑을 끼고 있었다. 진주 한 줄이 목에서 반짝이고 있었다. 이 사람은 한낮에 왜 이렇게 차려입고 있는 거지?

여인은 마치 문으로 불쑥 날려 온 무슨 쓰레기나 되는 것처럼 나를 쳐다봤다.

"이 사람은 누구지?"

엘리엇의 얼굴이 아무 그림도 없는 가면처럼 매끈하게 펴졌다.

"얘는 피파 박이에요. 제가 수학 과외를 하고 있어요. 피파, 이 분은 에블린 대고모님이셔."

"아, 안녕하세요."

난 경외감에 휩싸여 대답했다. 에블린 대고모님이구나! 이씨 아주머니가 얘기했던 바이올리니스트이자 가족이 모두 돌아가신 바로 그분이었다.

악수를 청해야 하나? 무릎을 구부려 절을 해야 하나?

에블린 대고모님의 옷차림새를 생각하면 왠지 절을 하는 게 좀 더 적절할 것 같았다. 하지만 나는 절을 어떻게 하는지 몰랐다.

이런 생각들이 내 머릿속을 돌아다니는 동안 이 노부인은 차가운 시선으로 나를 위아래로 훑어보고 있었다. 이윽고 입을 열었다.

"나를 하버포드 양이라고 부르면 된다."

"네."

난 순순히 동의했다.

"유감스럽지만 오늘은 엘리엇이 네 과외를 해 줄 시간이 없구나. 집에서 몇 가지 할 일이 있거든."

하버포드 양이 알려 주었다.

"아……."

확인하고 싶은 마음에 엘리엇을 흘낏 쳐다봤지만, 엘리엇은 무표정하게 나를 바라볼 뿐이었다.

"뭐 다른 볼일 있니?"

하버포드 양의 말투가 차가웠다.

어깨가 풀썩 내려앉았다. 나는 고개를 가로저었다. 이 노부인과의 입씨름에서 이길 자신이 없었다.

"아뇨, 어. 그럼 이만 가 볼게요."

"엘리엇은 다음 주에 만날 수 있을 거다."

내가 돌아서는데 하버포드 양이 말했다.

다음 주! 엘리엇에게 말하고 싶었던 것, 바로 내가 레이크뷰에 다닐 거라는 이야기가 머릿속에서 완전히 사라졌었다. 하지만 이제 기억이 났다.

몸을 획 돌렸다.

"그냥, 레이크뷰에 가게 돼서 정말 행복하다고 말하고 싶었어. 그리고 장학금이랑 전부 다 정말 고마워. 그럼 월요일에 만나, 학교에서."

엘리엇이 고개를 갸우뚱하며 눈을 가늘게 떴다. 그러면서 입을 살짝 벌렸지만 뭐라고 말하기도 전에 대고모님이 내 눈앞에서 문을 쾅 닫아 버렸다.

월요일 아침, 푸짐하게 차려진 아침 식사가 주방 식탁에서 나를 기다렸다. 황설탕과 시나몬, 바나나가 토핑된 오트밀, 오트밀과 함께 먹을 솔티드 아몬드, 갓 자른 망고 한 접시, 오렌지 주스 한 컵 가득, 그리고 동그란 엿yeot 한 판.

심지어 형부는 시간을 들여 냅킨과 은제 식기까지 꺼내 놓았다. 공장 교대 시간인 오전 6시에 맞춰 집을 나서기 전에 이걸 전부 차려 놓은 것이다.

너무 다정한 형부가 고마워 식욕이 좀 더 있었으면 싶었지만, 엿 한 입과 과일 몇 조각 말고 더는 먹을 수가 없었다. 엿을 작게 부순 다음, 태피taffy처럼 달콤한 이 당과를 억지로 씹었다. 엿은 특히 학업과 관련해 행운을 가져다준다고 여겨진다. 난 미신을 그렇게 많이 믿지는 않지만, 오늘은 어떤 위험도 감수하고 싶지 않았다.

속으로 그런 생각을 하면서 재킷 왼쪽에 있는 레이크뷰 엠블럼을 만져 보았다. 손가락으로 방패 무늬의 가장자리를 따라 그렸다. 자수 장식마저 정교하고 대단하게 느껴졌다. 꼭 새로운 나처럼 말이다.

토스터에 비친 내 모습을 살펴보았다. 티 하나 없이 깔끔한 흰색 블라우스와 카키색 치마를 입은 나는 이미 '피파 박 버전 2.0'이 된 것처럼 보였다. 그럼 이제 절반은 성공한 거 아닌가?

'될 때까지 그런 척해라.'

"가자, 첫날부터 늦으면 안 되잖아."

언니가 열쇠를 움켜쥐며 말했다.

가방을 집어 들고 서둘러 언니 뒤를 좇아 차에 올랐다. 앞으로는 학교까지 먼 길을 혼자 걸어가거나 스쿨버스를 타야 한다. 하지만 오늘처럼 특별한 날, 형부는 기꺼이 대중교통을 이용하겠다며 언니에게 낡고 오래된 스바루를 남겨 두었다.

언니가 차에 시동을 걸자, 잡지에 나온 쿨해지는 법칙 4가 떠올랐다. '약간의 신비로움을 유지해라.' 말이다. 수상한 구석이 있긴 해도 말이 되는 소리였다. 빅토리아 중학교에서 온 보통 학생 피파 박, 허름한 아파트에 살고 빨래방에서 일하는 나라는 사람은 물질적으로 인기를 끌 수 있는 타입은 아니었다.

하지만 사람들이 나에 대한 진실을 찾아내지 않는 한 레이크뷰에서 나는 무엇이든 될 수 있었다. 내가 장학금을 받는다는 사실을 아는 유일한 사람은 엘리엇인데, 엘리엇이 그걸 누구한테 말할 거라는 생각은 들지 않았다. 말을 많이 하는 성격이 아니기 때문이다.

"긴장되니?"

언니의 물음에 생각이 끊겼다.

고개를 드는데 갑자기 배 속이 꼬이며 경련이 일었다. 레이크뷰까지는 이미 절반 정도 온 상태였다.

"아니."

난 거짓말을 했다.

언니가 내 손을 힐끗 내려다보았다. 둥글게 만 주먹을 너무 꽉 쥐고 있어서 손가락 마디가 하얘지고 있었다.

"내가 맞혀 볼게. 넌 지금 새 친구를 사귀는 일, 아니면 다른 아이들이 너를 좋아할지 안 좋아할지 그 걱정을 하고 있어, 맞지?"

언니 말이 너무 정확해서 깜짝 놀랐다.

"그러지 마. 네 성적에 집중해. 시험 점수가 낮아서 장학금을 못 받으면 빅토리아 중학교로 돌아가야 한다는 걸 기억해야지."

나는 마치 심박수가 적당히 높지 않아 걱정이라는 듯 뺨 안쪽을 잘근잘근 씹었다. 언니가 주차 구역으로 들어가면서 말을 이었다.

"자, 기억해. 수업에 집중해. 넌 여기에 친구 사귀려고 온 거 아니야, 넌……."

"여기 공부하러 왔어."

"그리고 말썽……."

"부리지 않고 얌전히 있을게, 방과 후에 남는 벌을 받으면 역시 장학금을 못 받게 될 수 있으니까."

"그리고 피파, 마지막으로, 네가 자랑스러워."

눈썹이 위로 쑥 올라갔다. 이건 언니 잔소리 중에서 내가 못 외운 부분이었다.

"이거 갖고 얼른 가."

언니가 초록색 도시락 가방을 건넸다. 노란 포스트잇에 웃는 얼굴 그림과 함께 형부의 메모가 적혀 있었다.

'등교 첫날 행운을 빌어!'

차에서 내리면서 언니에게 태워다 줘서 고맙다고 인사했다. 그리고 재킷을 똑바로 펴고 안으로 서둘러 들어갔다.

현관 로비는 재킷을 입고 어깨에 가방을 멘 채 웃고 떠드는 학생들로 북적거렸다. 사물함을 찾아 가는 길을 기억하려고 애쓰면서 지나가는데 몇몇 호기심 어린 시선이 내게 날아왔다. 지하 1층이었는데, 거길 어떻게 내려갔었지?

저널리즘 클럽 방을 지나자마자 내가 착각했음을 깨닫고 복도 오른쪽으로 꺾었다. 땀이 나기 시작했다. 반대 방향으로 급히 들어섰다. 그러다 파피에 마세*로 만든 대형 사마귀를 들고 가던 두 여학생과 부딪칠 뻔했다. 그 둘은 날 째려보며 지나갔다.

저기다!

'계단'이라고 적힌 문을 밀고 들어가 계단을 뛰어 내려갔다. 그리고 승리의 기쁨을 느끼며 내 사물함 앞에서 미끄러지듯 멈췄다. 나는 몸을 구부려 아래로 늘어지기 시작한 양말을 무릎까지 끌어올린 다음 다시 자세를 곧게 폈다. 자, 사물함 번호가 뭐였더라? 9-04-16? 17-9-05?

마침내 맞는 번호를 누르자마자, 스피커에서 클래식 음악이 터져 나왔다. 주위를 돌아보니 복도가 완전히 텅 비어 있었다.

가방을 사물함 안에 집어넣고 수학 수업 교실을 급히 찾았다. 선생님의 눈에 띄지 않고 자리를 차지하길 바라며, 문으로 미끄러져 들어갔다.

어림없지.

"학기에도 늦고, 내 수업에도 늦고."

선생님은 백금발 머리의 몸집이 자그마한 여성이었다.

*papier-mâché: 종이 반죽에 아교나 풀을 섞어 펄프 상태로 만든 것.

"이게 패턴이 아니길 진심으로 바란다."

아, 안 돼! 또 다른 라스콜 선생님은 아니겠지?

"아뇨, 절대 안 그럴 거예요. 죄송합니다."

부끄러워 얼굴이 붉어졌다.

선생님이 내게 윙크하자 등 근육의 긴장이 풀렸다.

"난 로저스 선생님이야. 여기 온 걸 환영한다. 네 자리를 찾기 전에 반 친구들에게 소개 좀 해 주겠니?"

갑자기 열두 쌍이 넘는 눈동자가 나를 쳐다보았다. 땀 때문에 손이 차갑고 축축해졌다.

"안녕, 내 이름은 피파야."

난 억지로 미소를 지었다. 반 아이들이 무슨 생각을 하고 있는지 궁금해하면서 얼굴을 하나하나 가만히 쳐다보았다. 이를 드러낸 미소 뒤의 나는 사실 미칠 지경이라는 걸 저 애들이 느낄 수 있을까?

자신감 있고 긍정적이며 느긋하게, 라고 나 스스로를 다독였다.

"피파 박. 다들 만나서 반가워."

이번에는 좀 더 적극적으로 말했다. 내가 바랐던 대로 작게 손을 흔들며 덧붙였다.

"난 여기 사람이야."

빈자리를 찾아 교실을 훑어보고 나서 뒤쪽 창가 자리로 쏙 들어갔다. 나를 향해 킥킥거리는 사람이 아무도 없었다. 실수하지 않았다는 사실에 말도 안 되게 기분이 좋아졌다.

로저스 선생님이 칠판에 '피파를 환영합니다.'라고 휘갈겨 쓴 다음 일차 방정식 수업을 시작했다. 학생 대부분이 선생님에게 시선을 고정하고 있었는데 몇 줄 건너 한 여자애만 나를 계속 흘끔거렸다.

짙은 갈색의 매끄러운 피부와 길게 땋은 머리, 금색 천으로 된 머리끈을 왼쪽 손목에 감은 소녀였다. 재킷 오른쪽에는 은은하게 반짝이는 작고 붉은 보석으로 섬세하게 장식한 돛단배 브로치가 달려 있었다. 교실에서 제일 예쁜 여자애였다. 그 애가 나를 평가하는 것 같아서 마음이 불안해졌다.

자신감, 피파. 그런 척해.

나는 그 여자애의 시선을 억지로 견디며 미소를 유지했다.

똑딱거리며 3초가 지났다.

4초.

상당히 괴로운데.

5초.

여자애가 미소를 보냈다.

그러고는 내가 반응을 보이기도 전에 시선을 앞으로 돌렸다.

그게 다였다. 저 웃음 뒤에 뭐가 있지? 난 자신 없이 고개를 수그렸다. 성공적인 접촉이었을까, 아니면 최악의 접촉이었을까? 그 둘 사이를 구분하는 게 왜 이렇게 어려울까?

숨을 깊이 내쉬며 로저스 선생님에게 주의를 집중하려고 노력했다. 이제 선생님은 기울기-절편 공식을 설명하는 중이었는데, 나한테는 어려운 내용이었다. 손가락으로 재킷의 레이크뷰 엠블럼을 더듬으면서 돛단배 브로치를 단 여자애를 돌아보았다. 쿨한 매력이 흘러넘쳤다. 나 같은 애가 저런 애와 '정말로' 친구가 될 수 있을까?

'쿨해지는 법'을 기억해, 라고 나 자신에게 말했다. 법칙 3, '쿨해지려면 용기가 필요하다.'는 나 자신을 드러내기를 두려워하지 말라는 애기였다. 누군가에게 말을 거는 시도조차 하지 않는다면 그 사람이 나와 친구가 될지 안 될지 알 수 없기 때문이다.

앉아 있는 동안 나는 결심했다. 수업이 끝나면 돛단배 여자애에게 나를 소개할 것이다. 밀어붙이지 않고 그냥 걸어가서 말할 것이다. "안녕, 난 피파야."라고 말한 다음 무슨 일이 벌어지는지 보자. 쿨하고 무심하게, 별거 아니야. 그렇지?

그런데 왜 이렇게 기절할 것 같은지 모르겠다.

제9장 성공이냐, 실패냐

나중에 보니, 그때의 내 초조함은 다 헛수고였다. 돛단배 여자애와 이야기할 기회가 아예 없었기 때문이다. 수업이 끝나자 로저스 선생님은 나를 불러, 내 수학 성적에 관해 얘기했다.

"명심하렴. 만약 수업이 어려우면 대화가 가장 중요해. 네가 도움이 필요하다는 걸 선생님이 모르면 도와줄 수도 없으니까."

"알겠습니다."

뺨이 붉게 달아올랐다. 선생님은 틀림없이 빅토리아 중학교에서의 내 점수를 확인해 보았을 것이다. 나에 대해 또 뭘 알고 계실까? 장학금 조건도 아실까? 아마 그럴 것이다. 내가 가난하다는 것도 아실까? 아니었으면 좋겠다.

선생님은 나를 잠깐 쳐다보더니 빙그레 미소 지었다.

"좋아, 피파. 이제 가도 좋아. 남은 수업에서도 행운을 빌게."

선생님 말씀은 나한테 행운이 '필요할' 거라는 뜻일까? 궁금했다. 뱃속이 뒤틀렸다.

다음 수업은 지구과학이었다. 그렇게 재미있는 과목은 아니지만 또 그렇게 어려운 과목도 아니었다. 다음은 영어였고 그다음이 점심시간이었다.

숨을 깊이 들이마신 후에 크고 천장이 높은 급식실로 걸어 들어갔다. 난 누구랑 앉게 될까?

급식실 안으로 첫발을 들여놓는 순간 올리브가 나를 불러 세웠다.

"피파! 와서 우리랑 앉아!"

"좋아."

난 고마워하며 대답했다.

올리브를 따라 올리브네 테이블로 갔다. 치아 교정 중인 여자애와 길고 곱슬곱슬한 붉은 머리 여자애도 자리에 함께 있었다. 올리브가 나를 베로니카와 켈리에게 소개했다.

나는 도시락 가방을 열었다. 형부가 음식을 가득 채운 도시락통, 주스 한 팩, 그리고 후식으로 초코파이를 넣어 주었다. 난 초코파이를 먼저 먹고 나서 플라스틱 용기의 뚜껑을 열었다.

"그게 뭐야?"

올리브가 물었다. 한쪽 눈썹을 치켜올리고는 내 도시락 통을 빤히 쳐다보았다.

"프라이드 치킨이랑 김치, 그리고 밥이야."

"김치가 뭔데?"

이번에는 켈리가 물었다.

"발효시킨 매콤한 배추."

"발효시켰다고? 냄새가 왜 이러는지 모르겠네."

올리브가 코를 찡그리며 말하자 내 얼굴이 빨개졌다. 나는 서둘러 뚜껑을 덮고 도시락 통을 가방에 다시 집어넣었다. 내 배 속이 여기에 항의하며 요동을 쳤다.

"자, 감자튀김 좀 먹어."

올리브가 자기 감자튀김을 조금 밀어 주었다. 그러고는 감자튀김을 씹으며 말을 이었다.

"내가 널 빨리 붙잡아서 다행이야. 안 그랬으면 체스 덕후나 뭐 그런 애들이랑 같이 앉는 처지가 될 수도 있었거든."

올리브의 손가락을 따라가 보니, 몇 테이블 건너에 한 무리의 아이들이 앉아 있었다. 내가 보기에는 올리브 무리나 그 애들이나 고만고만했다.

올리브가 내 쪽으로 몸을 기울였다.

"꿀팁 하나 알려 줄게, 네가 누구랑 같이 점심을 먹는지는 정말 중요해. 잘못 짚은 애들이랑 먹으면 망하는 거야."

그러고는 나한테 눈을 찡긋했다.

"걱정하지 마. 우리랑 있으면 안전하니까."

"아……."

올리브의 말을 내 걱정 목록에 추가했다.

장학금에 관해서는 누구도 모르게 해라. 내가 가난하다는 걸 사람들이 모르게 해라. 그리고 이제는……. 점심 테이블을 잘못 짚지 마라.

"고마워."

올리브는 남은 점심시간을 오늘 자신에게 일어난 주요 사건을 돌아보는 데 썼다. 엄마가 준 새로운 참 장식부터 자기가 제출한 뛰어난 과제물에 이르기까지 다양했다. 그러는 내내 나와 켈리, 베로니카는 겨우 고개를 끄덕이기만 하면 되었다.

유일하게 있었던 다른 일은 급식실 다른 편에서 돛단배 여자애를 발견한 것이다. 그 애는 다른 여학생 네 명과 같이 앉아 있었는데, 전부 비정상적일 정도로 예쁘고 자신만만해 보였다. 그 다섯 명이 급식실에서 가장 쿨한 애들이라는 사실을 쉽게 추측할 수 있었다.

그리고 무슨 일이 있었느냐면, 돛단배 여자애가 또다시 나를 쳐다보았다. 좋은 징조일까? 아니면 진짜 나쁜 징조일까?

점심을 먹은 후에는 수업 시간이 빠르게 지나갔다. 그날의 마지막 수업은 역사였는데, 빅토리아 중학교에 있을 때 막 끝낸 고대 그리스 단원을 다룰 거라는 사실을 알게 되어 기분이 좋았다. 고질라가 쿵쾅거리며 복도로 들어와 학생 세 명을 잡아먹었다 해도 눈치채지 못할 만큼 농구 생각을 하느라 너무 바빴기 때문에 더욱더 다행이었다. 농구팀은 방과 후에 만나기로 되어 있었고, 거기서 난 반드시 좋은 인상을 남겨야 했다.

마지막 종이 울릴 때까지 내 안의 긴장감을 무시할 수 없었다. 체육관으로 걸어가는데 머리가 어질어질했다. 문밖에 잠시 멈춰 서서 마음을 가라앉혔다. 난 왜 이렇게 겁쟁이일까? 그러니까, 물론 레이크뷰 장학금이 내 학업 성적 달성에 달려 있기는 하지만, 일차적으로 레이크뷰에서 나를 뽑은 데는 이유가 있었다. 내가 농구를 잘하기 때문이다. 아니, 잘하는 것 그 이상이다.

턱을 1밀리미터쯤 치켜들고 이중문으로 성큼성큼 걸어 들어갔다.

코트에는 아마드 코치님 외에 아무도 없었다. 작지만 탄탄해 보이는 여성이었다. 포니테일로 느슨하게 묶어 올린 짙은 갈색 머리카락과 초집중하는 두 눈 덕분에 코치님은 믿을 수 없을 정도로 민첩해 보였다.

장식용 금화를 매단 목걸이를 걸고 있었는데 내 쪽으로 걸어

오면서 금화를 무심히 문질렀다. 사실 걷는다기보다는 절뚝거리는 데 더 가까웠다. 올리브에게 듣기로는 코치님이 몇 년 전 스키 사고로 왼쪽 다리에 고칠 수 없는 부상을 당했다고 했다.

"소문에 네가 우리 팀 스몰포워드에 적합한 기량을 갖고 있다던데."

코치님 목소리가 걸걸했다.

스몰포워드는 팀에서 가장 다재다능한 선수로, 공격 능력과 수비 능력의 균형을 갖추고 있어야 한다. 빅토리아 중학교에서의 내 포지션이 스몰포워드였다.

"그렇게 생각합니다."

목소리에 힘을 유지하려고 애쓰며 대답했다.

"비록 네가 빅토리아 중학교에서 뛰었다고는 하지만."

아마드 코치님은 내 대답을 못 들은 것처럼 자기 이야기를 계속했다.

"알다시피 빅토리아는 우리의 가장 큰 라이벌이야. 네 충성심이 어디에 있는지 내가 궁금해할 필요가 있을까?"

나는 세차게 고개를 흔들었다.

"아니요, 코치님."

우리 팀 동료들 역시 나의 신뢰성에 의문을 품게 되는 건 아닐까 하는 생각에 아랫입술을 깨물었다. 그때 갑자기 번뜩이는 아이디어가 떠올랐다. 법칙 4, '약간의 신비로움을 유지해라!'.

"하지만, 음, 제가 어디 출신인지를 팀 동료들한테 언급할 필요는 없을 것 같아요."

코치님의 눈썹이 치켜올라갔다. 난 재빨리 말을 덧붙였다.

"적어도 아직은 아니에요. 동료들이 먼저 저한테 익숙해지게 해 주세요. 동료들이 저에 대해 코치님과 똑같은 의문을 품게 하고 싶지 않습니다."

코치님은 깊은 생각에 잠긴 것 같았다.

"그게 얼마나 효과가 있을지 모르겠다. 누가 널 알아볼지도 모르고. 하지만 난 아무 말도 하지 않을게."

탈의실에서 여학생 두 명이 나타나자 코치님이 그쪽을 흘낏 쳐다보았다. 내 눈이 휘둥그레졌다. 그중 한 명이 돛단배 여자 애였기 때문이다.

"이제 가서 옷 갈아입으렴."

코치님이 내 사물함 번호가 적힌 쪽지와 티셔츠 두 장을 건네주었다. 하나는 연습용이고 다른 하나는 시합용이었다.

시합용 유니폼의 등번호는 17번이었다. 그냥 무난했다. 나를 상징할 만한 숫자는 아니었지만, 그렇다고 6이나 4처럼 내 불운의 숫자도 아니었기 때문이다.

마냥 속도를 높이는 심장 박동을 조절하려고 애쓰며 재빨리 옷을 갈아입었다. 머리카락을 뒤로 끌어 모아 포니테일로 묶은 후, 코트에 있던 나머지 여자애들과 합류했다.

워밍업 훈련을 하는 동안 아이들을 살펴보았다. 작년에 내가 뛴 시합에서 상대한 애들은 한 명도 기억이 나지 않았다. 이 애들도 나를 기억하지 못하기만을 바랄 뿐이었다.

절반이 제자리 팔 벌려 뛰기를 하는 동안 나머지 반은 런지를 했다. 나는 런지를 하는 쪽에 있었다. 돛단배 여자애가 나를 향해 고개를 끄덕이고 미소 지었다. 올리브는 열정적으로 손을 흔들어 주었다. 시작이 괜찮아 보였다.

우린 스쾃으로 바꾸었고 그다음에는 농구장 전체를 가로질러 전력 질주를 했다. 막 땀이 나기 시작하는데 코치님이 호루라기를 불었다. 팀 전체가 코치님 주변에 반원 형태로 모였다.

"애들아, 여긴 피파 박이야. 전학생이고, 끝내주는 스몰포워드라고 들었어."

코치님은 내 쪽을 턱으로 가리키며 말했다.

이 시간쯤 되니, 나를 평가하는 눈길에 거의 익숙해져 있었다. 하지만 아직 유난히 한 명이 시선을 의식하게 했다. 회색빛의 냉담하고 비판적인 눈빛으로 나를 좇으며, 의기소침하게 만들었다. 하지만 나를 쳐다볼수록 더 친숙하게 느껴졌다. 고개를 갸웃거렸다.

그렇구나! 작년 시합에 나왔던 애다. 내 기억이 맞는다면 3점 슛 두 개로 점수를 올렸었다.

코치님이 팀원들을 소개해 주었다.

"여긴 비앙카 데이비스야. 비앙카와 캐롤라인 빙엄이 우리 팀의 공동 주장이지."

키가 크고 호리호리한 캐롤라인은 짙은 적갈색 머리카락의 반은 묶어 올리고 반은 늘어뜨렸는데 나에게 손을 흔들며 웃어 주었다.

비앙카는 다소 미지근하게 고개를 까딱했다. 코치님이 사이드라인에서의 지도 없이 실전처럼 짧은 연습 경기를 하겠다고 했다. 입 밖으로 얘기하지는 않았지만 그 시간 내내 나를 주시할 거라는 걸 알고 있었다.

코치님은 빨간색과 파란색 조끼를 꺼낸 다음 각 팀 선수들의 이름을 줄줄이 불렀다. 빨강 팀은 비앙카, 올리브, 조던, 비너스, 위노나가 선발 출전에, 그리고 샘이라는 여자애가 후보로 한 팀을 이루었고, 파랑 팀은 헬렌(꽃단배 여자애), 스타시에, 캐시, 캐롤라인, 그리고 내가 후보인 디비야 및 탤리와 한 팀이었다.

점프볼을 하려고 전원이 코트 한가운데로 모이자 올리브가 내 옆으로 슬금슬금 다가와 눈을 찡긋하며 말했다.

"단지 친구라는 이유로 널 봐주진 않을 거야."

난 웃으며 말했다.

"반사!"

코치님이 공중으로 공을 던지자 공을 쫓아 캐롤라인과 위노나가 뛰어올랐다. 위노나가 공을 쳐서 비앙카 쪽으로 보내자, 비앙카는 공을 잡고 드리블했다. 스타시에가 비앙카를 뒤쫓아 전력으로 질주했지만 너무 늦었다. 그리고 이어지는 비앙카의 깔끔한 레이업 슛. 비앙카가 주장인 데에는 분명한 이유가 있었다.

"디펜스."

스타시에가 아웃 오브 바운드*에서 캐시에게 공을 던지자 헬렌이 외쳤다.

"맨투맨, 내가 비앙카 맡을게!"

올리브가 내 옆에 제일 가까이 있어서 내가 막기 시작했다. 시합에서 제대로 뛰어본 지 꽤 되었지만 동작이 빠르게 되살아났다.

공은 위노나에게서 캐롤라인으로, 다시 위노나로, 올리브로, 그런 다음 내게 왔다. 나는 올리브의 손에서 공을 뺏자마자 헬렌에게 패스했다. 헬렌은 코트에서 날아올라 2점 슛을 성공시켰다. 아드레날린의 전율이 내 몸을 휙 훑고 지나가는 것이, 마

* 경기 재개 시 사이드라인 밖에서 코트 안에 있는 동료 선수에게 공을 패스하는 것.

치 내가 점수를 올린 것처럼 기분이 짜릿했다.

바로 그 순간부터 모든 게 맞아떨어지고 긴장감도 사라졌다. 엉덩이를 사용해 올리브를 막아서라고 나에게 말할 필요가 없었다, 그냥 그렇게 했다. 캐롤라인의 패스를 잡으러 왼쪽으로 움직이라고 나에게 말할 필요가 없었다, 그냥 그렇게 했다.

경기가 시작되고 몇 분 후에 내가 첫 번째 슛을 성공시키자 아마드 코치님이 인정한다는 표정으로 나를 보았고 내 자신감은 급상승했다.

코치님이 60초 남았다고 소리 질렀을 때 점수는 18 대 19로, 우리가 1점 뒤져 있었다. 난 미치도록 이기고 싶어서 주먹을 아주 꽉 쥐었다. 하지만 상대 팀에는 비앙카와 위노나가 있었고 둘 다 진짜 강한 선수들이었다.

헬렌을 흘깃 보았다. 우리 공이어서 이번에 잘하면 연습 경기에서 승리할 수 있었다. 헬렌은 비앙카가 압박할 때까지 공을 드리블했다. 그러고는 왼쪽으로 갈 듯 속이다가 정확한 타이밍에 완벽한 슛을 던졌다.

"피파, 고개 들어!"

나를 막던 위노나와 힙 체크*한 뒤 헬렌의 패스를 잡았다. 내

---

* 상대편과 엉덩이끼리 부딪혀 자리를 선점하는 몸싸움.

주위로 수비수 두 명이 더 몰려왔다. 우리 팀인 디비야 쪽이 열려 있었지만 망설였다. 디비야는 지금까지 슛을 전부 놓쳤기 때문이다. 이번에도 놓치면 우린 끝인데, 그런 모험은 할 수 없었다.

난 3점 라인까지 뒷걸음질 치다가 소리쳤다.

"디비야, 여기!"

그리고 디비야에게 공을 패스할 것처럼 하다가 슛을 높이 던졌다. 그리고 공이 링 안으로 쏙 들어가는 모습을 지켜보았다.

호루라기가 울리자 헬렌과 나는 하이파이브를 했다. 다시 한번 우리는 아마드 코치님 주위에 반원으로 모였다. 전학생한테 지는 건 못 견딜 거라고 의심했던 비앙카가 나를 보며 고개를 끄덕였다. 비앙카의 눈 속에 존중 같은 게 담겨 있었다.

하지만 디비야는 나를 차갑게 쳐다보았다. 올리브 역시 내게 웃어 주지 않았다.

"플레이가 좀 거칠더라."

올리브가 이렇게 중얼거렸다.

코치님이 바로 얘기를 시작하는 바람에 올리브에게 뭐라고 대답할 틈이 없었다.

"오늘 다들 잘했어. 하지만 안심하지는 마, 시즌 개막전이 다가오고 있으니까. 그리고 올해 또다시 빅토리아 중학교에 지는 일은 없을 거다. 8년 연속은 아니야. 내가 있는 한은 어림도 없어. 그리고 너 말이야, 피파……."

코치님이 나를 보며 활짝 웃고는 말을 이었다.

"우리 팀에 온 걸 환영한다."

기뻐서 비명을 내질렀다면 절대 쿨해 보이지 않았을 것이다. 그래서 나는 입을 꾹 다물고 있었다. 환호는 집에 갈 때까지 아껴 둘 것이다. 지금 당장은 코치님을 보며 똑같이 씩 웃을 뿐이었다.

"다들 가서 물 좀 마셔. 모두 내일 여기서 보자. 이번 시즌은 엄청날 거야."

탈의실로 달려가는 동안 가슴속에서 세차게 끓어오르는 행복을 참을 수 없었다.

물론, 아직 엘리엇과 잠깐도 마주치지 못했다. 그리고 맞다, 로저스 선생님 수업은 나를 이미 혼란스럽게 만들었다. 뭐 괜찮다, 올리브가 나한테 화난 것 같지만.

여전히 생애 최고의 첫날이었다.

제10장 헤드마스터

레이크뷰에서의 첫 번째 일주일은 눈코 뜰 새 없이 지나갔다. 수업을 따라잡느라 바쁘기도 했지만 언니가 빨래방 일을 좀 더 도와 달라고 했기 때문이다. 그리고 당연히 매일매일 방과 후에 농구 연습도 했다.

다시 월요일이 돌아오자 레이크뷰에서의 두 번째 주가 시작된다는 사실이 잘 실감 나지 않았다. 조금 일찍 학교에 도착해서 사물함으로 향했다. 복도를 지나가는 내 시선은 엘리엇을 찾느라 금발에서 금발로 휙휙 날아다녔다. 엘리엇은 8학년이어서 우리가 같이 듣는 수업은 하나도 없었다.

그래도 대략 하루에 한 번쯤은 복도에서 서로 스쳐 지나갔다.

그럴 때 엘리엇이 나한테 말을 거는 일은 실제로 한 번도 없었지만, 목요일에는 나를 보고 고개를 끄덕였다. 난 꽤 괜찮은 발전이라고 생각했다.

불행하게도 엘리엇은 지난주에 또 과외 수업을 취소했다. 하지만 이번에는 적어도 메시지를 보내 주었기 때문에 하버포드 저택에 가지 않아도 된다는 걸 미리 알고 있었다.

사물함 앞에 도착해서 안에 가방을 걸고 수학책을 꺼내는데 휴대폰 진동이 울렸다. 버디한테서 온 메시지였다.

슈가 애니멀 크래커가 집에 한가득이야.
낼 학교 끝나고 영화 어때?

답장을 보내기도 전에 휴대폰이 다시 한번 부르르 떨렸다.

네가 보고 싶으면 〈인어공주〉도 괜찮아.

나는 미소 지었다. 항상 사람들은 내가 〈뮬란〉을 제일 좋아할 거라고 생각하지만("너 완전 닮았어!"), 내가 영원히 좋아하는 디즈니 영화는 〈인어공주〉였다. 지금까지 최소 열 번은 넘게 봤는데 트리톤 왕이 에리얼의 보물을 부술 때는 아직도 매번 울음을 터뜨리곤 한다. 아무한테도 알려 주지 않았지만 버디만 알고 있는 사실이었다.

"피파!"

올리브의 콧소리가 귓속을 파고들어 깜짝 놀랐다.

"1초만."

낼 바빠.

버디에게 이렇게 보냈다. 약간의 가책이 느껴졌다. 지난 토요일에는 공원에서 늘 하던 농구 게임에 작별을 고해야 했다. 언니가 당장 숙제를 시작하라고 했기 때문이다.

일요일에는 빨래방에서 잡다한 일을 했고 내일은 화요일, 즉 엘리엇과 과외 수업이 있는 날이다. 그걸 놓친다는 건 있을 수 없는 일이었다. 특히나 2주 연속 취소된 후라 더욱 그랬다.

버디에게 '미안.'이라고 답장을 보내려는데 올리브가 내 팔을 움켜잡았다.

"세상에, 너한테 해 줄 말이 있어! 금요일 연습이 끝난 다음에 비앙카랑 헬렌이 네 얘기 하는 걸 들었거든."

난 휴대폰을 주머니에 집어넣었다.

"내 얘기? 걔네가 뭐라고 했는데?"

난 불안해하며 물었다.

"나쁜 얘기는 아냐."

올리브가 안심시켜 주었다.

"사실은 헬렌이 너한테 잠재력이 있다고 했어. 게다가 비앙카가 그 말을 부정하지도 않았다고!"

이상하게 의기양양한 기분이 들었다. 그저 단순한 칭찬에 불과했는데도 거대한 승리를 얻은 듯한 느낌이었다.

"대단한 거야, 피파."

올리브가 강조했다. 내 침묵을 얼핏 무심함으로 받아들이는 것 같았다.

"비앙카랑 헬렌이 로열이라고 불리는 데는 이유가 있어."

"로열?"

"그래, 그 둘이랑 스타시에, 위노나, 그리고 캐롤라인을 다들 로열이라고 불러. 걔네가 학교를 지배하거든. 그 다섯 명 전부 손목에 금색 머리끈 감고 있는 거 못 봤어? 걔네만의 표시 같은 거야. 널 너무 흥분시키고 싶진 않지만 이건 말해 줄게. 비앙카를 감동시키려면 노력을 해야 해. 사실은 작년에 나도 우리 팀 연습 경기용 조끼 챙기는 걸 3주 내내 하고 나서야 비앙카가 날 인정해 줬거든."

올리브가 내 어깨를 꽉 움켜잡았다.

"로열이 널 받아 주면 우리도 낄 수 있을 거야!"

"우와."

뭐라고 대답해야 할지 몰라서 그냥 이렇게 말했다.

스피커 너머에서 클래식 음악 연주가 시작되자 올리브가 나를 보며 활짝 웃었다.

"그럼, 점심 때 봐."

나는 로저스 선생님 교실로 향했다. 문을 열고 들어갔을 때 제일 먼저 눈에 들어온 건 헬렌이 평소 내가 앉는 창가 근처 자리 옆에 앉아 있다는 사실이었다. 난 교실 한가운데에서 어색하게 서성거리다가 아무렇지 않게 자리로 걸어갔다. 억지로 쿨한 척하려고 최선을 다했다. 교과서를 펼치면서 헬렌을 향해 고개를 끄덕였다.

"금요일 연습 장난 아니었지?"

진짜 그랬다. 아마드 코치님은 체구는 작을지 몰라도 엄하고 강인했다. 금요일에는 우리 모두에게 자유투 라인에서 교대로 슛을 던지는 게임을 시켰다. 슛에 실패할 때마다 우리는 코트를 한 바퀴 돌아야 했고, 공을 가진 사람이 결국 골을 넣어야만 멈출 수 있었다. 게임 중반이 지났을 때 나는 그 어느 때보다도 많은 땀을 흘리기 시작했다.

"완전 진심으로. 올리브 차례가 됐을 때 다리가 떨어져 나가는 줄 알았어. 올리브는 슛을 쏠 때마다 팔이 꼭 흐물흐물한 마카로니 같아. 솔직히 말해서 갠 압박을 받으면 슛을 못 해!"

난 가책을 느끼며 작게 픽, 웃었다. 올리브는 될 대로 되란 식의 슛이나 약간 극성스러운 태도 때문에 놀리기 쉬운 아이였지만 그래도 기분이 좋지는 않았다. 하지만 헬렌의 기분을 상하게 하고 싶지는 않아서 또 한 번 조금 더 길게 웃는 것으로 만회했다. 그러고는 헬렌이 나를 이상하게 웃는 기계쯤으로 여기기 전에 웃음을 멈췄다.

"네가 첫 번째 시도에서 골을 넣었을 때 널 안아 주고 싶었어."

헬렌이 덧붙인 말에 나는 짜릿한 행복을 느꼈다.

"전에 어디서 뛰었다고 했지?"

아, 이런. 맥박수가 급격히 치솟았다.

"아, 있잖아, 난……."

내가 말을 더듬거렸다.

"피파, 헬렌, 우리가 기다리고 있는데 나중을 위해 대화를 아껴 두면 안 되겠니?"

로저스 선생님이 우리 얘기를 끊었다.

달콤한 안도감이 들었다. 나는 예의 바르게 연필을 꺼내 공책에 필기를 시작했다. 심장이 쿵쿵거렸다. 이번만큼은 정말로 수학이 나를 살렸다.

수업이 끝나자 헬렌은 자리에서 벌떡 일어나 교실 밖에서 손짓하고 있는 비앙카를 만나러 나갔다. 그래서 더는 불편한 질문과 맞닥뜨리지 않아도 되었다. 그런데 점심시간 직전, 내가 사물함을 만지작거리고 있는데 헬렌이 내 옆으로 불쑥 나타났다.

"안녕."

"안녕."

미소 띤 헬렌이 인사를 힘없이 되풀이했다. 마음 한편으로는 헬렌과 농구에 관해 또 다른 이야기를 나누었으면 싶었지만, 다른 한편으로는 내가 전에 어디서 뛰었는지 헬렌이 다시 물어볼까 봐 걱정되었기 때문이다.

둘 중 어떤 일도 일어나기 전에, 우리 쪽으로 오고 있는 엘리엇이 눈에 들어왔다. 너무 당황해서 나도 모르게 미친 듯이 손을 파닥거렸다.

"엘리엇! 우리 내일 저녁에 되는 거야?"

엘리엇은 깜짝 놀란 것 같았다.

"응."

걸음을 늦추지 않고 무뚝뚝하게 대답했다.

엘리엇이 모퉁이를 돌아가자마자 헬렌이 내 어깨를 힘주어 잡았다.

"너 엘리엇이랑 데이트 할 거야? 어디서? 언제? 어떻게? 나한테 다 말해 봐."

헬렌이 캐묻자 난 놀라서 눈을 끔벅거렸다.

"데이트 아냐, 개인 과외야. 엘리엇이 내 수학 선생님이거든."

내가 얼굴을 붉히며 대답했다.

"단지 개인 과외일 뿐?"

내 뺨이 좀 더 빨개졌다.

"내 말은, 사실 난 데이트라고 해도 당연히 상관없어."

하지만 놀랍게도 헬렌은 코를 찡그리며 인상을 썼다.

"아, 안 되는데. 피파 넌 여기가 처음이니까 내가 몇 가지 조언을 좀 해 줄게. 엘리엇이라고? 사실 정말 귀엽게 생기긴 했지, 근데 과가 달라."

내가 멍하니 쳐다보자 헬렌이 말을 덧붙였다.

"그러니까, 완전 사차원이라고 할까. 여기 애들은 엘리엇이 물 위를 걷는다고 생각하는데, 엘리엇은 그게 완전히 사실인 것처럼 행동한다니까."

"조금 냉담하긴 해. 하지만……."

"하지만 저 꿈결 같은 연푸른 눈동자여."

헬렌이 긴 속눈썹을 깜빡거리며 내 말을 이어받았다. 겸연쩍어하는 내 표정에 헬렌이 웃음을 터뜨렸다. 따뜻하면서 자신감에 차 있는 웃음이어서 저항하기 어려웠다. 곧 나도 따라 웃고 말았다.

"이해해. 마음이 원하는 대로 마음이 가는 거지. 하지만 안타깝게도 엘리엇은 그런 쪽에 관심 없어. 아, 그리고 물론 우리 학교 애들의 절반은 엘리엇한테 마음이 있어."

헬렌이 덧붙였다.

나는 시선을 사물함으로 돌려, 굳은 표정을 애써 감추며 교과서를 아무렇게나 집어넣었다. '당연히' 엘리엇의 추종자가 수천 명은 될 것이다. 왜 그 생각을 미리 못 했을까? 그중 대부분은 매주 손톱 손질을 받고 유행이 지난 옷 따위는 내다 버리는 애들일 거라는 데 의심의 여지가 없었다.

엘리엇은 나 같은 사람한테는 전혀 관심이 없을 것이다. 사실은 전부 내 착각이었을지도 모른다. 내 장학금의 배후에 있는 사람은 엘리엇이 전혀 아닐지도 모른다. 그럼 다른 누가 이런 계획을 세울 수 있었을지는 도무지 모르겠지만…….

사물함 문을 잠그고 막 돌아서는데 눈앞에 키가 크고 낯익은 사람이 복도를 성큼성큼 걸어오고 있었다. 그리고 이번에는 착각이 아니었다. 분명히 하버포드 씨였다. 그런데 또?

"피파랑 헬렌이구나."

하버포드 씨는 지나가다 우리 둘과 눈이 마주치자 다소 딱딱한 목소리로 인사를 건넸다.

잠깐. 헬렌도 아신다고?

"안녕하세요, 헤드마스터."

헬렌이 대답했다.

입을 완벽하게 동그란 'O' 모양으로 벌린 채, 난 그대로 얼어버렸다.

"하버포드 헤드마스터?"

"응."

내가 충격 받았다는 사실을 헬렌은 눈치채지 못한 것 같았다.

"몰랐어? 멋진 외모와 똑똑한 머리만 갖고는 좀 부족하지."

헬렌이 손을 자기 엉덩이에 얹으며 말했다.

"엘리엇 하버포드는 '모든 면에서' 우리 학교를 지배하고 있어."

제11장 발전

다음 날 아침까지 여전히 난 어제의 그 새로운 정보와 씨름하고 있었다. 놀라우면서도 기뻤다. 한편으로는 왜 엘리엇이 나한테 자기 아버지가 헤드마스터라는 얘기를 하지 않았을까 의아했고, 다른 한편으로는 하버포드 씨가 헤드마스터라는 사실은 엘리엇이 내 장학금의 배후가 아니라고 믿기가 훨씬 더 어렵게 만들었다.

내가 버디랑 농구를 하고 있을 때 농구장 옆에 서 있던 하버포드 씨의 차를 떠올려 보았다. 아버지와 아들이 함께 나를 지켜보면서 내 농구 실력을 확인하는 그림이 쉽게 그려졌다. 내 상상 속에서 하버포드 씨가 경외의 표정으로 엘리엇을 돌아보며 말한다.

"아들, 네 말이 맞는구나. 레이크뷰에는 저 여학생이 필요해."

"피파 박."

지구과학 담당인 도노휴 선생님의 굵은 목소리가 교실 앞쪽에서 우렁우렁 울렸다.

"지금 집중하고 있는 거니?"

"네? 아, 네, 그럼요."

나는 눈을 칠판으로 돌렸다.

수업이 끝난 후 급식실로 향했다. 형부는 오늘 나를 위해 또 다른 도시락을 쌌다. 형부가 준비한 귀여운 캐릭터 스타일의 밥을 보고 미소를 짓기는 했다. 테디 베어 얼굴 형태로 완벽하게 모양을 잡은 쌀밥과 볶은 깨, 달걀, 래디시 조각으로 꾸민 눈, 코, 귀, 입. 하지만 난 그 도시락을 학교에 가져오지 않았다.

못 본 척했다. 등교 첫날 올리브가 내 도시락을 비웃던 모습이 잊히지 않았기 때문이다. 급식실에서 파는 조각 피자가 더 안전했다. 버디와 먹던 선데 아이스크림을 계속 건너뛰어야 할지도 모르겠다. 그래야 점심값을 충당할 수 있을 테니 말이다.

급수대에서 물을 한 컵 받은 후에 평소처럼 올리브 쪽으로 향했다. 반쯤 갔을 때 누군가 내 팔꿈치를 붙잡았다.

"여기 있었네."

헬렌이 내게 팔짱을 끼고는 반대 방향으로 나를 잡아끌었다.

"계속 널 찾고 있었어. 나랑 가자."

목을 빼고 주위를 돌아보다가 소스라치게 놀란 표정의 올리브와 딱 마주쳤다. 하지만 내가 무슨 말을 하기도 전에 헬렌이 나를 '로열' 테이블로 몰고 갔다.

우리가 식판을 내려놓자, 이미 앉아 있던, 네 명의 여학생이, 고개를 들고, 나를 쳐다보았지만, 놀라는 사람은 아무도 없었다. 헬렌이 오늘 나를 데려올 거라고 미리 말했을까?

"피파, 네가 관심을 가져야 할 유일한 사람들을 소개할게."

헬렌이 한눈을 찡긋했다.

"물론 연습하면서 다 알게 된 애들이야. 스타시에, 캐롤라인, 위노나……."

"난 윈이라고 불러."

윈이 끼어들었다.

"그리고, 여긴 당연히 비앙카."

비앙카의 미소는 형식적으로 느껴졌지만, 내가 비앙카의 얼굴에서 본 것 중 그래도 가장 다정한 표정이었다.

"안녕."

나는 헬렌 옆에 털썩 앉았다. 내 손이 달달 떨리는 걸 아무도 눈치채지 못하길 바랐다. 거의 2주 동안 이 아이들과 같은 팀에 있었음에도 불구하고 이건 느낌이 달랐다. 일종의 초대라고나 할까.

"그런데 넌 어디 출신이니, 피파?"

윈이 물었다.

호흡이 떨렸지만 쿨하게 있어야 한다고 스스로 다짐했다. 어제 헬렌과 대화를 나눈 후에 나는 앞으로 이 문제를 어떻게 다룰 것인지 시간을 들여 고민했었다.

"음, 난 한국인이야. 하지만 보스턴에서 태어났어."

이렇게 대답했다.

식탁 건너편에서 비앙카가 고개를 갸우뚱거렸다.

"이상하네……. 네 얼굴이 낯익어."

그러고는 불만스러운 듯 윤기가 흐르는 입술을 동그랗게 오므렸다. 비앙카는 샐러드바에서 가져온 양상추로 가득 채운 접시를 콕콕 찍다가 포크를 내려놓고 캐롤라인을 흘낏 쳐다보았다.

"그렇지 않아?"

캐롤라인이 나를 보며 눈을 가늘게 뜨자, 내 손바닥에서 땀이 나기 시작했다.

제발 저 애들이 절 기억하지 못하게 해 주세요.

불편함을 애써 감추고 어깨를 으쓱하며 억지로 미소를 지었다.

"아! 알았다! 셀레나 후앙이랑 닮았어!"

스타시에가 끼어들었다.

"스타스, 둘이 하나도 안 닮았어. 게다가 셀레나는 중국인이잖아."

윈이 눈알을 굴리며 대꾸했다.

내가 고마워하며 윈을 쳐다보자 윈은 내게 '저 말 무시해.'라는 눈짓을 했다.

"반만. 걔네 엄마가 한국인인 줄 알았어."

스타시에가 약간 심통을 부리며 말했다. 맛감자튀김 하나를 입에 쏙 넣고 씹으며 말을 이었다.

"아니면, 걔네 가족이 지난 겨울방학 때 서울에서 휴가를 보냈을지도 모르지. 뭐 아무튼."

그러고는 포크로 나를 가리키며 물었다.

"보스턴 어디에서 살았어? 우리 사촌은 보스턴 백베이에 집이 있는데 난 거기 가는 걸 엄청나게 좋아하거든. 보스턴은 너무 근사해. 그런데 대체 왜 이사 온 거야?"

"아마 가족이 이사해서가 아닐까?"

윈이 고개를 가로저었다.

"그러니까 가족이 왜 이사를 했냐고."

스타시에는 자기 질문 끝에 구두점을 찍듯 눈썹을 활처럼 휘었다.

"음, 우리 엄마가 한국으로 돌아가야 했는데, 우리 언니랑 형부가 여기 빅토리아에 있었거든."

예스! 지금까지 거짓말을 하나도 안 했다. 하지만 뭐, 몇 가지 중요한 세부 사항을 생략하긴 했다. 그런데 만약 로열이 나에 관한 정보를 추측한다면 그건 내 잘못일까?

"어쨌든, 누군가 이렇게 늦게 레이크뷰로 전학을 오다니, 이상하긴 해. 정규 등록 마감 시간을 어겼는데 학교에서 들어오게 해 준 것도 좀 놀랐어."

비앙카가 말했다.

"맞아, 내 동생 베프가 최종 지원 날짜에서 일주일 늦었는데, 결국 공립학교에 가야 했거든."

캐롤라인의 목소리는 대체로 사무적이었지만 '공립학교'를 말하는 방식에서 느껴지는 미묘한 날을 난 놓치지 않았다. 내 과거를 끄집어내는 건 좋은 생각이 아니라는 걸 확인시켜 주었다.

"그럼 얘기가 어떻게 되는 거야? 넌 어떻게 들어왔어?"

비앙카가 꼬치꼬치 물었다.

"줄이 좋은가 보지."

헬렌이 뾰족하게 말했다. 헬렌은 내 시선을 붙잡은 다음 체육남들이 앉아 있는 테이블을 흘낏 쳐다보았다. 엘리엇 하버포드가 주도하는 테이블이었다.

꿀꺽, 침을 삼켰다. 헬렌은 다른 로열들 앞에서 엘리엇과 나에 관해 물어보려는 걸까?

그건 아니었다. 그 대신에, 자기 아버지 회사의 사장님이 학기 마지막 달에 헬렌의 사촌을 전학시켜 준 얘기를 들려주었다. 그렇게 의심에서 벗어났다. 나는 속으로 안도의 한숨을 내쉬었다.

"그래서……."

캐롤라인이 말을 꺼냈다. 두 눈이 체육남들의 테이블을 빙빙 돌다가 비앙카로 돌아왔다.

"그 사람이랑은 어떻게 되는 중이야?"

목소리를 낮추고 눈썹을 위아래로 움직거렸다.

비앙카는 고개를 저었지만 그 질문을 은근히 즐기고 있다는 걸 알 수 있었다. 비앙카가 어깨너머로 남자애들 무리를 흘낏 돌아보긴 했지만 어떤 남자애가 '그 사람'인지 분명하지 않았고, 난 물어볼 엄두도 나지 않았다.

"나한테 데이트 신청 안 했어……. 아직은. 하지만 난 걱정 안 해."

무관심한 듯 툭 대답했다.

왜 걱정을 안 하는지 알 수 있었다. 저런 외모와 자신감이라면 비앙카를 거절할 남학생은 거의 없을 것이기 때문이다. 마치 그 점을 증명하려는 듯, 비앙카는 윤기가 자르르 흐르는 숱 많은 밤색 머리카락을 어깨 뒤로 휙 넘기고 입술에 베리베리 립밤을 한 겹 더 발랐다.

"넌 어때?"

비앙카가 캐롤라인을 향해 눈썹을 치켜올리며 물었다.

"프랑스에서 온 귀요미랑 진전이 좀 있어?"

캐롤라인은 불만스러운 듯 자기 손목에 차고 있던 금색 머리끈을 잡아당겼다.

"아직 없어."

"토드 애커먼은 어때?"

스타시에가 피식 웃으며 물었다.

"토드가 캐롤라인한테 아주 완전히 반했거든."

캐롤라인이 쏘아보자 스타시에가 키득키득 웃었다.

"걘 체스 덕후야."

캐롤라인이 눈알을 굴리며 투덜거렸다.

"에이, 귀엽잖아!"

스타시에가 놀렸다.

"침 흘리는 골든레트리버 같은 거야."

"근데, 걔 장학생 아니었어?"

비앙카가 물었다.

평온한 말투였지만 윈의 얼굴이 갑자기 딱딱하게 굳고 헬렌의 시선이 접시로 내려갔다.

"그게 무슨 잘못이라는 건 아냐. 하지만……. 내 말은 그럼 데이트 비용을 어떻게 내겠느냐 하는 거지."

나는 공포와 경악을 감추려 애쓰며 피자를 한 입 더 쑤셔 넣었다. 내가 지켜야 할 또 다른 주의사항은 내가 사는 모습을 '절대' 공개하면 안 된다는 것이었다.

"토드 애커먼은 이제 그만."

윈이 눈알을 굴리며 말했다.

"남자애들 말고 다른 얘기할 줄 아는 사람 없니?"

"그거 말고 다른 할 얘기가 뭐 있어?"

스타시에가 쏘아붙이고는 머리를 내 쪽으로 기울이며 물었다.

"넌 어때? 아직 눈에 들어온 귀요미 없어?"

나는 허겁지겁 피자를 삼키면서 망설일 시간을 벌었다. 내가 엘리엇 생각에 넋을 잃고 있다는 소문이 엘리엇에게 닿기를 바라지는 않았지만, 남자애들 얘기에 나도 끼고 싶기는 했다.

"글쎄, 꽤 괜찮다 싶은 애가 한 명 있기는 해. 이름은……."

"앗!"

헬렌이 물병을 넘어뜨리자 스타시에가 소리를 질렀다. 난 간신히 벌떡 일어난 덕에 최악의 사태를 피할 수 있었다.

"내 잘못이야."

헬렌이 내게 냅킨 뭉치를 건네며 사과했다.

물기를 아직 다 못 닦았는데 모차르트의 선율이 점심시간이 끝났음을 알렸고, 다들 소지품을 챙기기 시작했다. 아마도 그게 최선이었을 것이다.

급식실을 걸어 나올 때 헬렌이 나를 보며 미소 지었다.

"오늘 우리랑 같이 앉아서 좋았어."

"그래, 마침내 너랑 얘기하게 돼서 즐거웠어."

윈도 동의했다.

"그리고 잊지 마, 우리가 널 올리브한테서 제대로 구해 줬다는 걸."

스타시에가 한마디 거들자 캐롤라인이 피식 웃었다.

"연습 때 봐."

비앙카가 덧붙였다.

그 애들에게 손을 흔들어 주는데 머리가 어질어질했다. 너무 흥분하지 않으려고 애썼다. 하지만 이게 대박 사건이라는 건 나도 알았다.

같이 앉자고 로열의 초대를 받았을 뿐 아니라 점심시간 내내 잘 버텼고 걔들이 나를 좋아하는 것 같았기 때문이다!

적어도 지금은 그랬다. 하지만 갑작스러운 불안에 배 속에 경련이 일어났다. 만약 로열이 진짜 내 모습을 알면 어떻게 될까?

제12장 하버포드 저택의 미스터리

날이 선선했지만 엘리엇의 집에 도착할 무렵 나는 땀을 흘리고 있었다. 농구 연습이 또 늦게까지 이어졌기 때문이다. 아마드 코치님은 벽에 느긋하게 기대서 우리가 코트 한쪽에서 다른 쪽 끝으로 전력 질주하는 모습을 지켜보는 게 세상에서 제일 재밌는 것처럼 보였다. 연습을 마친 나는 옷을 갈아입고, 늦지 않으려고 하버포드 저택까지 내내 뛰어갔다.

정문을 열고 잡초가 무성한 마당을 걸어 들어갔다. 매서운 바람에 빙그르르 돌던 마른 가을 단풍잎들이 수북이 쌓여 있었다. 손질되지 않은 마당과 둥근 탑, 그리고 창문을 꽉꽉 덮고 있는 어두운 커튼 때문에 하버포드 저택은 전형적인 마녀의 집처럼 보였다.

사자 머리 모양의 손 고리를 잡기 전에, 휴대폰 카메라를 켜 황급히 내 모습을 살폈다. 부디 엘리엇이 상기된 얼굴을 이해해 주기를, 적어도 '겨땀'은 안 났다.

문 건너편에서 자물쇠가 돌아가고 엘리엇이 문을 열었다.

여기 오는 길에, 나는 '쿨해지는 법'이 로열에게 효과가 있는 것 같아서 엘리엇에게도 한번 적용해 보기로 마음먹었다. 자신감 있게 행동할 것이고, 만약 엘리엇이 내게 철벽을 치려고 하더라도 그냥 무시하고 넘어가기로 했다. 어떤 방법으로든 우리는 오늘 실제 대화를 나누게 될 것이다.

"안녕."

내가 쾌활하게 말했다.

"안녕."

엘리엇의 단조로운 목소리는 눈동자와 어울리지 않았다. 오늘 엘리엇의 눈은 바다 거품 같은 초록색과 하늘색이 가장 눈부시게 섞인 색을 띠고 있었다.

너무 빤히 쳐다보지 마. 넌 지금 쿨한 분위기를 풍기고 싶은 거야, 스토커가 아니라.

나에게 상기시켜야 했다.

"그런데, 난 너희 아빠가 레이크뷰의 헤드마스터인지 몰랐어!"

엘리엇을 따라 식당으로 가면서 말을 걸었다. 엘리엇이 대답하지 않았지만 난 멈추지 않았다.

"정말 이상할 거 같아. 그러니까, 학교에서도 아빠라고 불러?"

나는 분명 농담 삼아 한 얘기였는데 놀랍게도 엘리엇이 코웃음을 쳤다.

"장난해? 그럼 난리 날걸. 아버지는 학교에서나 집에서나 상관없이 헤드마스터처럼 행동하시는데."

우와. 내가 신경을 건드린 게 분명했다. 긍정적으로 보면 적어도 엘리엇이 마침내 나에게 이야기라는 걸 했다.

엘리엇은 말을 이었다.

"항상 '어서, 어서, 어서' 그러신다고. '최고 점수를 받아라, 열심히 공부해라, 열심히 노력해라, 열심히 연습해라.'"

엘리엇이 숨을 깊이 들이마시더니, 마치 그렇게 많이 털어 놓으려던 게 아니었다는 듯 눈을 피했다. 자리에 앉아 공책을 펼쳤다.

"어쨌든, 그럼 시작하……."

"네 말이 무슨 뜻인지 나도 너무 잘 알아."

나는 대화가 계속 이어지길 기대하며 재빨리 엘리엇의 말을 끊었다.

"우리 가족은 내가 아직 엄마 배 안에 있을 때부터 앤 나중에 엔지니어가 될 거라고 정한 게 거의 확실하거든."

엘리엇은 깜짝 놀란 얼굴로 나를 쳐다보았다.

"너 엔지니어가 되고 싶어?"

"음, 아니. 엔지니어를 하려면 최소한 수학에 약간의 재능은 있어야 한다고 생각해."

나는 내 교과서를 가리키며 어쩌라는 거냐는 손짓을 했다.

"그러니까, 난 이길 승산이 없는 게임을 하는 거지."

엘리엇이 피식 웃었다.

나는 책상 밑에서 조그맣게 주먹을 날렸다. 네 번째 웃음이닷!

"너희 가족은 네가 거둘 수 있는 가장 큰 이익을 염두에 두고 있는 거란다, 꼬마 아가씨."

고개를 홱 돌려보니 하버포드 양이 내 뒤에 서 있었다. 전에 봤을 때랑 똑같은 이브닝드레스에 숄을 걸치고 있었다.

처음 만났을 때는, 밤도 아닌 오후에 저렇게 차려입고 있는 게 이상하지만 어딘가에 가려고 미리 준비했다고 생각했다. 하지만 이제는 그냥 특이한 사람이라는 걸 알게 되었다. 이 정도의 거리에서도 옷에서 풍기는 희미한 곰팡내를 맡을 수 있었다.

다시 한번, 하버포드 양은 나를 마치 자신의 신발 바닥에서 발견했다는 듯 의심스럽게 쳐다보았다.

"너 우리 조카 여자친구니?"

난 숨이 막혀 캑캑댔다. 얼굴이 타는 듯 화끈거렸다.

"아, 아뇨……."

얼른 헛기침을 했다.

엘리엇을 흘낏 보니 얼굴이 완벽히 무표정이었다.

"에블린 고모, 피파 기억하시죠? 전 피파의 수학 선생님이에요."

"아, 그래."

하버포드 양은 나를 좀 더 빤히 보았다. 그러더니 느닷없이 태도를 바꾸었다.

"엘리엇, 네 손님한테 마실 것 좀 대접했니? 물이나 차?"

"아, 전 목이 안……."

내가 말을 꺼냈지만 하버포드 양이 손을 휘저으며 싹둑 끊었다.

"가엾게도 목이 막히는구나! 분명 차 한 잔이 절실할 거야, 나도 그렇고."

엘리엇이 자리에서 일어났다.

"금방 가져올게요."

아무 감정도 없는 목소리로 말하고는 쿵쿵거리며 복도를 걸어갔다.

나는 속수무책으로 엘리엇의 뒤를 바라보다가, 하버포드 양에게로 고개를 돌렸다가, 다시 교과서로 시선을 떨어뜨렸다. 마치 그렇게 하면 이 상황이 덜 불편해질 것처럼 말이다.

잠시 후에 하버포드 양이 엘리엇의 자리에 앉아 물었다.

"너 우리 조카 팬이니?"

나는 의자에서 불편하게 몸을 뒤척였다. 어떻게 대답해야 할까?

"참 잘생겼어, 그렇지 않니?"

생각에 잠긴 얼굴로 말했다.

"그리고 엄청나게 똑똑해, 운동도 잘하고."

몸을 앞으로 숙이며, 길고 누르스름한 손톱으로 테이블을 톡톡 두드렸다.

"하지만 그중에서도 가장 대단한 게 뭔지 알아?"

나는 엘리엇이 차를 갖고 얼른 돌아오기를 바라며, 고개를 가로저었다.

"'하버포드'라는 거야."

엘리엇의 대고모님이 선언했다. 눈썹을 활 모양으로 구부린 채 나를 보며 고개를 끄덕였다. 마치 자신이 논쟁을 매듭지었다는 듯한 표정이었다.

"맞아요."

난 얼떨떨하게 대답했다.

"하버포드라는 건 대단한 의미가 있단다."

하버포드 양이 말을 이었다.

"우리 가족의 모든 구성원은 지켜야 할 지위가 있어. 엘리엇 같은 사람에게는 도의적 의무가 있지. 중대한 의무야. 내 말 이해했니?"

"엘리엇 같은 사람이요?"

사실, 하버포드 양이 무슨 얘기를 하는지 전혀 이해하지 못했다. 하지만 딱 하나만은 내 귀에도 크고 또렷하게 들렸다. 두 뺨이 다시 달아오르기 시작했다. 이번에는 당혹감만큼이나 화가 났다.

엘리엇의 대고모님이 엘리엇 하버포드는 나에게 과분하다고, 말하고 있었기 때문이다.

제13장 충돌

로저스 선생님이 내 수학 시험지를 돌려주면서 얼굴에 웃음을 지었다.

"나쁘지 않아."

빨간 잉크로 적은 점수를 내려다보았다. B였다.

"좋았어!"

작게 속삭였다. 엘리엇의 호감을 얻는 데 많은(아니, 사실은 조금도) 진전을 이루지는 못했을지 모른다. 하지만 최소한 개인과외가 효과는 있는 것 같았다.

시험지를 수학 폴더에 조심스레 끼워 넣었다. 언니가 기뻐할 것이다. 언니가 원하는 A+는 아닐지 몰라도, 내가 레이크뷰에 다닌 지 겨우 몇 주밖에 안 됐는데 성적이 벌써 오르고 있었다.

『십대들』에 나와 있는 몇 가지 조언을 따르기 시작하면서 이제 내 외모도 전체적으로 나아졌다. 오늘 아침에는 머리 만질 때 새로운 팁을 시도해 보았다. 코코넛 오일 몇 방울 덕분에 머리카락이 굉장히 반짝거렸다. 점심을 먹으러 가는 길에 비앙카가 내게 감탄하는 시선을 던지며 말했다.

"오늘 네 머리 진짜 멋지다, 피파."

"정말?"

얼굴이 붉어졌지만 재빨리 어깨를 쫙 폈다. 너무 초라해 보이고 싶지 않았다. 자신감이라는 허울을 계속 쓰고 있기가 힘들기는 했지만 그래도 효과가 있는 것 같았다.

"고마워. 새로운 걸 시도해 보기로 했거든."

"음, 효과 있네. 그럼 연습 때 보자."

비앙카는 내게 미소를 지은 뒤 당당하게 교실로 걸어갔다. 기분 좋은 몽롱함에 취해 몸을 돌리다가 수학 교실에서 나오던 켄드릭 그린과 거의 부딪칠 뻔했다.

"악! 미안해, 피파, 내 잘못이야."

켄드릭이 길을 비켜 주며 사과했다. 우리가 전에 이야기를 나눠 본 적은 없지만, 켄드릭은 분명히 내 이름을 알고 있었다.

"아냐, 전혀."

나는 켄드릭의 뒤에 대고 웅얼거렸다. 뭔가 이상하지만 엄청난 일이 벌어지고 있다는 걸 알았다. 로열과 함께 점심을 먹은 지 일주일도 지나지 않았는데, 다른 아이들이 이미 나를 중요한 인물이라도 되는 것처럼 대했다.

"오늘은 두 명씩 짝을 지어서 수업할 거야. 『오만과 편견』의 몇 가지 주요 주제를 살펴보고 등장인물들이 따르는 각기 다른 길을 조사하면 돼."

허겁지겁 영어 교실로 들어가는데 더글러스 선생님이 말했다.

그 즉시, 모든 학생이 자신과 함께할 짝을 찾아 교실을 훑어보기 시작했다. 신경에 찌릿한 통증이 느껴졌다. 나는 누구랑 짝을 하지?

"걱정할 필요 없어, 내가 이미 배정해 놨으니까."

선생님이 말했다.

몇몇 아이들이 투덜거렸지만 선생님은 무시하고 아이들 이름을 줄줄이 읽어 내려갔다. 그리고 끝으로…….

"……트리시아랑 조지, 마지막으로 피파랑 디비야."

난 움찔했다. 내가 로열 무리에 끼게 되었을지는 몰라도, 그건 디비야와 아무 상관 없는 일이었다. 디비야는 나를 좋아하지 않는다는 점을 분명히 했다. 영어 시간에는 내가 말을 할 때마다 눈알을 굴렸고 농구 연습을 할 때는 내가 패스를 받을 수 있는 상황마다 나를 못 본 척했다.

결국 나는 점심시간에 헬렌에게 분통을 터뜨렸다가 디비야가 올해 스몰포워드 선발 출전 선수를 희망했다는 걸 알게 되었다. 그 일과 나는 관련이 없는데도 디비야는 내가 자기 포지션을 훔쳤다고 생각했다. 죄책감 같은 게 느껴지긴 했지만 정말로, 그건 코치님의 결정이었다.

자리를 옮겨야 하는데 디비야는 미동도 하지 않았다. 난 어색하게 내 물건을 주섬주섬 챙겨 디비야가 있는 쪽으로 갔다. 디비야는 팔짱을 낀 채 역겹다는 태도로 나를 빤히 쳐다봤다.

"안녕, 디비야."

나는 활기찬 목소리를 내려고 노력했다. 그리고 무난한 이야깃거리를 찾아보았다.

"머리핀 예쁘다. 엄청 화려한데?"

디비야는 크게 한숨을 내쉬었다.

"그냥 이거나 끝내자. 가장 중요한 주제는 뭐라고 생각해? 네가 책을 읽었다는 가정 하에 말이야."

나는 뺨 안쪽을 잘근잘근 깨물었다.

"저기, 우리 관계가 첫발부터 꼬였을지는 모르겠지만, 내가 팀에서 네 자리를 뺏으려고 한 건 아니었어. 난 네가 스몰포워드를 하고 싶어 하는지조차 몰랐거든."

"그 얘기 누가 했어?"

디비야가 입술을 꽉 다물었다.

"어, 헬렌이……."

디비야가 재빨리 말을 끊었다.

"그럴 줄 알았어야 했는데. 너 로열이랑 어울리다 보니 네가 인싸라고 생각하는구나. 자기 신용카드 없는 애들을 비웃기나 하면서."

"아냐, 난……."

내가 말을 꺼냈지만 디비야는 이번에도 잘랐다.

"뭐, 내가 너라면 그렇게 마음 편하게 지내지는 않을 거야. 비앙카는 새로운 걸 좋아하지만 금방 질려 해. 그리고 캐롤라인은 네 앞에서 웃어 줄지 몰라도 그건 네 앞에서만이야. 만약 네가 문제를 일으키면 그 애들은 다 쓴 휴지처럼 널 내버릴걸."

디비야는 그 자리에서 내게 등을 돌리고는 공책을 펼쳐 필기하기 시작했다.

난 꼼짝하지 않고 그대로 앉아 있었다. 눈물이 따끔따끔 눈을 찌르는 바람에, 흘러넘치기 전에 재빨리 눈을 깜빡여야 했다. 나를 이렇게까지 싫어하는 사람은 처음이었다.

그리고 디비야가 말한 '만약 네가 문제를 일으키면…….'은 무슨 뜻일까? 일종의 경고 같은 거였을까? 나의 진짜 모습에 대해 디비야가 뭔가 알고 있는 걸까?

디비야는 아무것도 몰라. 그냥 날 흔들어 보려고 그러는 거야.

마음을 가라앉히려고 노력했다. 하지만 내가 새로 얻은 자신감은 이미 사그라들기 시작했다…….

농구 연습이 시작되자 아마드 코치님이 호루라기를 불어 연습 경기를 하라고 지시했다. 공동 주장인 비앙카와 캐롤라인이 각자의 팀원을 고르게 되었다.

"캐롤라인, 너희 팀 먼저 고르렴."

코치님이 캐롤라인에게 얘기했다.

뱃속이 불편하게 요동쳤다. 재규어스팀의 가장 새내기인 내가 제일 마지막에 지목될 가능성이 컸다.

무엇보다, 비앙카나 캐롤라인 같은 애가 팀 동료를 고를 때 기량은 결정 요소의 한 부분일 뿐 각 팀원 선정이 애정의 표시이기도 하다. 그래도 당당하고 침착하게 견뎌내는 것 외에는 달리 할 수 있는 게 없었다.

먼저, 캐롤라인이 윈에게 손짓을 했다. 비앙카는 재빨리 헬렌을 불렀다. 그러자 캐롤라인이 조던을 낚아챘다. 나는 비앙카가 다음으로 스타시에를 고를 거라 예상하며 고개를 수그려 내 신발을 쳐다봤다.

하지만 그 대신 비앙카가 부른 이름은 바로 "피파!"였다. 내가 합류하자 헬렌이 내게 주먹 인사를 보냈다. 캐롤라인이 다음으로 스타시에를 선택했고 비앙카가 비너스를 골랐다. 디비야와 캐시는 캐롤라인에게 갔고, 비앙카는 샘과 탤리를 데려왔다.

마지막으로 올리브만 남았다. 올리브는 딱딱한 미소를 지으며 캐롤라인 쪽으로 느릿느릿 걸어갔다.

"여기가 내 팀인 것 같은데."

나는 올리브와 시선을 맞추고 미소를 지어 주려고 했지만 올리브가 무시했다. 나는 조용히 한숨을 내쉬었다. 내가 점심 식사 테이블을 바꿨을 때, 올리브가 나를 보며 짓는 표정과 치켜올리던 엄지손가락을 보면 분명히 알 수 있었다. 내가 자기를 로열과 앉는 자리로 초대해 주길 기다리고 있다는 것을 말이다. 하지만 내가 어떻게 할 수 있을까? 나도 로열 아이들에 대해 아는 게 거의 없는데.

며칠이 지나자 올리브는 그런 표정을 짓지 않았다. 이제는 항상 디비야와 함께 붙어 어울렸고, 더는 1교시 시작 전에 내 사물함에 매달리지도 않았다. 복도에서는 사실상 내 옆을 전력 질주로 지나갔다. 마치 아마드 코치님이 뒤에서 더 빨리 달리라고 호루라기를 부는 것처럼 행동했다.

연습 끝나고 올리브에게 말을 걸어야지. 같이 놀거나 할 수 있는지 물어봐야겠어, 라고 결심했다. 하지만 그사이에 디비야와 이 게임을 해결해야 했다. 아까 수업 시간에 디비야는 내게 몹시 화가 난 것 같았고, 경기를 지저분하게 할 것 같다는 예상이 들었기 때문이다.

그래서 디비야가 내게 가까이 다가오기를 기다리며 주의 깊게 지켜보았다. 그러나 아무 일도 일어나지 않았다. 끝나고 보니, 여느 때와 같은 일상적인 연습일 뿐이었다.

훈련이 끝나고 나는 재빨리 옷을 갈아입고 내 물건을 챙긴 다음 거울 앞에서 꾸물거렸다. 그리고 탈의실이 텅 비길 기다렸다. 올리브가 자기 사물함 앞에 서서 훈련복을 가방에 쑤셔 넣고 있기에 말을 걸었다.

"요즘 잘 지내?"

올리브가 흘낏 쳐다보았다.

"잘 지내."

차가운 목소리였다.

"있잖아, 혹시……."

"피파!"

헬렌이 내 이름을 부르자 올리브가 인상을 썼다.

"……혹시 오늘……."

"피파아아아아!"

스타시에와 캐롤라인이 함께 높이 불렀다.

돌아보니 로열 애들 전부가 탈의실 문 앞에 몰려 있었다.

"너 갈 거야, 안 갈 거야?"

비앙카가 물었다.

올리브를 돌아보며 입술에 침을 발랐다. 올리브는 눈썹을 치켜올린 채 나를 쳐다보고 있었다.

"쟤네가 뭐라고 그러는지 잠깐 물어보고 올게."

난 황급히 로열에게 갔다.

"우리 듀오디너에 갈 거야. 너도 갈래? 너도 가고 싶잖아!"

헬렌이 내게 팔짱을 끼며 말했다.

물론 나도 가고 싶었다. 하지만 탈의실 저편에서 나를 향해 이글거리는 올리브의 눈길이 느껴졌다. 게다가, 언니한테 연습이 끝나면 곧장 빨래방에 가겠다고 얘기했었다. 물론, 언니한테는 그냥 버스를 놓쳤다고 말할 수도 있었다. 하지만 올리브는…….

"갈게. 음……. 올리브한테 우리랑 같이 갈 건지 물어봐도 돼?"

헬렌에게 말하자마자 내가 실수했다는 걸 알 수 있었다. 비앙카가 못마땅한 듯 입술을 오므렸고, 헬렌이 움찔했으며 캐롤라인은 눈썹을 찌푸렸기 때문이다.

"아니면 다음번에나."

내가 잽싸게 덧붙였다.

"우리 아빠 차에 자리가 없어. 우리만 해도 꽉 차."

헬렌이 내게 팔짱 낀 손을 꽉 조였다. 비앙카가 나머지 한쪽 팔을 붙잡는 바람에 난 헬렌과 비앙카 사이에 끼게 되었다. 우린 아메바처럼 한 몸이 되어 문 쪽으로 움직였다.

올리브를 돌아볼 수도 있었지만 올리브의 표정을 보고 싶지 않았다.

밖에 나오니 비앙카의 아빠가 반짝이는 빨간색 레인지로버에서 기다리고 있었다.

"타라, 애들아!"

올리브를 생각하면 미안했지만, 그 마음은 한쪽으로 밀어 두었다. 호화로운 차에 나란히 올라탄 매력 넘치는 여섯 명 중 하나가 된다는 사실이 그저 너무 엄청났기 때문이다.

비앙카가 조수석에 앉고 캐롤라인, 헬렌, 그리고 스타시에가 두 번째 줄에 앉았다. 윈과 나는 뒷줄을 차지했다. 자리에 깊숙이 앉으며 가죽 냄새를 들이마셨다. 이 차는 냄새마저 향기로웠다.

블랙홀
청소년 문고 도서 목록

남들과 조금 달라서 더 반짝이는 아이들,
슈퍼 히어로가 되다

13층의 슈퍼 히어로

테레사 토튼 지음, 김선희 옮김 | 값 11,000원

저마다의 상처 때문에 강박증이 생긴 아이들이 서로 사랑하고, 배려하고, 우정을 쌓으며 자신의 상처를 극복하고자 노력하는 모습을 그린 소설로, 강박증에 시달리는 아이들의 심리와 행동을 따뜻한 시선으로 그려냈다.

☆ 캐나다 총독 문학상
☆ 전국독서새물결모임 독서토론/논술대회 대상 도서
☆ 2018 제16회 책과함께 KBS 한국어능력시험 추천 도서

다시 그때로 돌아간다면,
운명을 바꿀 수 있을까?

7일간의 리셋

실비아 맥니콜 지음, 김인경 옮김 | 값 11,000원

단짝 친구를 지키지 못한 페이지는 우연한 기회에 일주일 전으로 타입슬립을 하게 된다. 그러면서 그간 알지 못했던 진실들을 대면하게 되는데……. 일주일 전으로 돌아간 페이지 앞에 펼쳐진 새로운 운명의 선택지는 무엇일까?

☆ 2017 제14회 책과함께 KBS 한국어능력시험 추천 도서
☆ 책으로 따뜻한 세상 만드는 교사들 공식 추천 도서

비밀의 커튼 뒤,
소녀들의 은밀한 이야기가 시작된다

로즈힐 고등학교의 비밀소녀단

린만치우 지음, 조윤진 옮김 | 값 13,000원

『로즈힐 고등학교의 비밀소녀단』은 여고생들의 사랑과 우정을 다룬 대만 소설로 우리에게 익숙한 [나의 소녀시대], [그 시절 우리가 좋아했던 소녀] 등 대만 청춘물의 맛을 고스란히 느낄 수 있다.

☆ 대만 호서대가독(好書大家讀) 최우수 어린이 청소년 도서
☆ 2018 제16회 책과함께 KBS 한국어능력시험 추천 도서

비밀을 간직한 상상 속 친구들, 그리고 숲속에 숨겨진 수수께끼!

라이트 보이

리사 톰슨 지음 | 김지선 옮김 | 값 13,000원

엄마의 애인 게리 아저씨에게 괴롭힘을 당하던 네이트는 어느 날 밤, 엄마와 함께 집을 떠나 숲속 별장으로 도망친다. 그러나 장보러 나간 엄마는 며칠째 돌아오지 않고, 그렇게 네이트는 낯선 곳에 홀로 남겨지게 된다. 바로 그때 어렸을 때 만나 함께 놀았던 상상 속 친구 샘이 나타나면서 환상 같은 현실이 펼쳐진다.

☆ 2020 제18회 책과함께 KBS 한국어능력시험 추천 도서

온라인 그루밍 범죄로 친구를 잃은 소녀, 웹사이트 '리스크'를 개설하다!

리스크: 사라진 소녀들

플러 페리스 지음 | 김지선 옮김 | 값 13,000원

테일러는 온라인 채팅으로 알게 된 남자를 만나러 나갔다가 실종된 시에라의 행적을 뒤쫓으면서 온라인 세계의 위험성을 알게 되고, 캘럼과 함께 시에라의 추모 사이트 '리스크'를 만든다. 그리고 시에라가 만났던 남자의 정체가 밝혀지는데…….

☆ 호주 현지 영화화 확정
☆ 2021 제19회 책과함께 KBS 한국어능력시험 추천 도서
☆ 2021 행복한아침독서 추천 도서

"우리는 지금, 연대하고 있어."

앙상블

은모든, 정명섭, 정은, 탁경은, 하유지 지음 | 값 12,000원

다섯 작가가 '청소년 연대'를 주제로 그려낸 다섯 편의 단편소설 모음집. 같은 속도로 함께 발맞춰 걷는 청소년들에 주목한 다섯 작품들이 하나의 마음으로 서로의 곁을 채운다.

☆ 2021 제19회 책과함께 KBS 한국어능력시험 추천 도서
☆ 2021 행복한아침독서 추천 도서

100년 전통의 귀문 고등학교, 그곳에선 언제나 미스터리 사건이 벌어진다

귀문 고등학교 미스터리 사건 일지

김동식, 조영주, 정명섭, 정해연, 전건우 지음 | 값 12,000원

100년 역사를 자랑하는 귀문 고등학교,그곳에는 오래된 역사만큼이나 켜켜이 쌓인 사건 사고들이 있다. 나와 전혀 다른 세상의 이야기 같지만 지금 당장 내 앞에 펼쳐질 수 있는 일들. 귀문 고등학교 미스터리 사건 일지의 다음 주인공은 내가 될 수 있다.

이토록 신나는 스페이스 오페라는 없었다!

엉망진창 우주선을 타고

김이환 지음 | 값 12,000원

모든 일에 최선을 다해야 하는 베스트 시티. 중학생 선동은 자신이 왜 최선을 다해야 하는지 자꾸 의문이 생긴다. 부모님은 그런 선동의 고민을 스스로 해결할 수 있도록 우주관광을 보내 주지만, 선동은 시간을 꼭 지켜야 하는 타임 시티에서 탑승 시각을 어기는 바람에 낙오되고 만다. 결국 사설 우주선 영만호를 타고 최종 목적지 지구로 향한다. 그러던 중 악명 높은 우주 해적 캡틴 코모도를 만나게 되는데…….

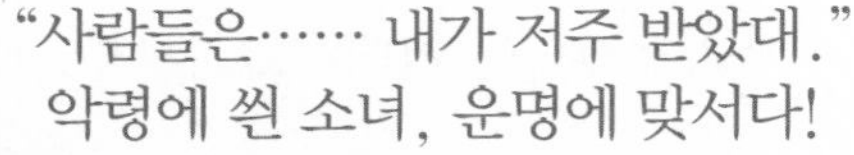

내 이름은 블랙

플러 페리스 지음 | 김지선 옮김 | 값 13,000원

작은 마을 데인스필드 사람들은 에보니 마셜이 악령을 품고 있다는 기괴한 소문 때문에 '블랙'이라고 불렀다. 언제나 블랙을 섬뜩한 눈빛으로 바라봐 오던 래칫 신부는 광신도 집단 '위스퍼러'를 움직여 블랙 안의 악령을 쫓아내야 한다며 급기야 블랙의 목숨까지 위협하기 시작한다. 과연 블랙은 이 기묘한 미스터리 속에서 살아남아 단단히 꼬인 진실의 매듭을 풀 수 있을까?

“이 살인사건의 진범을 알아냈소.”

조선 과학 탐정 홍대용

윤자영 지음 | 값 12,000원

사서삼경 대신 실학에 매진하기로 한 석실서원 유생 홍대용! 신분과 나이, 성별이 각기 다른 4인의 담헌 정탐단과 함께 조선 팔도를 기행하며 미궁에 빠진 사건을 해결한다. 이치에 맞는 세상을 꿈꾸며 긴 여정을 시작한 담헌 정탐단 앞에 과연 어떤 일들이 벌어질 것인가!

☆ 2022 행복한아침독서 추천 도서

“아무도 날 알아보지 못하고,
내 흔적도 전부 사라졌어!”

내가 지워진 날

리사 톰슨 지음 | 이민희 옮김 | 값 13,000원

학교 최고의 사고뭉치 맥스웰은 어느 날 이웃 할아버지 집에서 오래된 골동품들을 뒤적이다 기묘한 나무알을 발견한다. 그 후 어찌된 일인지 맥스웰은 세상에서 그대로 ‘지워지고’ 만다. 마치 태어난 적도 없는 것처럼!

100년 넘은 오랜 전통을 자랑하는 귀문 고등학교,
축제 날에 벌어진 수상한 사건들

귀문 고등학교, 수상한 축제

정명섭, 정해연, 조영주, 전건우, 김동식 지음 | 값 13,000원

입시 준비로 억눌린 학교생활을 견디던 학생들이 들뜬 마음으로 기다려온 축제 날, 한껏 달아오른 교내의 분위기에 경종을 울리듯 경찰차의 사이렌 소리가 달려 들어온다. 그런데 경찰차 출동에 움찔, 놀라는 이들이 한둘이 아니다. 이 중 누가 사건의 주인공일까?

전 세계를 감동시킨,
조금 특별한 소년이 찾아온다

 # 골드피쉬 보이

리사 톰슨 지음, 양윤선 옮김 | 값 13,000원

작가의 데뷔작 『골드피쉬 보이』는 미국에서 가장 신뢰성 높은 서평 그룹, 굿리즈에서 4.14의 높은 점수로 호평을 받았으며 한국을 포함해 영국, 미국, 프랑스 등 11개국에서 출간되었다. 리사 톰슨은 미스터리, 블랙 코미디, 성장물을 한 권으로 완벽하게 엮어냈다.

☆ 2019 학교도서관저널 추천 도서
☆ 2019 행복한아침독서 추천 도서

다섯 귀신의 사연으로 그려본,
오싹한 우리들의 자화상

 # 이웃집 구미호

김태호, 윤해연, 윤혜숙, 임어진, 정명섭 지음 | 값 11,000원

동서양을 막론하고 그 나라를 대표하는 귀신 이야기 속에는 그 사회를 사는 사람들이 겪고 있는 현실적 문제나 마음속 깊이 숨겨둔 어두운 감정이 고스란히 투영되는 경우가 많다. 다섯 작가들이 풀어놓는 귀신들의 사연에 귀를 기울이다 보면 오늘날 청소년들이 겪고 있는, 귀신보다 더 무서운 현실이 보인다.

언제나 서로가 '첫 번째'였던
소녀와 소년의 이야기

 # 지도를 모으는 소녀, 고래를 쫓는 소년

왕수펀 지음, 조윤진 옮김 | 값 11,000원

『지도를 모으는 소녀, 고래를 쫓는 소년』은 요즘의 사랑 이야기와는 달리 빠르지도, 시원하지도, 세련되지도 않다. 느리고, 답답하고, 투박하다. 그래서 더 설레고 가슴 아프다. 사랑이었으면서도 사랑인 줄 몰랐던 소녀와 사랑했으면서도 고백하지 못했던 소년의 이야기.

☆ 대만 호서대가독(好書大家讀) 최우수 어린이 청소년 도서
☆ 2020 제18회 책과함께 KBS 한국어능력시험 추천 도서

주차장을 빠져나오는데 올리브가 어깨에 가방을 걸치고 체육관에서 나오는 게 보였다.

올리브랑은 내일 얘기할 거야.

나는 자신에게 약속했다. 이렇게 생각하자 뱃속을 휘젓는 불편한 감정을 무시하기가 좀 더 쉬웠다.

“안녕, 우리 딸.”

비앙카의 아빠가 핸들을 잡지 않은 손으로 비앙카의 어깨를 꽉 쥐며 인사를 건넸다.

“오늘 학교 어땠어?”

“늘 그렇지 뭐.”

비앙카가 경쾌한 목소리로 대답했다.

비앙카는 얘기를 좀 더 나누고 싶은 표정이었지만, 비앙카 아빠는 귀에 꽂은 무선 이어폰으로 누군가와 나누던 대화를 이미 다시 시작한 뒤였다.

“비앙카 아빠는 엄청나게 큰 광고회사 임원이신데 항상 일만 하셔. 근데 비앙카네 어마어마한 부자야.”

윈이 내게 속삭였다.

윈은 로열 가족들의 재정 상태를 전부 알고 있을까? 윈의 부모님은 무슨 일을 하시는지 물어보려다가 문득 그만두었다. 그 질문을 하면 아마 윈도 우리 가족에 관해 물어볼 텐데, 언니의 보잘것없는 빨래방이나 공장에서 일하는 형부의 직업을 로열이 알게 되는 건 내가 제일 나중으로 미루고 싶은 일이었기 때문이다.

그래서 나는 한마디도 하지 않았다.

우리가 듀오디너의 뒤쪽에 자리를 차지하자마자 하인 아저씨가 우리 테이블로 다가왔다.

"주문!"

아저씨가 빽, 하고 소리를 질렀다.

그러고는 우리가 주문서를 적는 동안 짜증스럽게 발을 툭툭 굴렀다. 나는 차에서 신중하게 내 주머니 사정을 확인했고, 1달러짜리 지폐 네 장을 찾아냈다. 비록 남은 한 주 동안 점심을 해결할 방법을 찾아야 하긴 하지만 현재로서는 돈 걱정이 되지 않았다. 그렇지만 퍼지를 추가한 바닐라 아이스크림 라지 사이즈를 주문한 건 실수였다.

비앙카는 과일 한 접시("고맙지만 코타지 치즈는 빼고요."), 캐롤라인은 레몬을 넣은 뜨거운 차, 그리고 윈은 물만 부탁했기 때문이다. 그나마 다행히 헬렌과 스타시에가 초콜릿 칩 팬케이크로 동참해 주어서, 나 혼자만 단것 덕후가 되지 않았다는 사실에 조용히 안도의 한숨을 내쉴 수 있었다. 그래도 신중을 기하기 위해 내 아이스크림을 라지에서 싱글로 바꾸었다.

“근데, 빅토리아랑 맞붙는 시즌 개막전이 다가오잖아. 걱정되니, 피파?”

스타시에가 물었다.

빅토리아 중학교가 화제에 오를 때면 언제나 뱃속에 단단한 매듭이 생기는 기분이 들었다. 조만간 털어 놓아야 할 것이다. 다른 건 몰라도, 빅토리아 중학교 선수들은 전부 나를 알고 있을 테니 시합 당일에는 어차피 모두에게 알려질 사실이기 때문이다. 냅킨을 뭉쳐 작게 비틀어 짜며 마음의 평정을 유지하려고 노력했다.

아마 아무것도 아닌 일을 내가 크게 만들고 있는지도 몰라. 아마 로열은 공립학교 출신이라는 내 과거를 쿨하게 받아 줄 수 있을지도 몰라.

“피파가 걱정을 왜 해? 빅토리아를 박살 내 줄 텐데.”

헬렌이 나 대신 대답했다.

“피파는 잘할 거야, 스타시에랑 윈은 올해 졸업이잖아. 빅토리아의 연승을 끝낼 수 있는 마지막 기회야.”

캐롤라인도 동의했다.

“우린 7년 동안 개네한테 한 게임도 못 이겼거든.”

윈이 설명해 주었다. 물론 나는 그 사실을 이미 알고 있었지만 그래도 놀란 표정을 지으려고 애썼다.

바로 그때, 하인 아저씨가 우리가 주문한 음식을 갖다주었다. 아저씨는 우리한테 더 필요한 게 있느냐고 물어보지도 않고 쌩가 버렸다.

비앙카가 인상을 찌푸리며 팔짱을 끼었다.

"만약 우리가 올해도 빅토리아 중학교를 이기지 못하면 어떻게 해야 할지 모르겠어. 내 말은, 그건 단지 우리가 형편없다는 걸 반영하는 정도가 아니라 학교의 명성도 상처 입게 된다는 거야. 게다가, 진짜 창피하지 않겠어?"

나머지 아이들이 모두 고개를 끄덕였다. 그 자리에 있던 나는 입맛이 싹 사라졌다. 뱃속의 매듭이 돌아왔을 뿐 아니라 그 어느 때보다 더 커져 있었다. 비앙카가 내 의문에 콕 집어 대답해 준 셈이었다.

바로, 로열은 단연코 공립학교 출신이라는 내 과거를 쿨하게 받아 주지 않을 것이라는 사실이었다.

'너 공립학교 다녔었어? 그 팀에서 뛰었다고?'

비앙카가 비명을 지르는 모습을 상상하자마자 몸이 움츠러들었다.

"드디어!"

내 뒤에서 익숙한 목소리가 들렸다. 뱃속이 홀딱 뒤집혔다.

버디다.

버디가 내 어깨를 철썩 때리자 로열이 전부 돌아보았다.

"네가 외계인한테 납치돼서 조사에 응하라고 협박을 받고 있나 막 생각하던 참이었어. 전화도 안 해, 메시지도 안 보내……. 그동안 어디 있었냐?"

맥박이 방망이질하기 시작했다. 버디가 학교나 빅토리아 중학교 농구팀, 혹은 빨래방이나 언니와 형부의 작고 서글픈 아파트 이야기를 꺼내면 어떻게 하지?

"안녕, 버디. 난 너 못 봤어."

내가 힘없이 말했다.

"잭이랑 씨씨랑 저기 있었어."

버디가 듀오디너의 다른 쪽에 있는 좌석을 향해 손을 흔들었다. 나의 옛 점심 짝꿍 두 명이 휴대폰을 들여다보며 웃고 있었다. 나보다는 버디가 항상 그 둘과 가깝게 지냈다.

"피파, 누구야?"

헬렌이 버디를 응시하며 물었다.

"그래, 우리 좀 소개해 줘, 네…… 친구한테."

캐롤라인이 눈을 가늘게 뜨며 헬렌보다 훨씬 덜 따뜻한 목소리로 말했다.

"아, 내 실수."

버디는 나한테서 눈을 떼고 나머지 아이들에게로 주의를 돌렸다.

"버디라고 해, 안녕."

버디가 고개를 까딱였다.

"난 헬렌이야."

헬렌이 버디에게 눈부신 미소를 보냈다.

헬렌을 제외한 나머지 아이들은 굳이 자기소개를 하지 않았다. 하지만 버디를 분명 흥미로운 눈길로 살펴보았다. 난 그동안 버디를 버디가 아닌 다른 어떤 것으로도 본 적이 없었는데, 그날 처음으로 다른 여자애들처럼 버디를 평가해 보았다. 집에 골드피쉬 크래커가 한가득 쌓여 있는 태평한 내 친구 버디를.

버디는 희고 가지런한 치아와 따뜻한 미소를 가졌고 검은 머리카락은 매력적으로 헝클어져 있었다. 하지만 나는 그동안 버디가 얼마나 구부정하게 서 있는지 전혀 몰랐다. 그리고 해진 테니스화와 상표 없는 청바지, 주름진 남색 무지 티셔츠는 버디의 일상적인 모습이었음에도, 처음으로 그런 차림새가 눈에 띄게 지저분하다는 생각이 갑자기 들었다.

"미나 누나랑 정화 형 잘 지내시지?"

버디가 물었다.

"잘 지내."

침을 꿀꺽 삼키며 대답했다.

최대한 빨리 주제를 바꿔야 했다. 다행스럽게도 바로 그때, 젝넬 아주머니가 버디의 테이블에 튀긴 양파링을 수북이 담은 접시를 들고 가는 모습이 보였다.

"어, 저것 봐. 너희 음식 방금 나왔어. 얼른 가야지, 잭이 다 먹어 버리겠다."

버디가 이상하다는 눈으로 나를 흘낏 보았지만 곧 고개를 끄덕였다.

"그래, 좋아. 그럼 다음에 보자, 피파."

"좋아, 다음에."

버디가 아직 우리 얘기가 들리는 거리에 있는데도 비앙카가 버디의 뒷담화를 시작했다.

"저 지저분한 티셔츠 봤어? 그 얼룩이 케첩인지 아님 핏자국인지 알 게 뭐야."

비앙카가 고개를 절레절레 흔들며 말했다.

"그 셔츠는 잊어버려. 근데 재 누구야?"

캐롤라인이 불쑥 물었다.

"그래, 귀엽더라! 너 그동안 우리한테 숨겼구나!"

스타시에가 끼어들었다.

"피파가 눈독 들이고 있는 남자일지 몰라."

비앙카가 은근히 말했다.

"아니야!"

나는 얼굴이 빨개져서 소리쳤다.

"저 뺨 좀 봐! 확실해?"

비앙카가 소리 내 웃었다.

"백 퍼센트 확실해."

내가 단호하게 대답했다. 버디를 그런 식으로는 한 번도 생각해 보지 않았다.

"전에 본 적이 없는데. 쟤 어느 학교 다녀?"

캐롤라인이 얼굴을 찌푸리며 물었다.

아, 이런.

"어디 출신인지는 나도 몰라. 우린, 음, 그냥 가끔 같이 농구하는 사이라."

캐롤라인의 질문을 회피하긴 했지만, 그렇다고 내 대답이 완전히 거짓말은 아니었다. 버디가 정확히 어느 도시에서 태어났는지는 나도 몰랐기 때문이다. 내 말이 전부 진실은 아니었을 뿐이다.

"흠. 네가 쟤한테 반하지 않았다니 다행이야. 저 얼룩들……."

비앙카가 코끝을 찡그리며 말을 흐렸다.

"말도 안 돼. 난 스타시에 말에 동감이야. 귀엽게 생겼잖아. 피파, 버디가 몇 학년인지 알아?"

헬렌이 비앙카의 의견에 반박했다.

"7학년일걸."

"아, 그것도 좀 문제네. 난 8학년한테 좀 더 끌리는데."

비앙카가 말했다.

윈이 또르르 눈알을 굴렸다.

"모든 8학년은 아니잖아. 딱 한 명이지."

비앙카가 한 손을 가슴에 딱 붙이며 말했다.

"그럼 어떻게 해? 엘리엇이 너무 완벽한데."

누가 내 가슴을 대형 망치로 세게 내리친 기분이었다.

"엘리엇 하버포드?"

참지 못하고 불쑥 내뱉었다. 모두 놀란 토끼 눈으로 나를 쳐다봤다. 비앙카의 눈이 가늘어졌다.

"피파는 수학 공부 때문에 엘리엇네 집에 간대."

헬렌이 설명해 주었다.

"그렇구나."

비앙카의 목소리가 부드러워졌다.

"엘리엇은 진짜 대단한 선생님이야."

아, 이런, 그럴 의도가 전혀 아니었는데, 칭찬을 마구 쏟아내는 것처럼 들렸다. 비앙카의 표정에 의혹이 자라났다.

"하지만 내가 엘리엇한테 반했다거나 그런 건 아니야."

내가 황급히 덧붙였다.

잘한다, 이제는 아주 방어적으로 들렸다.

"엘리엇 괜찮지."

어설프게 말을 끝내고는 숟가락을 입에 꽂아 넣었다. 내 입을 닫으려면 그 수밖에 없었다.

어색하게 긴 한 박자가 지나고, 비앙카가 머리를 어깨로 쓸어 넘기며 활기차게 말했다.

"엘리엇은 자비심이 너무 많아. 내가 엘리엇을 좋아하는 이유 중 하나가 바로 그거야. 당연히 넌 지금 과외 수업에 비집고 들어가야 할 거야."

비앙카가 내게 몸을 슥 기울였다. 그리고 내 상상이라고 할지 모르겠지만, 순간 비앙카의 홍채 색깔이 적어도 두 단계는 어두워졌다고 맹세할 수 있다.

비앙카는 다시 몸을 일으키더니 뒤로 기댔다.

"왜냐하면 일단 엘리엇이 내 남친이 되잖아? 그럼 나 빼고는 아무한테도 시간을 못 내줄 테니까."

제14장 피파의 행보

"윽, 연습할 때 손톱이 부러졌어."

캐롤라인이 말했다. 미세하게 금이 간 것만 빼면 매니큐어가 완벽하게 발린 집게손가락을 살핀 후였다.

"매니큐어, 페디큐어의 밤이다!"

스타시에가 두 팔을 허공에 내던지며 소리쳤다.

연습복을 다 갈아입고 돌아보니 비앙카가 더없이 깔끔한 자기 손톱을 평가하는 표정으로 내려다보고 있었다.

"어쨌든, 이 색은 이제 질렸어. 나한테는 초록색이 더 잘 어울리는데."

나 역시 질렸지만 그건 매니큐어랑은 상관이 없었다. 듀오디너를 다녀온 지 며칠이 지났는데도 나는 비앙카와 나눴던 날카로운 대화나 버디와 우연히 만났던 일의 여운이 아직 가시지 않은 상태였다.

게다가 로열에 뒤처지지 않게 따라가는 일, 빨래방에서 일상적으로 하는 잡일, 농구 연습, 그리고 레이크뷰의 엄청난 숙제 양까지 더하니, 이제 남은 건 완전히 녹초가 된 피파뿐이었다.

"정한 거야, 문라이트 스파에 가자. 거기에 완전히 끝내주는 안마 의자가 있어."

스타시에가 말했다.

"힘든 연습 후에 안마 의자라니 진짜 솔깃한데."

헬렌이 목을 꺾으며 얼굴을 찡그렸다.

"너도 갈 거지, 윈?"

"난 오늘 동생 봐야 해. 나 없을 때 너무 달리지들 마."

윈이 가방 지퍼를 올리며 대답했다.

"그건 장담 못 하지. 넌 어때, 피파?"

헬렌이 물었다.

난 이번 주 초에 빨래방에 늦은 것 때문에 이미 언니와 불편한 상태였다. 게다가 돈도 없었다.

"음, 난 숙제가 너무 많아서."

내가 말을 꺼내는데 스타시에가 푸훗, 웃음을 터뜨렸다.

"숙제라고? 오늘 금요일 밤이잖아!"

스타시에가 내 손을 와락 붙잡고는 매니큐어도 바르지 않고 끝이 거칠거칠한 내 손톱을 살폈다.

"그리고 기분 나쁘게 듣지 마, 네 손은 절대적으로 매니큐어가 필요해."

"그래, 안 예뻐, 피파. 너 진짜 우리랑 같이 가야겠다."

캐롤라인이 맞장구를 쳤다.

어떡하지. 이제는 뱃속에 단단히 묶인 매듭에 익숙해지기 시작했다. 나는 아무렇지 않은 척하며 물었다.

"요금은 얼마야?"

"몰라, 한 20달러?"

비앙카가 가격은 아무것도 아니라는 듯 말했다.

"기본 매니큐어 비용이 그렇다고."

"아."

매듭이 한 단계 더 꽉 조여졌다.

"문제 있어?"

캐롤라인이 나를 보며 고개를 까딱했다. 난 재빨리 재킷 단추를 채우는 데 집중했다.

"그냥 현금이 그 정도는 없어서. 그리고 어……. 내 직불카드를 집에 두고 왔거든."

"그건 걱정하지 마."

헬렌이 팔로 내 어깨를 감싸며 말했다.

"내가 낼게. 나중에 갚으면 되지."

밖으로 나가면서 헬렌에게 고맙다고 말했다. 하지만 속으로는 헬렌에게 그 돈을 갚으려면 럭키 빨래방에서 얼마나 많은 시간을 일해야 하는지 맹렬히 계산하고 있었다.

매니큐어가 20달러면 세탁물이 몇 킬로그램이어야 하지? 나는 눈을 감고 끙끙거리며 계산했다. 90킬로그램이구나. 거의 형부 몸무게만큼이나 되는 무게였다!

내가 친구들이랑 놀러 간다고 했다가는 언니랑 말다툼하게 될 것이다. 그래서 나는 언니한테 그냥 메시지를 보내고 휴대폰을 재빨리 가방 주머니에 집어넣어 버렸다.

몇 분이 지나자 휴대폰이 울리기 시작했다. 한 번…… 두 번…… 세 번…… 네 번, 메시지 폭탄의 도착을 알리는 소리였지만 무시했다.

스타시에의 엄마가 앨더 다리에서 서쪽으로 두어 블록 떨어진 곳에 자리 잡고 있는 매장에 우리를 내려 주었다.

"기본 매니큐어는 20달러, 젤 네일은 30달러예요. 매니큐어랑 페디큐어 콤보는 40달러고 젤 네일로 하면 60달러가 되네요."

우리가 들어가자 접수대 직원이 말했다.

"저희 다섯 명 다 콤보로 할게요."

캐롤라인이 무심하게 말했다.

"어, 전 그냥 매니큐어만 하고 싶어요. 기본으로요."

내가 재빨리 끼어들었다.

"확실해? 네 손톱에는 젤 네일이 굉장히 잘 어울릴 텐데."

스타시에가 확인차 물었다.

난 어정쩡하게 어깨를 으쓱했다. 내가 여기 있으려고 미래의 내 자유 시간을 얼마나 많이 희생하고 있는지 이 애들이 알기만 한다면. 정말로 내 것이 아닌 자유 시간을…….

"내가 좋아하는 매니큐어는 젤 타입이 안 나와."

내가 거짓말을 했다.

"아, 정말? 어떤 건데?"

당황해서 눈이 휘둥그레졌다. 이제 내가 제일 좋아하는 새로운 매니큐어가 필요했다. 게다가 어떤 게 젤 타입인 거야?

"설마 '라이트 미 업 라벤더'는 아니겠지."

스타시에가 반짝거리는 연보라색 매니큐어 병을 가리키며 말했다.

"맞아."

나는 조그맣게 안도의 한숨을 내쉬며 선반에서 그 색을 꺼냈다.

"바로 이거야."

"그거, 내가 한 달 내내 제일 좋아했던 색이야."

스타시에가 말했다.

"이쪽이에요."

안내 직원이 우리에게 의자 다섯 개가 놓여 있는 곳을 가리켰다.

나를 뺀 모두가 페디큐어 시술을 받는 동안 나 역시 안마 의자에 앉아 있었다. 네일 아티스트가 날카로운 금속 도구로 내 손가락의 큐티클에 무언가를 하는 동안 가만히 있으려고 했지만 안마 의자의 진동 때문에 몸이 부드럽게 떨렸다.

나는 네일숍이 생전 처음이었다. 이 모든 게 얼마나 간지러운지 몰랐다. 깜짝 놀랐다.

"가끔은 네일을 받는 게 무슨 의미가 있나, 하는 생각이 들어."

헬렌이 침울한 얼굴로 말을 이었다.

"다음 연습이 끝날 때쯤이면 손톱 끝이 다 부러져 있을 텐데 말이야."

거의 마무리된 내 왼손을 내려다보았다. 다행히 스타시에가 좋아했던 색은, 정말로 예뻤다.

"앞으로 48시간 동안은 이 기분을 확실히 즐길 거야."

내가 말했다.

"난 너의 낙천적인 모습이 좋아."

헬렌이 따뜻한 미소를 지었다.

나도 헬렌을 보며 미소 지었다. 헬렌은 내가 정말로 이 아이들과 잘 어울린다고 느끼게 해 주었다. 그 후에 우리는 서로의 팔짱을 끼고 단체로 문라이트 스파를 빠져나왔다. 보도 위로 발을 올리는데 비앙카가 헉, 소리를 냈다.

"엘리엇!"

엘리엇이라는 이름에 내 고개가 번쩍 들렸다. 엘리엇이었다, 짧은 스포츠머리를 한 키 큰 친구와 다부진 체격의 빨강머리, 이렇게 두 남자애들과 함께 우리 쪽으로 걸어오고 있었다. 셋 다 티셔츠와 농구 반바지를 입고 있었다. 그중 키 큰 친구가 농구공을 바닥에 튕기기 시작했다. 엘리엇의 금빛 머리카락은 헝클어지고 두 뺨은 상기되어 있었다.

세상에 엘리엇만큼 귀여운 사람은 아무도 없을 거야.

이건 말이 안 된다.

엘리엇 무리가 우리 쪽으로 다가오자 비앙카가 앞으로 나아갔다. 아무 생각 없이, 나도 그렇게 했다.

내가 뒤에 따라오는 걸 본 비앙카의 눈에 서린 건 틀림없는 짜증이었다. 깜짝 놀란 나는 나머지 애들이 뒤에 멈춰 서 있다는 걸 깨달았다. 뒷걸음질 쳐야 할까? 아니다. 이제 너무 늦었다. 그렇게 하면 굉장히 어색할 것이다.

게다가, 내 머릿속에서 반항적인 목소리가 말했다. 나도 엘리엇을 좋아해, 그런데 왜 비앙카를 편하게 해 줘야 해?

"무슨 일이야, 비앙카?"

엘리엇이 비앙카에게 물었다. 그러고는 나를 흘낏 보았다.

"피파."

"안녕."

내가 가까스로 할 수 있는 말은 이게 다였다.

"네가 수학의 신이라는 얘기 들었어."

비앙카가 머리카락 한 가닥을 집게손가락에 감아 빙빙 돌리며 말했다.

"언제 내 숙제 좀 도와줬으면 해서."

내 입이 떡 벌어졌다. 완전 작업 멘트잖아. 스포츠머리와 다른 친구가 마주 보고 히죽 웃는 걸 보니 그 애들도 나랑 같은 생각을 한다는 걸 알 수 있었다. 하지만 비앙카는 태연히 눈만 깜빡거릴 뿐이었다.

"아."

엘리엇이 놀란 것 같았다. 하지만 비앙카가 환하게 빛나는 미소를 보내자 어깨를 으쓱하고는 한쪽 입꼬리를 올리며 반쯤 미소 지었다.

"그래, 물론이지."

"좋아, 메시지 보낼게."

비앙카가 말했다.

다시 돌아선 비앙카가 내게 작게 비웃음을 지으며 물었다.

"피파, 무슨 볼일 있어?"

나는 대답조차 할 수 없었다. 한 걸음 뒤로 물러서는데 귓속에서 웅웅거리는 소리가 들렸다.

내가 엄청난 실수를 저질렀다. 비앙카는 이런 일에 나보다 훨씬 더 뛰어났다. 나는 공연히 스스로를 똥 멍청이로 만들고 있었다.

엘리엇은 나한테 관심이 1도 없고 이제 비앙카는 나를 미워한다.

비앙카를 따라 로열에게로 돌아갔다. 가슴이 뜨거웠다.

"어떻게 됐어?"

캐롤라인이 캐물었다.

비앙카가 흡족한 웃음을 지었다.

"내가 메시지 보낸다고 했어."

스타시에와 캐롤라인이 함께 꺅, 소리를 질렀다. 헬렌은 비앙카와 하이파이브를 했지만, 시선은 신발을 내려다보는 나를 향하고 있다는 걸 느낄 수 있었다.

빨간 레인지로버가 다가와 서자 비앙카가 머리카락을 어깨 너머로 휙 넘겼다.

"우리 차가 왔네."

좋알거리고는 자기 아빠 차의 조수석에 올라탔다.

"다들 다음에 봐."

빨간 차가 속도를 높여 떠나자 캐롤라인이 내 쪽으로 몸을 돌려 물었다.

"뭘 하려고 그랬어?"

"아무것도. 난 그냥, 난 그냥 엘리엇이랑 아는 사이라서, 그게 다야."

"우리한테 다 말해 줘! 넌 뭐라 그랬어? 엘리엇은 뭐라고 했어? 비앙카는 뭐래?"

스타시에가 나를 졸랐다.

"네 표정을 보면 알 수 있어, 뭔가 일어났다는 걸."

"너 정말 좀 아파 보여."

캐롤라인이 동의하고는 나를 향해 눈썹을 치켜올렸다.

"아니면 항상 이렇게 기운이 쏙 빠져 있는지도 모르지."

그 말을 인지하는 데 시간이 조금 걸렸다. 그러고 나자 목구멍에 묵직한 게 느껴졌다.

"캐롤라인."

헬렌의 목소리에 질책이 묻어났다.

"뭐? 얘 진짜 창백해 보이는데."

헬렌은 무언가 다른 말을 하고 싶은 표정이었지만, 헬렌이 말을 꺼내기 전에 스타시에의 엄마가 도착했다. 그리고 이웃 사이인 스타시에와 캐롤라인 둘 다 차에 올랐다.

"미안해, 너 괜찮아?"

우리만 남게 되자 헬렌이 내게 말했다.

"걱정하지 마, 아무것도 아니야."

내가 비참한 기분으로 대답했다.

헬렌은 내 말을 믿지 않았을 것이다. 하지만 헬렌이 나를 채근하기 전에 검은색 어큐라가 다가와 멈췄다.

"태워 줄까?"

헬렌이 물었다.

나는 고개를 저었다.

"우리 언니가 금방 여기 도착할 거야."

물론 거짓말이었다. 언니나 형부한테 나를 데리러 와 달라고 부탁해서, 보기 흉하게 찌그러지고 페인트가 긁힌 우리 차를 로열에게 보여 주는 위험은 감수할 수 없었다.

헬렌에게 작별의 손을 흔들어 준 다음 집으로 걷기 시작했다.

집에 들어가니, 언니는 탁자에 쌓인 우편물을 정리하고 형부는 남은 수프를 커다란 플라스틱 용기에 붓고 있었다.

"왔구나."

형부가 활기찬 목소리로 반겨 주었다.

형부는 식탁에 육개장yukgaejang 한 그릇을 내려놓고 내 손에 숟가락을 쥐여 주었다. 내가 의자를 빼자 언니가 그 소리에 움찔했다. 언니는 전기회사에서 보낸 공공 우편물을 내려놓고 나를 노려보았다. 눈가의 다크서클이 평소보다 훨씬 두드러져 보였다.

"여태 어디 있었어?"

언니가 날카로운 목소리로 물었다.

"새로 사귄 친구들 몇 명이랑 좀 돌아다녔어. 언니한테 메시지 보냈잖아."

"그래, 그리고 난 너한테 집으로 오라고 답장을 보냈지. 빨래방에서 네 도움이 필요하다고."

언니가 쏘아붙였다.

"미안해. 내 휴대폰이 꺼졌었어."

내가 웅얼거렸다. 싸울 힘이 하나도 없었다.

언니의 입술이 가늘어졌다.

"있잖아, 단지 네가 값비싼 사립학교에 다닌다고 해서 가족의

도의적 의무를 잊어도 된다는 건 아니야."

"가족의 도의적 의무?"

꼭 늙은 하버포드 양이 하는 말처럼 들렸다. 나는 작게 콧방귀를 뀌었다.

"너 지금 나한테 콧방귀 꼈어?"

언니가 따져 물었다. 언니의 두 눈이 꼭 두 개의 레이저 같았다.

"네가 새 친구들한테 배우고 있는 게 바로 그런 거니? 왜냐하면, 내가 말하는데……."

갑자기 더는 참을 수가 없었다. 난 의자를 뒤로 밀며 벌떡 일어섰다.

"미안해. 일부러 콧방귀 끼려고 한 거 아니었어, 됐지? 난…… 난…… 잘 거야."

언니가 말을 멈추었다. 입은 여전히 떡 벌린 채였다. 내가 그렇게 화난 상태가 아니었으면 좀 웃겼을 텐데. 언니 뒤에서 형부가 초조하게 손을 쥐어짜고 있었다.

나는 방으로 들어갔다.

이번 주는 공식적으로 망했다. 내 휴대폰이 꺼졌다고 언니한테 거짓말했고, 듀오디너에서 아마도 버디 마음에 상처를 줬을 것이며, 헬렌에게는 상당한 금액을 빚졌다. 그리고 이제 비앙카가 나를 미워한다는 게 거의 확실해졌다.

난 뭘 하고 있던 걸까?

방문을 닫고 침대에 누워서 울다가 잠이 들었다.

토요일 아침에도 내 기분은 여전히 끔찍했다. 머리는 지끈거렸고, 전날 밤 내내 울어서 두 눈이 영원할 것처럼 퉁퉁 부어 있었다.

다른 어떤 것보다 농구장으로 나가서 버디와 함께 골대에 슛을 던지고 싶었다. 버디가 혹시 근처에 있는지 궁금해서 메시지를 보냈지만 답이 없었다.

그럴 줄 알았다. 내가 듀오디너에서 냉담하게 대한 것 때문에 버디가 나한테 화난 게 분명했다. 버디와 화해할 방법을 찾아야 했다.

눈곱만큼 좋은 소식도 있었다. 아니, 반은 좋고 반은 나쁜 소식이었다. 비앙카가 일요일 오후에 엘리엇이랑 약속을 잡았다는 단체 메시지를 보냈는데, 메시지 목록에 내가 포함된 걸 보니 어제 멍청이처럼 행동한 나를 용서했다는 추측을 할 수 있었다. 예상과 달리, 어쨌든 친구 없는 왕따가 되지는 않을 것 같았다.

나쁜 소식은 비앙카가 엘리엇과 데이트 약속을 했다는 것이다. 그 소식에 실망하지 않으려고 노력했다. 무엇보다, 비앙카가 없었더라도 내가 엘리엇과 함께할 기회가 많지는 않았을 것이기 때문이다.

그래도 그 둘이 함께 있는 걸 생각하면 마음이 아팠다. 손뼉치는 이모티콘과 하트를 섞어서 적당히 흥분한 반응을 억지로 보내야 했다.

아침을 먹으면서 언니에게 빨래방에서 추가 근무를 할 수 있는지 물었다. 계산해 보니 오늘이랑 내일 여섯 시간을 일하면 헬렌에게 빚진 20달러 중 상당한 금액을 마련할 수 있었다. 그 일은 언니한테 말하지 않으려고 했다. 언니가 나를 비난할 거리만 더 많이 주게 될 테니 말이다.

"그리고 이번 주에도 매일 오후에 두 시간씩 일할 수 있어."

내가 제안했다.

"단지 착한 마음이 우러나서 그러는 거야?"

언니가 빈정거리며 물었다.

나는 비난하는 말투를 꾹 참고 대답했다.

"난, 음, 돈이 좀 부족해서."

"우리가 너 먹을 것도 사 주고 옷도 사 주잖아. 어디에 쓰려고 돈이 더 필요해? 게다가 넌 지금도 성적 때문에 허덕이고 있잖아. 네가 더 많은 책임을 질 수 있다는 생각은 안 드는데."

"성적은 점점 나아지고 있어."

나는 상황을 악화시키지 않으려고 애쓰며 말했다.

언니가 회의적인 표정으로 쏘아 봤다. 나는 가방으로 손을 뻗어서, 며칠 전에 받아 지금은 꾸깃꾸깃해진 수학 시험지를 홱 꺼냈다. 윗부분에 빨간색으로 B라고 적힌 종이 한 장을 언니 손에 쥐여 주었다. 너무 우쭐거리는 것처럼 보이지는 않으려고 했다.

언니가 시험지를 흘낏 내려다보았다. 입술을 오므린 채 짧고 곱슬곱슬한 머리카락을 귀 뒤로 연신 잡아 넘기는 언니 표정은 읽기 어려웠다.

"계속 열심히 공부해, 그럼 A를 받을 거야."

언니가 시험지를 돌려주며 말했다.

"GPA가 떨어지면 어떻게 되는지 알지?"

언니가 B로는 만족하지 않을 거라는 걸 알았어야 했다. 하지만 내 목을 조를 듯 넘쳐흐르는 실망감을 감출 수는 없었다. 시험지를 다시 가방에 아무렇게나 집어넣고 두부 오믈렛을 내려다보았다.

마음 한구석에서는 더욱 분발해서 언니에게 그놈의 A를 갖다주고, 언니의 삐딱한 눈길이 깜짝 놀라 번쩍이는 모습을 보고 싶다고 생각했지만, 대체로는 이런 생각을 했다.

언니는 지금 내 덕분에 행복해야 해. 언니는 내가 열심히 공부했다는 걸 인정해야 해.

오직 나만 알고 있었다. 언니에게 A는 극히 이례적인 일이 아니라, 그저 예상했던 일일 뿐이라는 것을.

"추석Chuseok이 다음 주말이네."

형부가 흠흠, 헛기침을 하며 우리에게 상기시켜 주었다.

"아, 맞다."

기운이 번쩍 났다.

날짜가 음력에 따라 달라진다는 사실만 다를 뿐, 추석은 추수감사절의 한국 버전과 같은 날이다. 내가 제일 좋아하는 명절이었다. 무엇보다, 갈비galbi, 잡채japchae, 그리고 달콤한 떡을 배불리 먹고 나서 행복한 포만감에 푹 빠져드는 걸 좋아하지 않을 사람이 누가 있을까?

뼈에 붙은 부드러운 갈빗살의 고소하고 짭짤한 맛을 생각하자마자 배 속이 요동을 쳤다. 믿을 수 없이 맛있는 음식의 끝없는 행렬만이 내가 기운을 북돋우는 데 필요한 전부였다.

"이씨 아주머니가 집에 오시겠지만 항상 음식이 너무 많이 남으니까. 버디도 초대하고, 레이크뷰에서 만난 새 친구들 몇 명도 괜찮을 것 같아."

형부가 제안했다.

"생각해 볼게요."

나는 거짓말을 했다. 비앙카, 캐롤라인, 그리고 다른 로열 여자애들 무리가 우리 아파트로 걸어 들어오는 상상만으로도 저절로 식은땀이 흘렀다.

먼저, 스타시에는 눈을 동그랗게 뜨고는 아파트가 이렇게 작은 줄 몰랐다고 소리를 지를 것이다. 다음으로 캐롤라인은 온 사방에서 김치 냄새 같은 게 난다며 나중에 옷을 전부 세탁소에 맡겨야겠다고 투덜댈 것이다.

그런데 만약 언니가 그 제안을 받아들이겠다고 하면 어떤 일이 벌어질지는 두말하면 잔소리다. 비앙카와 윈은 뭐라고 말할까? 상상만으로도 견디기 힘들었다.

무리 중에서 가장 착한 헬렌이라면 내 편을 들어주려고 노력할지 모른다……. 하지만 헬렌 역시 내내 나를 평가하고 있을 것 같았다. 그럴 수밖에 없지 않을까?

"무슨 생각을 그렇게 하는 거야?"

형부가 평소처럼 다정한 미소를 지으며 물었다.

"혹시 그 친구들은 먹는 걸 너만큼은 안 좋아하는 거야?"

"다들 진짜 바빠요."

나는 또 거짓말을 했다.

"그럼, 걔네한테 일정 좀 비워 놓으라고 해. 너랑 온종일 함께 시간을 보내는 애들이 누군지 나도 보고 싶으니까."

언니가 말했다.

빨래방 주인인 우리 언니가 비앙카에게 일정을 비우라고 명령하는 모습이 갑자기 떠올랐다. 몸이 오싹했다.

안 돼. 절대 안 돼. 어림도 없지. 이 둘은 절대 만나면 안 된다.

"그래, 그 친구들 초대해."

형부가 거들었다.

"걔네가 너랑 친하게 지내도 될 만큼 좋은 애들인지 좀 봐야겠어."

형부가 앞으로 손을 뻗어 내 코를 톡톡 두드리자 난 이 자리에서 벗어나고 싶은 충동을 억눌러야 했다.

세상에, 형부가 로열 앞에서 내 코를 톡톡 두드리려고 하면 어떻게 될까? 비앙카와 캐롤라인은 자기들이 본 걸 소문낼 것이다.

"다들 아주 착해요, 믿어도 돼요."

내가 짧게 말했다.

언니가 내 얼굴을 뚫어지게 살폈다.

"네가 돈 많고 유명한 사람들의 생활 방식에 집착하게 되지 않았으면 좋겠어. 이런 집에 사는 우리한테 그런 건 필요 없으니까."

"인기 있고 돈 많은 게 뭐 그렇게 나빠? 언니랑 옴마가 항상 잘하라며 날 고문하는 이유가 바로 그거 아니야?"

내가 쏴붙였다.

"고문을 해?"

언니가 되풀이했다. 내가 다시 먹기 시작하려고 포크를 집어 드는데 언니의 콧구멍이 벌렁거렸다. 언니 시선이 내 손톱의 갓 칠한 매니큐어를 따라 움직이더니 뺨이 시큼한 것을 빨아들이는 것처럼 움푹 들어갔다.

"얼른 아침이나 먹어, 그래야 우리가 설거지를 시작하지. 네 그 화려한 손톱은 그릇을 나르기에는 너무 예쁘지 않니?"

언니가 말했다.

일요일 오후까지는 빨래방 때문에 멀미가 날 지경이었다. 이러다 비명을 지르지 않을까 싶었는데 내 입에서 나오는 건 비명이 아니라 건조기 보풀뿐이었다. 밖으로 나가고 싶었지만 날이 춥고 비가 왔다.

게다가 숙제가 산더미였다. 그저께에는 시작했어야 했는데, 그러는 대신에 나는 형부와 함께 예전 한국 드라마 몇 편을 몰아서 봤다. 자신의 쌍둥이 오빠로 가장하고 밴드에서 오빠 역할을 대신해야 했던 한 수녀에 관한 이야기였다. 그만한 가치가 있어 보였다……. 그때는 그랬는데.

『오만과 편견』을 읽으려고 침대에 자리 잡고 앉는데 한숨이 나왔다. 주석이 달린 40쪽 분량을 월요일까지 다 읽어야 했다. 그런 다음, 역사는 솔론이라는 이름의 작자에 관해 읽어야 하고, 지구과학은 몇 가지 질문의 답을 찾아야 하며, 프랑스어는 문장 쓰기 연습을 해야 했다. 그리고 당연히 수학 숙제도 넉넉히 있었다.

침대에 누워서 숙제하려고 한 건 아마도 실수였을 것이다. 『오만과 편견』에서 리디아가 위크햄과 눈이 맞아 도망갈 무렵이 되자, 눈꺼풀이 아래로 처지기 시작했다.

베개 위 머리맡에 두었던 휴대폰이 메시지 수신을 알리며 진동하자 정신이 번쩍 들었다. 버디이길 바랐다. 아니면 헬렌이거나.

아니면, 물론 엘리엇과의 데이트가 얼마나 대단했는지 모두에게 전하려는 비앙카일 수도 있었다. 마음을 단단히 먹고 화면의 잠금을 해제했다.

버디한테서 온 메시지가 아니었다. 헬렌이나 비앙카도 아니었다.

사실 그건 메시지가 아니라, '스로우어웨이74312throwaway74312'라는 사용자가 보낸 페이스북 메신저 메시지였다. 프로필 사진은 단순한 회색 배경으로 인물 사진은 없었다. 어리둥절한 마음으로 페이스북 메시지를 열었다.

네가 왕족이라고 생각하는 것 같은데 조만간 잘 알게 될 거야. 즐겨, 피파……. 하지만 너무 편안해하지는 마. 곧 모두가 네 거짓말을 알게 될 테니까.

숨이 가빠지고 등 근육이 뻣뻣해졌다. 뭐지? 누가, 이게 무슨 뜻이야?

어떤 거짓말? 내가 빅토리아 중학교 출신이란 걸 누가 알게 됐나? 레이크뷰에 장학금을 받고 왔다는 걸 알게 된 거야? 아니면 내가 어디에 사는지 알았다거나 언니 빨래방에서 일하는 모습을 봤을 수도 있었다.

누구세요?

답장을 보내고 기다렸다. 계속 기다렸지만 답이 없었다.

스로우어웨이가 누군지 몰라도 나를 놀라게 하고 싶었던 게 분명했다. 그리고 확실히 효과가 있었다.

제15장 소문

일주일이 폭풍처럼 지나갔다. 스로우어웨이에 관한 생각을 멈출 수가 없었다.

누구지? 뭘 알고 있는 거지? 모두에게 언제 말하겠다는 걸까?

일주일 내내 우리 교실에 있는 얼굴을 전부 흘깃흘깃 훔쳐보았다. 반 애들이 나에 관한 몇 가지 진실을 알고 있는지, 만약 나와 눈 맞춤을 피한다면 그런 거라고 판단하려 했다. 그 어떤 것, 심지어 농구 연습에도 집중하기가 어려웠다.

하지만 금요일 오후까지 더는 스로우어웨이에게서 아무 소식이 들려오지 않았다.

아마 그냥 허세를 부리는 걸 거야.

이렇게 생각하니 기분이 조금 나아졌다.

"바닥으로 더 낮춰, 피파! 그 무릎 좀 구부리고!"

깜짝 놀란 나는 재빨리 현실로 돌아왔다. 코트를 왔다 갔다 하는 셔플 운동이 끝없이 이어지고 있었다. 시즌 첫 경기가 코앞으로 다가오는 중이었고 코치님은 우리가 그 사실을 잊게 내버려 두지 않았다. 모든 연습이 고통스러운 시련의 반복이었다.

공 두 개를 드리블하면서 코트 끝에서 끝으로 달리기, 일대일 방어 전술 무한 시행하기, 그리고 뼈가 납덩이처럼, 근육이 고무처럼 느껴질 때까지 레이업 슛 연습하기 등이었다. 오늘도 다르지 않았다.

코치님이 호루라기를 두 번 불자 우리는 연습 경기로 전환했다. 하지만 나는 긴장을 풀고 경기에 임할 수 없었다. 내 마음이 코트에 집중하기를 거부했기 때문이다. 노력하면 할수록 스로우어웨이를 머릿속에서 차단할 수 없었다.

머릿속에 떠오른 첫 번째 사람은 디비야였다. 귓가에 계속 맴도는 디비야의 말, '그렇게 마음 편히 지내지 마.'는 스로우어웨이가 보낸 메시지와 똑같았다. 그날 앞서 영어 시간에 우리가 다시 짝이 되었을 때, 나는 『오만과 편견』 속 인물에 관한 토론을 하면서 억지로 스로우어웨이를 끌고 와서 언급했었다.

"리지가 샬럿에게 잔인하게 들리도록 의도한 이야기는 아니라고 생각해. 그건 그냥 스로우어웨이*에 불과한 것 같아."

디비야를 똑바로 보면서 그 단어에 힘을 실었다.

"스로우어웨이 숫자 74312"

디비야가 의도를 눈치채지 못할 경우에 대비해 뒷말을 덧붙였다.

나는 일종의 죄책감 같은 반응을 기대했지만 디비야는 내가 하는 모든 말에 대한 반응이 그렇듯 눈알만 굴릴 뿐이었다.

"무슨 소릴 하는 거야? 너 제대로 읽긴 한 거야?"

따라서 디비야는 아마 스로우어웨이가 아닐 것이다…….

"디펜스, 피파!"

헬렌이 부르는 소리에 난 다시 연습 경기장으로 끌려왔다.

황급히 왼쪽으로 자세를 옮기고 올리브를 뒤로 압박했다. 올리브는 씩씩거리며 공을 다시 캐시에게 패스했다.

올리브가 스로우어웨이일 수 있을까? 그렇게 끔찍한 메시지를 보낼 만큼 나를 원망했을까?

"리바운드, 윈! 다음번에 윈을 블로킹해!"

코치님이 호루라기를 불었다.

---

* throwaway: 툭 내뱉는 말.

"캐시, 더블 드리블 파울이야! 피파, 네 공이다."

캐시가 성난 얼굴로 내게 공을 패스하자 몸이 뻣뻣해졌다. 캐시의 눈빛은 단순히 경쟁심에서 비롯된 불만이었을까? 아니면 다른 무언가가 더 있을까?

2점 슛을 넣은 후, 셔츠로 목의 땀을 닦으면서 물을 마시러 달려갔다. 급수대에서 허리를 펴는데 뒤에서 인기척이 느껴져 돌아보니 캐롤라인이 있었다.

"멋진 슛이었어."

캐롤라인이 나를 칭찬했다.

나는 눈을 끔뻑거렸다. 그동안 캐롤라인이 내게 좋은 말을 한 적은 한 번도 없었기 때문이다.

"어, 고마워."

짧게 미소를 지어 주고는 코트로 가려고 몸을 돌렸다. 아니, 그러려고는 했다. 그런데 캐롤라인이 자세를 바꾸더니 내 앞에 단단히 버티고 섰다.

"그런데."

캐롤라인은 '이제 형식적인 절차는 끝났어. 본론으로 들어가 볼까?' 하는 투로 말을 꺼냈다.

"학교에 이런 소문이 떠돌더라."

"나에 대한 건 아니었으면 좋겠는데."

침착함을 유지하려고 했지만 속으로는 떨고 있었다.

이제 시작한다, 라고 생각하니 거의 숨을 쉴 수가 없었다.

"사람들이 말하는데 네가 말이야, 그러니까, 엘리엇 하버포드한테 완전 푹 빠졌대."

두 눈이 휘둥그레졌다. 내가 예상한 건 그게 아니었는데. 사실, 스로우어웨이에 대한 스트레스 때문에 처음으로 엘리엇은 거의 잊고 있었다.

"누가 그래?"

캐롤라인을 주시하는 눈에 힘을 주면서 물었다. 내가 엘리엇에 관한 이야기를 실제로 나눈 유일한 사람인 헬렌 쪽으로는 눈길도 주지 않으려고 했다. 헬렌은 다른 어떤 로열보다 나한테 친절했다. 헬렌이 스로우어웨이일 수 있을까? 그런 가능성을 생각하자 몸이 아파 오는 것 같았다.

"그거 사실이야?"

얼굴이 붉어졌다. 캐롤라인의 눈이 나에게 고정됐다. 사실을 말하는지, 그렇지 않은지 나를 꿰뚫어 보리라는 걸 알 수 있었다.

하지만 나 자신에게 상기시켰다. 같은 내용을 다르게 말하는 방법이 있어…….

"엘리엇이 귀엽다는 건 부인하지 않겠어. 그건 사실이야. 하지만 엘리엇은 내 과외 선생님일 뿐이야."

나는 단어 하나하나를 신중하게 골라 말했다.

캐롤라인이 내 얼굴을 뜯어보는 동안 나는 고개를 높이 쳐들고 있었다. 시간이 얼마 지난 후에 캐롤라인이 어깨를 으쓱했다.

"좋아, 쭉 그렇게 해. 비앙카는 소유욕이 강하고, 난 네가 비앙카의 미움을 받게 되길 바라지 않거든."

내 등을 힘껏 두드린 캐롤라인은 내 대답을 기다리지 않고 코트로 뛰어가 버렸다. 심지어 물을 마시는 척도 하지 않았다. 지켜보니 캐롤라인은 가야 할 길을 벗어나 비앙카를 찾아간 다음, 비앙카의 귀에 대고 무언가를 속삭였다. 둘은 나를 위아래로 슬쩍 훑어보았다.

무슨 얘기를 했을까? 적어도 공립학교 출신이라는 내 과거에 대한 건 아니라고 상당히 확신할 수 있었다. 나는 마른침을 삼켰다.

어쨌든, 아직은 아니었다.

제16장 진짜 친구

"팔이 무슨 꿈틀이 젤리 같아."

헬렌이 끙끙거렸다.

"나도. 머리 위로 유니폼 벗다가 하마터면 쓰러질 뻔했잖아. 팔이 어깨 위로는 안 올라가는 거 있지."

나도 투덜거렸다.

헬렌이 짐을 다 챙기기를 기다리는 동안 나는 내 사물함에 머리를 기대고 있었다. 기진맥진한 상태였지만 왠지 긴장도 되었다.

스로우어웨이는 나를 아주 불안하게 만들었고 이제 비앙카와 캐롤라인의 상황은 내게 더 많은 걱정을 안겨 주었다.

우리는 체육관의 이중문을 향해 나란히 걸었다.

"기분 전환할 겸 우리 집에 가서 영화 볼래?"

헬렌이 물었다.

나는 망설였다. 한편으로는 헬렌과 함께 노는 것, 그것도 우리 단둘이 논다는 게 근사하게 들렸다. 또다시 금요일이었고 그래서 난 숙제를 하룻밤 쉴 수 있었다.

다른 한편으로 나는 언니한테 이번 주에는 매일매일 빨래방에서 일하겠다고 했었다. 만약 내가 약속을 취소하면 언니는 내가 이 일을 절대 못 잊게 해 줄 것이다.

"우리 언니한테 한번 물어볼게."

나는 재빨리 언니한테 메시지를 보냈다.

친구 헬렌네 집에 잠깐 가도 돼?

내가 어디 있다고 언니한테 다짜고짜 알려 주는 대신 먼저 물어보면 언니가 과잉반응을 좀 덜 보일지도 몰랐다.

잠시 후에 언니가 답장을 보냈다.

오늘 밤엔 네가 럭키에서 일할 줄 알았는데.

나는 눈알을 또르르 굴렸다. 그때 두 번째 메시지가 들어왔다.

좋아, 하지만 오래는 안 돼. 내가 널 데리러 갈 수도 없고 네가 어두울 때 돌아다니는 거 싫어.

나는 얼굴을 찡그리며 휴대폰을 집어넣었다.

"오케이, 가도 된대. 딱 한 시간이지만."

"엄마가 아니라 언니랑 살면 기분이 조금 이상하지 않아?"

길을 건너면서 헬렌이 물었다.

"언니가 엄마처럼 행동하는 게 짜증 나. 하지만 지금은 익숙해졌어."

내 대답을 듣고 헬렌이 곁눈질로 흘낏 쳐다보았다.

"정말? 하지만 이제 겨우, 그러니까 너희 엄마가 한국으로 돌아가신 지 한 달밖에 안 되지 않았어?"

이런, 멍청이, 멍청이, 멍청이! 내 이야기에서 그 부분을 깜빡 잊고 있었다.

내가 웃음소리를 냈는데, 내 귀에 꼭 가짜처럼 들렸다.

"난 적응이 빠른 것 같아."

다행히 헬렌이 내 대답에 수긍하는 것처럼 보였다.

"여기야."

헬렌이 하얗게 칠한 2층짜리 벽돌집이 보이는 보도로 나를 이끌었다.

하버포드 대저택만큼 인상적이지는 않았지만, 그래도 헬렌의 집 역시 우리 가족이 사는 아파트보다 다섯 배는 더 컸다.

집 안으로 들어가자 헬렌의 아빠가 주방에서 시리얼을 먹으며 『오스트랄로 아파렌시스: 10년의 새로운 통찰』이라는 제목의 책을 휙휙 넘기고 있었다.

"아빠, 안녕."

헬렌이 그래놀라 바 두 개를 집으며 인사했다.

"여긴 피파. 우리 내 방에 가서 놀게요."

펠로이 아저씨가 책에서 고개를 들어 우리를 보더니 나를 향해 따뜻한 웃음을 지어 주었다. 키가 크고 머리가 벗어지기 시작했으며, 사각 테 안경을 쓴 눈가에는 깊은 웃음 주름이 잡혀 있었다.

"아, 피파. 헬렌한테 네 얘기 들었단다. 만나서 반가워."

"저도 반갑습니다."

헬렌이 내 손을 잡고 주방 밖으로 이끌었다. 부모님께 내 얘기를 했다고? 무슨 얘기를 했을까?

헬렌을 따라 위층에 있는 헬렌의 방으로 올라갔다. 내 방과 언니 방을 합친 것보다 더 컸다. 하지만 그 크기에도 불구하고 아늑하게 느껴졌다.

연보라색으로 칠한 벽과 따스한 빛을 발하는 여러 개의 전등 덕분이었다. 침대는 다섯 식구가 누워도 충분할 만큼 크다는 게 핵심이었는데, 거기에 다섯 식구의 두 배가 넘는 넉넉한 베개와 담요가 있었다. 창턱 밑에 긴 의자가 놓인 커다란 창문으로는 그늘이 드리워진 뒷마당이 내다보였다.

"너희 아빠 근사하시다."

베개 더미에 풀썩 주저앉으면서 내가 말했다. 하마터면 뒤에 '특히 우리 언니랑 비교해 볼 때'라고 덧붙일 뻔했지만, 그 말이 튀어나오기 전에 입을 다물었다.

길게 보면, 언니와 형부 이야기를 적게 할수록 내가 해결해야 할 문제가 더 줄어들 것이다.

"그래, 우리 부모님 두 분 다 아주 훌륭하셔."

헬렌이 동의했다.

"내가 어렸을 때는 이사를 참 많이 다녔어. 그래서 꽤 오랫동안 우리 가족한테는 서로가 서로에게 가장 가까운 유일한 사람이었어."

"정말? 빅토리아에는 언제 이사 왔어?"

"3학년 때. 그때 아빠가 바르톨로뮤 대학에서 정교수 자리를 얻으셨거든. 우리 엄마는 아직도 출장을 많이 다녀서 정말 짜증

나. 하지만 매년 도시를 바꾸며 사는 것보다는 나아."

"음."

헬렌이 우리 가족의 '이사'에 관해 묻지 않기를 바라며, 그래놀라 바를 뜯어 한입 물었다.

"비앙카는 레이크뷰에서 사귄 내 첫 번째 친구였어. 첫날 쉬는 시간에 비앙카를 만났어. 남학생 대 여학생으로 농구 시합을 했는데 우리가 완승했지 뭐야. 진짜 끝내줬어."

헬렌이 활짝 웃었다. 그런데 다음 순간 헬렌의 미소가 흐려졌다.

"비앙카가 가끔 조금 차갑게 보일 수 있다는 거 나도 알아. 하지만 정말로 비앙카는 좋은 애야. 그냥 스트레스가 많을 뿐이야. 일이 자기 뜻대로 안 되면 화를 참지 못해."

"비앙카가 화내는 모습을 상상하려고 노력 중이야. 머리가 멍해지네."

내 말에 헬렌이 킥킥 웃었다.

"이래서 내가 널 좋아하는 거야, 피파. 넌 날 웃게 하거든."

잠깐의 침묵이 흘렀다. 내 마음에 있는 얘기를 어떻게 꺼내야 할지 방법을 찾으며 입술을 핥았다. 나는 로열을 통틀어서 헬렌이 제일 좋았다. 무척 따뜻하고, 똑똑해 보였기 때문이다. 하지만 헬렌을 믿어도 될까?

머리카락 한 가닥을 귀 뒤로 끼워 넣으며 말을 꺼냈다.

"있잖아, 오늘 급수대에서 캐롤라인이 내 옆에 왔었어."

헬렌의 얼굴을 살펴보았지만 그냥 기대에 찬 표정이었다.

"그랬는데?"

"캐롤라인이 그러는데, 학교에 내 소문이 돈다는 거야."

헬렌은 여전히 무반응이었다.

"내가 엘리엇한테 완전 푹 빠졌다는 소문이래."

"아."

헬렌이 입을 딱 벌린 채 눈을 깜빡거렸다. 진심으로 놀란 것 같았다.

"그래, 그게……. 음, 이상해. 왜냐하면, 있잖아. 난 많은 사람한테 얘기하지 않았거든……. 아니, 사실은 아무한테도. 한 명을 빼고는……."

"나를 빼고는."

헬렌이 내 말을 받았다. 말투는 단호했지만 상처받은 눈빛이었다. 나는 입을 다물었다. 벌써 미안한 마음이 들었다.

"미안해……."

입을 여는데 헬렌이 내 말을 끊었다.

"괜찮아. 왜 네가 그렇게 생각하는지 알아. 하지만 약속하는데, 난 그때 너랑 한 얘기를 아무한테도 말하지 않았어. 난 그런

짓은 하지 않아."

"정말 미안해."

나는 다시 한번 사과했다, 정말 미안했다. 1분 전에는 나에게 다른 선택이 없다고 생각했었다. 헬렌한테 물어봐야겠어. 난 알아야겠어.

이제야 나의 불신이 끔찍하게 느껴졌다. 헬렌은 진심으로 착한 친구였다. 그리고 나를 진정으로 좋아한다고 내가 믿는 사람이었다.

"미안해. 물어보지 말걸."

나는 다시 한번 사과했다.

"괜찮아, 네가 왜 그랬는지 알아."

헬렌이 나를 안심시켰다.

"난 그냥 이 소문이 도대체 어디서부터 시작됐는지 알고 싶었어."

헬렌이 코웃음 소리를 내더니 곧 미안한 표정을 지었다.

"미안해. 하지만 피파, 솔직히 말해서 듀오디너에 갔던 날 이후로 너무 뻔히 보였어."

"정말? 난 잘 감췄다고 생각했는데."

나는 얼굴을 붉히며 말했다. 헬렌이 고개를 저었다.

"네가 영리했다고는 못하겠어. 그리고 지난주에 네가 길 잃은 강아지처럼 비앙카와 엘리엇을 좇아 나간 거, 욕하는 건 아니고, 암튼 그것도 도움이 안 됐어. 그때 캐롤라인과 비앙카가 스스로 알아냈을 거라는 확신이 상당히 들어. 아마 몇몇 다른 애들도 그랬을 거야."

"아아아아아아아."

나는 앓는 소리를 내며 헬렌의 보들보들한 담요를 끌어당겼다. 그리고 불타는 뺨을 감추려고 머리까지 덮어썼다.

"나 여기에 영원히 있어도 돼?"

"괜찮을 거야."

헬렌이 동정 어린 손길로 내 어깨를 토닥토닥 두드렸다.

"로열이 시비를 거는 것처럼 생각할 수도 있겠지만 우린 집중하는 시간이 짧은 편이야. 며칠 후면 이 일은 그냥 지나갈 거야. 비앙카랑 캐롤라인도 전부 까맣게 잊어버릴 거라고 내가 약속할게."

이불 밑에서 나는 눈을 감았다. 며칠 후? 만약 '스로우어웨이74312'가 정말로 내 비밀을 알고 있고, 로열이 그에 대해 알아낸다면 이 일은 그보다 훨씬 더 오래 갈 것이다. 거의 영원히.

내가 대답하지 않자 헬렌이 물었다.

"그런데, 너 내일은 뭐 해?"

내가 이불 속에서 고개를 내밀었다.

"내일은 추석이라고 해서, 일종의 한국식 추수감사절이야. 온종일 음식 만들고 먹을 것 같아."

"와, 맛있겠다!"

헬렌이 외쳤다.

"우리가 필라델피아에 살 때 한국 식당이 가까이 있었거든, 음식이 정말 맛있었어. 달콤하고 매콤한 소스에 들어 있는 그 쫄깃쫄깃한 쌀 케이크 맛있더라."

"떡볶이tteokbokki! 내가 제일 좋아하는 음식 중 하나야. 내일 아마 그것도 먹을 것 같아."

"음. 못 먹은 지 한참 됐는데."

헬렌이 기대에 찬 눈으로 나를 쳐다보았다. 내가 자기를 초대해 주길 바란다는 걸 눈치채고는 깜짝 놀랐다.

입을 벌렸지만 그렇게 말할 수는 없었다. 레이크뷰 친구 중 누군가를 초대해서 내가 사는 모습이 진짜 어떤지 보여 줄 준비가 아직은 되어 있지 않았다. 심지어 헬렌도 안 된다. 시간이 좀 더 필요했다.

"추석은 일종의 사적인 가족 모임이라서."

내 말이 설득력 없게 들렸다.

"하지만 월요일에 남은 음식을 좀 가져다줄게. 비록 떡볶이는 아니겠지만. 떡볶이는 따뜻할 때 더 맛있거든."

"좋아."

헬렌이 실망한 것 같았다.

또 한 번 짧은 침묵이 흘렀다. 이번에는 어색한 침묵이었다.

나는 헛기침을 했다.

"우리 언니가 날 제대로 볶아야겠다고 결심하기 전에 가 봐야 할 것 같아."

"그럼 진짜 비극이겠다. 특히, 그랬다가는 네가 나한테 음식을 가져다주지 못 할 수도 있으니까!"

우린 함께 웃음을 터뜨렸다. 하지만 헬렌과 나누었던 편안한 기분은 지나가 버렸다.

헬렌의 아빠에게 인사를 하고 집까지 태워다 주겠다는 제안을 정중히 사양한 다음, 10월의 땅거미 속에서 버스 정류장으로 향했다.

버스에서 나는 어쩌다 이렇게 뒤죽박죽인 상황에 스스로 빠져들었을까, 하고 생각했다.

정확히 말해서 내가 거짓말을 한 건 아니었지만 사람들이 나에 대해 가진 잘못된 생각을 바로잡아 주지 않았다. 진실을 감춰 두기가 점점 더 어려워지고 있었다.

그리고 이제는 스로우어웨이가 모든 걸 폭로하겠다며 위협하고 있다.

나는 다른 삶을 살고 싶었지만, 나 자신을 인기 있는 사립학교 학생 피파로 바꾸는 일은 나를 그 어느 때보다 외롭게 만들었다……

제17장 포모*

정오가 가까워지자 주방에서 흘러나오는 고소한 참기름 향과 매콤한 고추장 냄새에 내 입가에 군침이 돌았다. 언니와 형부는 추석 음식 준비 모드로 오전 내내 정신이 없었다. 나도 돕겠다고 했지만 우리 집 조그마한 주방은 세 사람은커녕 두 사람이 움직이기에도 상당히 비좁았다.

그 대신에 나는 거실 소파에 큰 대자로 누워 있었다. 언니는 내가 수학 문제를 좀 풀었으면 했지만, 억지로 시작할 수가 없었다. 스로우어웨이한테서 더 이상의 메시지는 오지 않았지만

* FOMO: 자신만 소외되거나 고립되는 것처럼 느끼는 심각한 고립공포감.

다른 어떤 일에도 집중하기가 어려웠다.

그래서 이제는 낡은 『십대들』을 느긋하게 넘겨 보고 있었다. 그때, '화장에 대해 알아야 할 모든 것'이라는 제목의 기사에 시선이 잠시 멈추었다.

나는 그동안 화장에 전혀 관심이 없었지만 이제 막 화장을 고민하기 시작한 참이었다. 비앙카는 매일 마스카라와 립글로스를 발랐고 캐롤라인도 그랬다. 이제 나도 그래야 할 것 같았다.

내가 화장을 하면 엘리엇이 관심을 기울일 거라는 희망은 접어두기로 했다.

이건 엘리엇 때문이 아니야, 그냥 새로운 걸 한번 시도해 보는 거야, 라고 나 자신에게 말했다.

욕실로 들어가 언니의 화장품 파우치를 집어 들었다. 인기란 아무 의미 없다고 늘 강조하는 사람치고는 화장품이 정말로 많았다. 나는 얼른 내 방으로 후퇴했다. 펜슬, 메이크업 팔레트, 마스크팩들 사이에서 잡지에서 추천한 기본 제품, 이를테면 컨실러, 블러셔, 아이섀도, 마스카라, 그리고 립스틱을 발견했다.

『십대들』에서 화장에 관한 기사를 펼쳐 놓고 책이 넘어가지 않게 받쳐 두었다. 보아하니 화장은 가리는 게 아니라 보완하기 위해 하는 거였다. 기사는 '덜 할수록 더 낫다.'라고 조언했다.

나는 이 문구를 참고하여, 이마 선에 돋아난 염증성 여드름에

컨실러를 톡톡 두드렸다. 눈꺼풀은 핑크 아이섀도로 덮고 블러셔를 한 겹 발랐다. 브라운 계열의 붉은색 립펜슬로 입술 선을 신중하게 따라 그렸다. 마스카라가 제일 어려웠다. 둥그렇게 구부러진 스틱으로 눈알을 거의 찌를 뻔하다가 움찔하는 바람에 마스카라 자국이 눈 밑에 남아 지저분해졌다. 그래서 마스카라를 닦아내고 다시 그려야 했다.

나중에 거울을 보며 결과를 확인했다. 블러셔를 다소 많이 바르긴 했지만 나빠 보이지는 않았다. 사실은 연습을 좀 더 하면 비앙카만큼 잘할 수 있을 것 같았다.

엘리엇은 비앙카의 외모를 좋아하는 거야, 커다란 회색 눈과 굵은 갈색 머리카락 말이야.

내면의 작은 목소리가 이렇게 말했다.

나는 고개를 흔들었다.

그건 생각하지 마, 피파.

"피파!"

언니가 벌컥 방으로 들어왔다.

"너 마트에 좀 갔다 와야겠……. 그거 내 아이섀도 아니야? 내 립스틱이랑? 너 뭐 하고 있는 거야?"

나는 겁을 먹고 움찔했다.

"아무것도 아니야. 그냥 한번 해 보고 싶었어."

"내 물건에 손대기 전에 허락을 구해야지! 게다가, 넌 화장을 하기엔 너무 어려."

"우리 반 여자애들 거의 다 화장해. 아무튼 난 그냥 해 본 거야."

나는 방어적인 목소리로 다시 한번 말했다. 이 대화가 얼른 끝나기를 바라면서 재빨리 덧붙였다.

"가게에서는 뭘 사다 주면 돼?"

언니가 인상을 썼다. 분명히 이런 상황에서 나를 이렇게 쉽게 놓아 주어도 될지 곰곰이 생각하는 눈치였다. 한 박자가 지나가고, 언니가 살짝 누그러졌다.

"형부가 새우전saeujeon에 넣을 새우를 깜빡했어. '다비드 디비니티스'에 가서 200그램만 사와. 그리고 아래층 세탁기에 빨래 넣어 놨거든, 나가는 길에 꺼내서 건조기로 좀 옮겨 줘."

그러고는 주머니에서 지갑을 꺼내 내게 10달러를 주었다. 나는 돈을 주머니에 집어넣고 재킷을 잡아당겼다. 방에서 나가려는데 언니가 내 손목을 덥석 잡았다.

"아직은 아니야."

언니는 서랍장 위의 화장품 더미를 가리키며 이렇게 말하고 쿵쾅거리며 주방으로 돌아갔다.

나는 눈알을 굴렸다. 화장품을 전부 파우치 속에 차곡차곡 집어넣어 욕실에 갖다 놓은 다음, 거울 앞에 잠시 서서 새롭게 화장한 내 얼굴을 뜯어보았다. 한 가지는 확실했다. 지금 이 얼굴은 올이 다 풀린 낡은 청바지에 오버사이즈 티셔츠 차림과는 어울리지 않는다는 것이다.

레이크뷰 교복에서 제일 좋은 점은 내가 다른 여자애들보다 많게든 적게든 유행에 뒤떨어질 일이 절대 없다는 사실이었다. 하지만 다비드 디비니티스는 우리 동네에서 비교적 고급 식료품점이었는데, 만약 거기서 로열 중 한 명과 우연히 마주친다면?

나는 방으로 돌아가 옷장을 휙휙 뒤졌다. 올해 산 것 중에 적당히 번듯해 보이는 옷을 발견하기가 어려웠다. 극도로 흉측한 오버사이즈의 빨간 블라우스부터 앞면에 희미한 머스터드 얼룩이 있는 흰색 남방으로 건너뛰면서 눈을 가늘게 뜨고 신중하게 선정했다.

결국 레이크뷰 학교 투어 때 입었던 원피스로 정했다. 이번에는 짙은 색 레깅스와 갈색 재킷을 함께 입었다. 거울 속 내 모습을 보고 이게 누구야, 하며 미소가 지어졌다. 아까 입었던 옷 주머니에서 돈 꺼내는 걸 잊지 않고, 서둘러 문밖으로 달려 나갔다. 자전거를 옆에 끼고 계단을 쿵쿵 내려왔다.

럭키 빨래방으로 쑥 들어가 세탁기를 확인했다. 세탁 코스가 아직 끝나지 않아서 잠시 세탁기 앞에 서 있었다. 옷이 물속에 천천히 잠겼다가 위아래로 뒤집히는 모습을 지켜보았다. 이건 빨래방에서 내가 제일 좋아하는 일 중 하나였다. 언제나 형형색색의 외계 우주 풍경을 비춰 주는 우주비행사의 헬멧을 떠올리게 했기 때문이다.

하지만 오늘은 내 모습을 비춰 보는 데 더 관심이 있었다. 내 얼굴에 있는 높은 광대뼈의 윤곽을 눈으로 따라가면서, 다른 사람들 눈에는 내가 어떻게 보이는지, 사람들은 이런 내 모습을 좋아하는지, 싫어하는지 궁금해졌다.

딩동, 소리가 나자 세탁기 문을 활짝 열었다. 젖은 옷들을 건조기로 옮겨 넣으며 만약 비앙카나 캐롤라인이 지금 저 문으로 걸어 들어오면 나는 어떻게 할까 고민했다. 그냥 다른 손님인 척할까? 그래야 할 것이다.

그런 생각이 들자 서둘러 빨래방을 빠져나오고 싶어졌다. 나는 곧장 다비드 디비니티스로 출발했다. 평소에 언니와 형부는 대용량 상품 위주로 장을 본다. 옆 동네에 값도 싸고 종류도 엄청나게 다양한 한국 슈퍼마켓이 있기 때문이다. 하지만 차 없이 가기에 거기는 너무 멀었고 다비드 디비니티스는 앨더 다리 바로 건너편에 있었다.

나는 자전거 페달을 힘차게 밟았다. 세찬 바람이 눈에 모래

먼지를 뿌리자 눈이 따끔했다.

"아야!"

왼쪽 눈에 뭔가 박힌 것 같아 작게 투덜거렸다. 벌레나 다른 징그러운 게 아니길 바라며 눈을 문질렀다.

도로 경계석에 자전거를 세웠지만 도둑맞을 걱정은 하지 않았다. 이런 동네에 사는 사람이라면 누구라도, 곧 망가질 것 같은 자전거를 훔치지는 않을 테니 말이다. 나는 체리향 챕스틱을 새로 바르고 원피스의 주름을 편 다음 안으로 들어갔다.

통로에는 화려하게 진열된 쿠키와 사탕이 쌓여 있고 무료 샘플 매대도 있었다. 갓 자른 망고 한 조각을 맛보고는 너무 부드럽고 달콤한 맛에 놀라 환호성을 지를 뻔했다. 평소의 나는 바닥이 반들반들 빛나는 이런 근사한 곳에 오면 어색함을 느끼곤 했는데, 오늘은 내가 이곳과 제법 잘 어울린다는 생각이 들어 고개를 당당히 들고 있었다.

해산물 코너에서 새우를 집어 들고 농산물 코너를 막 통과하기 시작한 순간, 엘리엇 하버포드의 낯익은 금발 머리가 눈에 들어왔다. 엘리엇은 노란 사과를 종이봉투에 넣고 있었다.

언제나처럼 내 심장이 미친 듯이 뛰었다. 만약 비앙카가 나와 엘리엇이 함께 있는 모습을 본다면 불같이 화를 낼 거라는 생각이 머리를 스쳤지만 그 순간에는 개의치 않았다.

농산물 코너로 쭉 걸어갔다. 엘리엇이 고개를 들어 나를 보자 난 놀라는 척했다.

"피파?"

"어, 안녕, 엘리엇."

나는 경쾌하게 인사를 건넸다.

엘리엇이 눈을 깜빡였다.

"너 좀…… 달라 보인다."

"고마워."

엘리엇이 관심을 보였다!

"네 눈 밑에 먼지가 묻은 거 같아."

엘리엇이 손가락으로 가리키며 말했다.

"거기에."

"머, 먼지라고?"

나는 말을 더듬으며 손가락으로 뺨을 문질렀다. 먼지가 내 손가락에 검은 줄무늬를 남기고 사라졌다. 세상에. 아까 눈에 들어간 먼지를 빼려고 문질렀을 때 마스카라가 마구 번진 게 틀림없었다. 어떻게 이렇게 운이 없지?

"그래, 이제 됐네. 그럼, 또 보자."

이렇게 말하고 엘리엇은 가 버렸다.

한동안 차마 발이 떨어지지 않았다. 당황하고 실망해서 엘리엇의 뒷모습을 멍하니 쳐다보고 있었다. 나한테 관심이 1도 없는 게 분명한데, 뭣 하러 엘리엇은 귀찮게 나를 레이크뷰로 데려갔을까? 그리고 난 왜 이 짝사랑을 내려놓지 못하고 있을까?

계산대로 가는 길에 음료수 냉장고 유리에 비친 내 모습을 확인해 보았다. 마스카라가 왼쪽 눈 밑에 번져 있는 게 사실이었다. 하지만 아주 조금이어서, 적어도 너구리처럼 보이지는 않았다.

약간은 가벼워진 마음으로 자전거를 타고 아파트로 돌아와 끙끙거리며 끌고 올라왔다. 문을 여는 순간 여러 가지 음식이 뒤섞인 냄새에 배 속이 꼬르륵거렸다. 기분이 한 단계 상승했다. 추석에 우울한 사람은 아무도 없을 것이다.

주방에 들어가 정신없는 조리대에 새우를 툭 내려놓고는 언니와 형부 사이를 비집고 들어갔다. 잡채에서 갈비를 조금 슬쩍하고 김밥kimbap을 입에 왕창 집어넣었으며, 가스레인지 위에서 보글거리는 매콤한 떡볶이에 코를 대고는 킁킁 냄새를 맡았다.

형부가 삼겹살을 굽는 동안, 언니는 참깨를 갈고 달게 만들어 속을 채운 떡을 향긋한 솔잎 위에 얹어 쪘다. 다음으로 팥 앙금을 속에 넣은 작고 완벽한 호두과자 한 그릇을 내놓았다. 나는 얼른 손을 뻗어, 언니가 나를 휘휘 내쫓기 전에 호두과자 두 개를 간신히 먹어 치울 수 있었다.

"음식 훔쳐 먹지 마."

이렇게 말했지만 언니 얼굴은 웃고 있었다. 내 말대로, 추석에 우울한 사람은 아무도 없었다.

전부 맛있어 보이는 음식 앞에서 나는 결심했다. 형부와 언니 말이 맞았다. 이 많은 음식은 나눠 먹으려고 만든 것이다. 그래서 버디에게 메시지를 보냈다. 바라건대, 듀오디너에서 나한테 화났던 마음을 회복할 시간이 있었기를.

오늘 추석인데 놀러 와, 김밥이 산더미처럼 있어.

휴대폰을 원피스의 옆 주머니에 쏙 넣어 두고 기다렸다. 몇 분이 지나도 진동이 느껴지지 않아서 내 메시지 앱을 열었다. '읽음' 아이콘이 떠 있었지만 여전히 답은 없었다.

그러니까 버디는 아직 나를 완전히 용서하지 않았나 보다…….

이씨 아주머니가 보즈를 팔에 꼭 끌어안고 도착했다. 아주머니는 숨을 헉헉 내쉬며 짧은 계단을 올라와, 의자에 털썩하고 주저앉았다. 나는 아주머니가 기운을 차릴 수 있도록 물을 한 잔 갖다 드렸다.

"네 새 친구들은 언제 오는 거야?"

형부가 물었다.

"아, 음. 친구들이 정말 바빠서요."

내가 죄책감을 느끼며 대답했다.

"전부 다?"

"네, 아마 제 잘못일 거예요. 충분히 미리 알려 주지 않았거든요."

아주머니와 언니가 요즘 젊은 사람들은 시간관념이 전혀 없다는 이야기를 몇 마디 나누었지만, 형부는 가스레인지 앞에서 나를 유심히 쳐다보기만 했다. 내가 거짓말하고 있다는 걸 형부가 안 것 같았다. 하지만 엄밀히 따지면 내 말은 거짓이 아니었다. 난 로열에게 아예 알려 주지 않았으니까 충분히 미리 알려 주지도 않은 것이기 때문이다.

"그럼 버디는?"

형부가 물었다.

"버디도 바쁜 것 같아요. 제 메시지에 답을 안 하네요."

양심의 가책이 느껴졌다.

"그렇구나."

나는 접시 네 개와 숟가락 네 개, 젓가락 네 벌, 밥그릇 네 개를 차리면서 캐묻는 듯한 형부의 시선을 요리조리 피했다. 다행히 삼겹살이 지글거리며 노릇하게 구워지고, 언니가 밥과 반찬을 조금씩 나눠 주자 형부의 관심이 음식으로 옮겨 갔다. 꼭 나처럼, 그리고 이씨 아주머니처럼. 우리의 이웃은 나이가 들었지만 식욕은 나이 들지 않았다.

모든 음식이 정말 맛있었다. 그래서 식사하는 동안에는 스로우어웨이, 버디, 엘리엇, 그리고 비앙카 생각이 나지 않았다.

"이거 맛있네."

아주머니가 잡채에서 고구마를 조금 덜어 입에 집어넣고는 말했다.

"고향 생각이 나."

그러고는 젓가락을 내려놓고 언니에게 물었다.

"그런데 어머니는 어떠시니?"

언니가 한숨을 내쉬었다.

"옴마는 괜찮다고 하시는데 목소리가 항상 피곤해요. 살도 많이 빠지셨고요. 물론 매번 병원에 좀 가 보시라고 다그치는데, 옴만 그걸 모욕적이라고 받아들여요."

"고집스러운 분이세요. 집안 내력인가 봐요."

형부가 빙그레 웃으며 말했다.

저녁 식사 후에 형부가 화투 한 벌을 꺼내왔다. 산뜻한 붉은색의 이 카드는 전통적인 트럼프 카드의 4분의 1 정도 되는 크기인데, 숫자가 아닌 터질 듯한 색감의 국화부터 섬세한 붓꽃, 떨어지는 단풍잎에 이르기까지 각양각색의 디자인으로 장식되어 있다.

형부가 화투를 섞어서 돌리자 언니가 막대 비스킷에 초콜릿 코팅을 한 포키pocky를 홀수로 조금씩 나눠 주었다. 구경을 더 좋아하는 이씨 아주머니는 고스톱 게임에서 빠졌다.

내 손에 들어온 화투 일곱 장을 내려다보았다. 리본 그림 두 장, 동물 그림 두 장이 있었다. 나쁘지 않았다. 포키 세 개를 판에 내놓았다. 우리 집에서는 실제 돈이 아니라 달콤한 간식을 걸고 게임을 하는데……. 오래전 우리 증조할아버지가 사활이 걸린 고스톱 판에서 닭 네 마리를 잃었다는 이야기가 있기 때문이다. 그래서 우리는 좀 더 조심하는 편이다.

네 판을 돌고 나서 언니의 휴대폰이 울리는 바람에 게임이 중단되었다.

언니가 전화를 받았다.

"즐거운 추석 보내요, 옴마."

때마침 언니가 스피커폰을 켜서 휴대폰 너머에서 울리는 엄마의 피곤한 목소리를 나도 들을 수 있었다. 엄마 시간으로는 아침 6시 반쯤이라 그런지 엄마가 비몽사몽인 것 같았다.

"피파, 어디야?"

"나 여기 있어, 옴마."

엄마랑 통화를 안 한 지는 고작 일주일 남짓이었지만, 엄마

입에서 나온 첫 번째 말은 이거였다.

"학교는 어떠니? 성적은 어때?"

"내 점수? 좋아지고 있어요. 그리고 나 농구팀에서도 진짜 잘하고 있고."

"뒤처지지 마."

"할 수 있는 한 열심히 하고 있어요."

"옴마 실망시키지 마."

"옴마 실망 안 시킬게."

내 목소리가 점점 날카로워지고 있었다.

"피파? 사랑해."

나는 한숨을 쉬었다.

"나도 사랑해, 옴마."

언니가 휴대폰 스피커를 끄고 나서 지난주에 병원을 방문했는지 엄마에게 물었다. 언니의 성난 표정을 보니 대답이 '아니.'라는 걸 알 수 있었다.

형부가 화투를 정리해 케이스에 넣었다. 나는 형부를 도와 설거지를 하고 그릇을 정리했다. 언니가 엄마와 통화를 끝낼 때까지 형부와 나는 편안한 침묵 속에서 주방 일을 마무리했다.

그런 다음 언니와 형부, 아주머니는 거실에 앉아 〈내 여자친구는 구미호〉를 시청했다. 언니가 최근에 푹 빠진 한국 드라마였다.

나도 옆에 앉아 같이 보기 시작했지만 드라마는 이미 시즌 중반이었고, 시간이 조금 흐르자 내 마음이 초조해지기 시작했다. 이상한 일이었다. 레이크뷰를 다니기 전에는 집에 있는 걸 꺼린 적이 한 번도 없었다. 형부랑 같이 텔레비전을 보거나 온라인 게임을 하면서 보내는 밤들이 너무 즐거웠다.

그런데 갑자기 우리 집의 올이 다 풀린 소파에 둘러앉아 있는 게 지루하게 느껴졌다. 헬렌을 포함해 다른 아이들과 친구가 된 이후, 어딘가에서 벌어지는 재미있는 일을 내가 놓치고 있다는 생각이 머리에서 떠나지 않았다.

나는 방으로 들어와 침대에 걸터앉았다.

혹시 오늘 밤에 뭐해? 우리 만날래?

헬렌에게 메시지를 보냈다.

휴대폰을 내려놓기도 전에 진동이 울리기에 헬렌의 답장인 줄 알았다. 그런데 화면을 보고는 나도 모르게 주춤했다.

'스로우어웨이74312'였다.

사람들이 널 정말로 좋아한다고 생각해? 그냥 그런 척하고 있는 것 같은데. 하지만 그런 거라면 내가 너한테 설명해 줄 필요가 없겠지…. 페이크*라면 네가 전문이니까, 그렇지?
(추신: 비앙카가 방금 올린 사진 좀 확인해 봐. 넌 오늘 밤에 뭐 하고 있니?)

속이 살짝 울렁거렸다. 메시지를 다시 읽으며 지금 무슨 일이 일어나고 있는 건지 이해해 보려고 했다. 이번에는 눈이 '페이크'라는 단어에 꽂혀 움직이질 않았다. 두 눈을 질끈 감았다.

스로우어웨이의 말이 맞을까? 로열은 그저 나를 좋아하는 척 페이크하고 있는 걸까? 비앙카와 캐롤라인이 그렇다는 건 알고 있었다. 하지만 위노나도? 스타시에도? 그리고 헬렌마저도?

손가락이 움찔거리더니, 어떨지 잘 알면서도 비앙카의 인스타그램 계정을 들어가고 말았다. 제일 먼저 눈에 들어온 건 20분 전에 막 올라온 사진이었다. '캐롤라인네 집에서 파티!'라는 설

* 페이크(fake): 거짓, 속임수라는 뜻도 있지만 운동 경기에서 상대방을 속이기 위한 동작을 칭할 때도 쓰인다. 농구에서 피파의 특기다.

명이 붙어 있었다.

사진은 마치 헬렌, 비앙카, 캐롤라인, 위노나, 스타시에가 출연한 여학생 파자마 파티 광고 같았다. 모두 물방울무늬 파자마를 맞춰 입고 긴 소파에 앉아 있었는데 여남은 개의 부드러운 베개와 자연스럽게 어우러져 서로를 꼭 안고 있었다. 고개를 뒤로 넘기고 활짝 웃는 모습이 다섯 명 모두 백 퍼센트 행복하고 완벽하게 친한 사이로 보였다. 나를 그리워하는 사람은 그중 한 명도 없는 것 같았다.

왜 나는 초대하지 않았지?

씁쓸하고도 날카로운 생각이 가슴을 후벼 팠다. 뱃속이 불편하게 뒤틀렸다.

휴대폰이 다시 한번 부르르 떨자 등 근육이 자동으로 뻣뻣하게 굳었다. 하지만 이번에는 익명의 메시지가 아니라 헬렌이었다.

> 미안, 나 지금 캐롤라인네 집이야. 넌 가
> 족 모임을 하고 있을 줄 알았는데?

메시지를 보며 눈을 끔벅거렸다. 이렇게 한심할 수가. 헬렌한테 추석 얘기한 걸 깜빡 잊고 있었다. 이걸로 오늘 밤 나만 초대

받지 못한 이유가 설명될 것이다.

휴대폰 진동이 또 한 번 울려서 얼른 내려다보았다. 지금이라도 내가 합류할 시간은 충분하다는 헬렌의 메시지였으면 싶었는데, 버디였다.

메시지를 지금 막 봤어. 누나+형한테 미안하다고 전해 줘.

휴대폰 화면을 쳐다보며 얼굴을 찡그렸다. 얘는 자기 휴대폰의 '읽음' 알림 기능이 켜진 상태라는 걸 모르나? 이걸로 버디한테 전화를 할까 생각했지만 싸우고 싶지는 않았다. 대신 메시지를 보냈다.

음식이 아직 많이 남아 있어.

지금 바빠.

아, 진짜? 뭐 하는데?

뭐 좀 지저분한 거.

휴대폰을 쥐고 있던 손에 와락 힘이 들어갔다. 그러니까 버디는 듀오디너에서 우리가 자신을 두고 떠든 얘기를 엿들은 것이다. 최악인 건 비앙카가 했던 못된 말을 버디가 들었고, 그때 난 버디를 변호해 주지도 않았다는 사실이었다.

부끄러움이 파도처럼 덮쳤다. 나는 날 알아 볼 시간조차 없던 엘리엇이나, 무심하게 잔인한 말을 내뱉는 비앙카 같은 속물들에게 깊은 인상을 남긴답시고 버디를 무시했다.

눈을 꽉 감았다. 버디는 내 제일 친한 친구였는데. 버디는 내가 아는 가장 의리 있는 사람이고 버디가 없었다면 지난 4년은 내 삶에서 가장 비참한 시간이 되었을 것이다. 나한테 버디와의 우정은 뭐라고 설명할 수 없을 만큼 큰 의미가 있었다. 하지만 이제 너무 늦었을지 모른다. 나는 고개를 떨어뜨렸다.

버디는 나를 만나기를 거부했고 현재의, 소위 새 친구들은 나를 빼고 자기들끼리 어울리고 있었다. 내 옆에 아무도 없는 기분이었다.

울지 않으려고 두 팔로 내 몸을 꼭 감쌌다. 일을 바로잡아야 했다.

하지만 어디서부터 시작해야 하지?

제18장 위기

"피파 박, 잠깐만 남아 볼래?"

로저스 선생님을 힐끗 올려다보았다. 수업이 끝나고 주변 아이들은 모두 가방을 챙기고 있었다. 헬렌이 내게 호기심 어린 눈길을 던졌지만 나는 어깨만 으쓱했다. 로저스 선생님이 무슨 일로 그러는지 몰랐기 때문이다.

지난번 수학 시험에서는 B-를 받았는데, 훌륭하지는 않지만 낙제와는 상당한 거리가 있는 점수였다. 수업 시간에 멍하니 있던 것 때문에 설교를 하려는 건 아니길 바랐다. 지난 6주 동안 스로우어웨이한테서 새로 받은 메시지는 하나도 없었지만, 나는 어떤 끔찍한 일이 벌어질까 싶어 계속 기다리고 있었다. 그

일과 코치님의 강도 높은 연습이 나를 산만하게 만들고 지치게 했다.

마지막 학생이 교실 밖으로 나간 뒤 선생님 책상으로 다가 갔다.

"내가 어제부터 숙제를 채점하고 있거든, 그런데 네 숙제가 선생님 파일에 없더구나. 이번에도."

"아, 죄송해요. 제가 제출하는 걸 깜빡했나 봐……."

"네가 내 수업을 받기 시작한 후 이번이 두 번째야."

로저스 선생님이 내 말을 끊고 말했다.

"그리고 지난 시험 성적도 떨어졌어."

나는 한쪽 발에서 다른 쪽 발로 불편하게 몸을 움직였다.

"지금만 해도 네 눈빛이 또렷하지 않고 피곤해 보이는구나."

선생님은 짜증이 나기 시작한 것 같았다.

"최근에는 네 마음이 그냥 구름 위에 있는 게 아니라 아예 우주 밖 저 끝까지 가 있어. 무슨 일이니, 피파?"

"죄송해요."

나는 빨리 생각하려고 애쓰며 말했다.

"그냥 긴장해서 그런 것 같아요. 시즌 개막전이 바로 코앞에 있는데 코치님은 우리가 이기기를 너무 바라시거든요."

선생님이 한숨을 쉬었다.

"거기에 네 집중력이 어느 정도 빼앗길 거라는 건 나도 알아. 하지만 선생님은 네가 과제 제출을 이미 두 번이나 잊었다는 사실을 강조하고 싶은 거야. 세 번째도 잊는다면 네 성적에 심각한 위협이 될 거고, 성적은 레이크뷰에서의 네 학교생활 전체에 기초가 되는 부분이야. 피파, 상황은 이해하지만 네 편의에 맞춰 규칙을 다르게 적용할 수는 없단다."

나는 슬프게 고개를 끄덕였다.

저도 알아요.

다음에 이어지는 수업에서는 더 특별히 주의를 기울이려고 노력했지만 집중하기가 어려웠다. 역사 선생님은 마지막 종이 울리고 몇 분이 지나도록 우리를 붙잡고 있었다.

마침내 교실을 빠져나왔을 때 손목시계를 흘끗 보니 연습 시간에 늦었다는 걸 알 수 있었다.

소지품을 급하게 챙겨 탈의실로 달려갔다. 그런데 재킷을 벗기도 전에 코치님이 들어와 교복을 입고 있으라고 했다.

"행정실에서 널 좀 보자고 하는구나."

심장이 쿵, 하고 떨어졌다.

"왜요?"

"그런 종류의 정보는 선생님 권한 밖의 일이야."

코치님이 팔짱을 낀 채 대답했다. 하지만 걱정스러워하는 내 표정을 보고는 팔짱을 풀고 어깨를 으쓱했다.

"분명 별일 아닐 거야."

급히 행정실로 가는 내내 로저스 선생님 말이 나를 괴롭혔다. 수학 시험 성적 B-가 가방에 벽돌이 든 것보다 더 무겁게 느껴졌다. GPA 점수가 3.0 밑으로 떨어졌을까? 나를 증명하는 데 학기 말까지는 시간이 있다고 생각했는데, 레이크뷰에서는 이미 나를 내보내기로 한 걸까?

사무실 문을 밀고 들어가다가 멈칫했다. 눈앞의 광경을 이해하기 어려웠기 때문이다.

"형부?"

갑자기 극심한 공포가 뇌의 한쪽에서 다른 한쪽으로 흘러나갔다. 형부가 여기 서서 뭘 하는 거지?

부스스한 머리와 때 묻은 청색 공장 작업복을 입은 형부는 이 장소와 너무 안 어울려 보였다. 표정에는 긴장감이 역력했고 이마에는 점점이 맺힌 땀방울이 엷게 번들거렸다. 심지어 형부는 평상복을 담은 식료품점 비닐봉지도 들고 있었다. 누가 형부를 봤을까? 지금 형부랑 같이 있는 나를 로열 중 한 명이 보기라도 한다면…….

"여기서 뭐 하시는 거예요?"

나는 황급히 다가가 형부의 얼굴을 살피며 물었다.

"네 물건 다 챙겼니?"

내 질문은 무시하고 형부가 물었다.

"네, 그런데 형부, 왜 여기 계신 거예요?"

내가 다시 물었다.

형부는 내 팔을 붙잡고 붉은 머리의 비서 엘킹톤 양 옆을 지나도록 나를 이끌었다. 엘킹톤 양이 심각한 표정으로 형부를 향해 고개를 끄덕이자, 형부도 말없이 고개를 끄덕였다.

이제 내 공포심은 한층 더 극심해졌다.

뭔가 단단히 잘못됐어.

"형부? 무슨 일이에요? 제발 말해 줘요."

우리는 현관 계단을 내려가 주차장으로 향했다.

"이런 말 해서 미안한데, 피파. 장모님이 자동차 사고를 당하셨어."

'자동차 사고'라는 말에 눈앞에 있는 모든 게 뿌예졌다.

"지금 병원에 계셔, 상태가 위독하시대."

손톱을 손바닥에 대고 꾹 눌렀다. 엄마가? 하지만 엄마는 엄청나게 강한데, 천하무적인데.

"위독한 상태요? 그게 무슨 뜻이에요? 그리고 어디서……. 어떻게 사고가 났어요?"

질문을 할 때마다 내 목소리가 애타게 높아졌다.

"그 이상은 나도 몰라. 언니가 지금 의사 선생님들이랑 얘기하고 있어."

"형부, 다 잘되겠죠?"

"괜찮으실 거야."

형부가 이렇게 말했지만, 내게 차 문을 열어 주는 형부의 두 눈이 문에 고정되어 있어서 그 말이 거짓인지 아닌지 알 수 없었다.

레이크뷰와 우리 아파트의 거리가 차로 10분밖에 걸리지 않는데도 수십 킬로미터처럼 느껴졌다. 폐에 충분한 산소를 집어넣기가 어려웠다. 숨이 폐에 닿으려 할 때마다 가슴이 아파서 공기를 전부 다시 밖으로 내보내야 했다.

"지금쯤은 언니가 좀 더 알아냈을 거야."

형부가 주차하며 말했다. 우리 둘이 계단을 황급히 올라가 보니, 언니가 귀에 전화기를 꼭 붙이고 거실을 서성이고 있었다. 우리를 본 언니가 기다리라는 듯 손가락을 들었다.

"네, 이해했습니다. 네네, 고맙습니다."

언니가 한국말로 대답하고는 전화를 끊었다.

"옴마야?"

내가 물었다.

언니가 고개를 저었다.

"아니, 의사 선생님 중 한 분."

"어떻게 된 거야?"

"옴마가 정지신호에 달렸대."

언니가 지친 얼굴을 손으로 문지르며 말했다.

"다른 차가 옴마 차를 세게 들이받았고, 조수석 쪽을 친 다음에 옴마 차가 방향을 잃고 돌아서 전봇대랑 정면으로 충돌한 거야."

눈에 눈물이 차올랐다.

"옴마 괜찮아지는 거야?"

"지금 수술 중이셔."

언니의 숨소리가 거칠었다.

"의사 선생님이 어떤 것도 장담할 수 없대, 하지만 옴마가 살 거라고는 했어."

언니가 불안한 눈길로 주위를 둘러보았다.

"밤늦게 보스턴에서 떠나는 비행기 표를 예매했어. 내가 뭐 잊은 거 없겠지?"

그제야 나는 뚜껑이 열린 채 언니 옆에 놓여 있는 여행 가방과 소파에 쌓인 옷더미를 발견했다.

"한국에 가는 거야?"

언니가 힘차게 고개를 끄덕이자 여러 감정이 왈칵 몰려왔다.

대부분은 두려움이었다. 우리 언니를 보내고 싶지 않았다.

"나도 갈까? 나도 가야 할 것 같아, 나도 가야 해, 맞지? 왜냐하면 옴마는 병원에 있으면 무서울 거야, 언니도 옴마가 의사를 얼마나 싫어하는지 알잖아. 그리고 방문하는 사람이 아무도 없으면 옴마가 외로울 거야, 그리고……."

나는 마른침을 꿀꺽 삼키며 생각을 정리하려고 애썼다. 하지만 언니가 내 어깨에 손을 얹자, 내가 그저 바들바들 떨고 있을 뿐이라는 사실을 깨달았다.

"힘내야 해, 피파. 언니가 얼마나 오랫동안 가 있을지 모르고 넌 학교를 빠질 여유가 없어. 게다가, 단순히 지금 당장 한국으로 가는 비행기 표를 한 장 더 끊을 돈도 없고."

언니가 어깨에서 손을 내리고 나를 안심시키려는 듯 내 손을 꽉 쥐었다. 그리고 어깨너머로 형부를 돌아보았다. 형부는 소파에 쌓여 있는 옷더미에서 옷을 하나씩 돌돌 말아 여행 가방에 정리해 넣고 있었다.

"형부 좀 챙겨 줘, 알았지? 내가 없는 동안 빨래방은 잠시 문을 닫을 거야. 하지만 정기 주문이 몇 건 있어서 그건 네가 채워 줘야 할 거 같아. 그 내용은 이미 적어 놨어. 그리고 계산대에 열쇠 올려놓을게. 내가 없는 동안 전부 네가 잘 처리할 거라고 믿어, 괜찮지?"

나는 턱을 쳐들고 강해 보이려고 노력했다. 그게 내가 할 일이라고 생각했다.

언니가 마지막으로 내 손을 한 번 더 꼭 쥐었다 놓고는 세면도구를 챙기러 부산하게 움직였다. 나는 형부를 도와 언니 옷을 돌돌 말아서 여행 가방 속에 끼워 넣었다. 준비가 너무 빨리 끝났다. 그리고 형부와 언니는 나 혼자만 남겨 둔 채, 공항에 가려고 서둘러 문을 나섰다. 내가 가장 원치 않던 순간이었다.

나를 위로해 줄 사람이 여기 있었으면 하고 생각하면서 베이지색 벽에 묻어 있는 얼룩 하나를 멍하니 바라보았다. 버디나 헬렌, 아니면 내 주의를 딴 데로 돌려줄 누구, 엘리엇 같은?

엘리엇! 갑자기 오늘이 화요일이라는 게 생각났다. 휴대폰을 집어 들고 시간을 확인했다. 오후 6시였다. 과외 수업을 새카맣게 잊었다니 믿을 수가 없었다. 오늘 사건이 내 머리에서 다른 모든 일을 싹 지워 버렸다.

재빨리 엘리엇의 휴대폰 번호를 눌렀다. 엘리엇이 무뚝뚝하게 전화를 받았다.

"여보세요?"

"안녕, 나 피파야. 미안해, 오늘 과외 수업에 못 갔어. 무슨 일이 좀 있어서."

우리 엄마 이야기는 하지 않았다. 아직 엘리엇에게 엄마 이야기를 할 준비가 되지 않았다.

"일정을 다시 잡을 수 있을까?"

"당연하지, 그럼."

정신이 딴 데 가 있는 것 같았다.

휴대폰 너머에서 하버포드 씨의 목소리가 들렸는데 기분이 좋지 않은 것 같았다. 고함이 점점 커지더니 나중에는 나한테까지 또렷이 들렸다.

"이제 다시는 참지 않을 거야……. 아니, 넌 이해 못 해. 무슨 생각을 하는 거냐? 그런 얘기는 꺼내지 마……."

"괜찮은 거야?"

내가 쭈뼛거리며 물었다.

"그냥 네가 되는 날짜를 메시지로 보내. 나 가 봐야 해."

엘리엇이 내 질문을 무시하고 말했다.

"아, 알았어, 그럼. 난……."

딸깍.

엘리엇의 아빠는 누구한테 고함을 치고 있었을까? 궁금했다.

나는 자리에 앉아 엘리엇이 나한테 그렇게 무례하게 굴지 않았으면 좋았을 텐데, 하고 생각했다. 지금 이 순간 내게는 약간의 온기가 필요했다. 격한 감정에 휩싸여, 숨을 깊이 들이마시고 숫자를 다섯까지 세어 보려고 했다.

아무 소용이 없었다. 수많은 문제가 내게 닥쳐 오고 있었지만 가장 큰 걱정은 엄마였다. 엄마가 사고로부터 회복하지 못하면 어떻게 하지? 그걸 생각하는 것만으로도 숨쉬기가 어려웠다.

심지어 눈물방울이 무릎에 떨어지기 전까지는 내가 울고 있다는 것도 깨닫지 못했다. 꽉 막힌 코를 훌쩍이며 재킷 소매로 문질러 눈물을 닦았다. 지금은 이렇게 무너질 때가 아니었다. 언니 말처럼 힘을 내야 했다. 할 일이 너무 많았다. 공부도 해야 하고 레이크뷰를 위해 시합에서도 이겨야 한다.

스로우어웨이는 어떻게 하지? 생각이 의문의 페이스북 메시지로 옮겨 갔다. 음, 스로우어웨이가 다음번에 무슨 짓을 저지를지 기다릴 게 아니라, 누구인지 내가 밝혀 내야 할 것 같았다.

하지만 시간이 어디 있지? 언니 대신 형부도 챙겨 줘야 하고 럭키 빨래방의 특별 주문도 처리해야 하고, 버디와의 일도 바로잡아야 하는데. 해야 할 일 목록이 내 머릿속에서 끝없는 고리를 이루며 빙빙 맴돌았다.

이 모든 걸 내가 어떻게 할 수 있지? 어떻게?

제19장 데자뷔

수요일에는 학교생활이 흐릿하게 지나갔다. 전날 밤에 잠을 거의 못 잤기 때문이다. 점심을 먹은 뒤 화장실 거울에 비친 내 모습을 확인하고는 눈 밑의 다크서클에 놀라 낮게 앓는 소리를 내고 말았다.

"너희 엄마는 좋아지실 거야, 피파."

점심시간에 헬렌이 나를 안심시켜 주려고 했다. 피자 한 조각을 샀지만 먹을 수가 없었다. 그래서 피자는 그저 차가운 가죽처럼 접시 위에 놓여 있었다.

"서울에는 분명 진짜 훌륭한 의사 선생님이 계실 거야. 우리 치과 의사 선생님이 한국인인데, 실력이 대단하거든."

스타시에가 말했다.

"스타시에!"

윈이 소리쳤다.

"뭐? 난 피파 기운 나게 하려고 하는 거야."

스타시에는 마음이 상한 것 같았다.

"괜찮아."

내가 피곤한 미소를 지으며 말했다.

"스타시에 말이 무슨 뜻인지 알아. 그런데 우리 엄마는 익산에 계셔, 서울이 아니라."

"거기 도시야?"

비앙카가 물었다. 얼굴에 사팔눈 같은 우스운 표정을 짓고 있었다. 마치, 정말로 걱정스러운 표정을 짓고 싶지만 어떻게 하는지를 모르겠다는 얼굴 같았다.

모차르트 플루트 연주곡이 급식실 스피커에서 흘러나오며 점심시간이 끝났음을 알려 주고 있었다. 나는 자리에서 일어나 먹지 않은 피자를 쓰레기통에 버렸다.

"연습까지 어떻게 기다리지. 긴장감을 좀 풀었으면 좋겠는데."

식당을 나오며 내가 말했다.

"앗, 너 몰랐어? 코치님 오늘 안 계셔. 추수감사절 휴가를 항상 하루 먼저 떠나시거든. 그래야 플로리다로 날아가서 부모님을 만나실 수 있대. 이번에 연습이 없어서 난 너무 좋아!"

캐롤라인이 내 얼굴을 찬찬히 살피고는 말을 이었다.

"기분 나쁘게 듣지 마, 피파. 하지만 너도 하루 쉴 수 있잖아. 너 오늘 얼굴이 완전 엉망이야!"

이게 바로 캐롤라인이었다……. 하는 말마다 모욕이 숨어 있다. 하지만 나는 너무 피곤하고 걱정에 정신이 팔린 상태였다. 그것도 상당히.

학교가 끝나고 곧장 집으로 향했지만, 교복을 갈아입을 만큼만 집에 머물렀다가 바로 농구공을 들고 나왔다. 남는 시간은 공부하는 데 써야 한다는 걸 알고 있었음에도 정말 집중할 수가 없었다.

게다가, 형부가 공장에서 추가 교대 근무를 신청했다는 메시지를 보냈다. 내 생각에 형부는 빨래방이 문을 닫는 동안의 돈을 걱정하는 것 같았다. 어쨌든 형부는 늦게까지 집에 오지 않을 테고 내가 제일 싫어하는 건 밀실 공포증을 느끼게 만드는 우리 아파트에 혼자 있는 거였다.

우리 블록에서 농구공을 튕기면서 아시아 식료품점을 지나갔다. 아직 네 시에서 얼마 안 지난 시간이었지만 이미 어두워지기 시작했다. 거리에 사람이 거의 없었다. 모퉁이를 돌아서는

데 내 뒤에 있는 누군가의 모습이 가게 창문에 비치는 것 같았다. 하지만 내가 어깨너머 돌아보았을 때는 아무도 없었다.

버디가 있을까, 반쯤은 기대하는 마음으로 농구장에 도착했지만, 농구장과 그 옆의 어린이 놀이터 어디에도 인적이 보이지 않았다. 지난 2주 동안 여기에서 숏을 던지지 않았다. 그동안 그레이 숲의 나무들은 잎사귀를 벗어 버려서, 뼈가 앙상한 손가락처럼 위로 뻗은 울퉁불퉁한 나뭇가지들이 황량한 풍경을 남기고 있었다.

11월의 공기가 뺨에 몹시 차게 느껴졌다. 나는 몸을 가볍게 떨고 재킷의 지퍼를 목까지 끌어 올리며 코트로 발을 내디뎠다. 그리고 첫 번째 숏을 던졌다.

휙, 휙, 휙.

잇따라 공을 던졌다. 몇 분이 지나자 머리에서 뿌연 안개가 걷히기 시작했다.

휙, 휙, 휙.

내 몸의 근육들이 막 긴장을 풀기 시작하던 그때, 뭔가 완전히 이상한 소리가 들려왔다.

바이올린이다.

처음에는 귀에 기이한 환청 같은 게 들리는 줄 알았다. 하지만 부드럽고 애절한 음악 소리가 나무들 사이를 흘러 다니며 조금씩 커지기 시작했다. 누가 이렇게 궂은 날씨에 숲에서 바이올린을 연주할까? 이상했다.

농구공을 가슴에 꼭 끌어안고 소리가 나는 곳을 향해 조심스럽게 몇 발 다가갔다. 그러다 나무들 틈으로 보이는 형체를 확인한 순간 멈칫했다. 내가 아는 맨투맨 티셔츠였다!

가까운 나무 기둥 뒤로 얼른 몸을 숨기고, 내가 의심한 게 맞는지 확인하려고 살짝 엿보았다.

전에 만났을 때와는 달리 이번에는 남자의 후드가 벗겨져 있고, 머리는 심각하게 짧은 반삭발이었다. 그런데도 나는 알아보았다. 그 바이올리니스트는 나의 불가사의한 지인, 초록 후드티였다. 그가 돌아왔다!

거친 나무껍질을 끌어안고서, 나를 향해 흘러나오는 아름다운 선율을, 넋을 잃고, 들었다. 바이올린은 마치 비극적인 사랑 이야기를 들려주는 것 같았다. 그리고 초록 후드티는 그 이야기의 통역사였다. 어둠이 몰려와 얼굴은 보이지 않았지만, 활이 바이올린 줄을 쓸고 지나갈 때마다 초록 후드티의 몸이 천천히 가볍게 흔들리는 걸 알 수 있었다.

곡은 높고 부드러운 음에서 끝이 나 서서히 사그라들었다. 정적이 흘렀다. 그런데 누군가의 목소리가 들려오는 바람에 화들짝 놀랐다. 초록 후드티에게 일행이 있는 줄은 몰랐다.

"오디션에서 이 곡을 연주했어?"

남자 목소리가 물었다.

무척 익숙한 목소리였다. 그 사람이 누구인지 알아낼 때까지는 가까이 가지 않기로 했다.

"아니, 이건 다음 오디션을 위해 연습하는 곡이야."

초록 후드티가 말했다.

"좋은데."

다른 목소리가 말했다. 내 이마에 주름이 생겼다. 분명히 아는 사람이었다.

"정말 좋았어, 진짜로."

"악!"

놀라서 터져 나오는 비명을 막으려고 손으로 잽싸게 입을 가렸다. 엘리엇이다! 엘리엇의 목소리였어, 나는 확신했다. 엘리엇은 어떻게 초록 후드티를 아는 걸까?

"고마워, 손가락이 얼지 않았으면 소리가 더 좋았을 텐데."

초록 후드티가 말했다.

"다른 지원자들은 대부분 자체 실내 연습 공간이 있을 거야."

그러고는 고개를 가로저었다.

힐끗 보고 싶은 마음을 참을 수가 없어서, 내 몸이 거의 노출될 만큼 아슬아슬하게 나무에서 몸을 기울였다. 다행히 초록 후드티의 등이 내 쪽을 향하고 있었다. 활을 조절하는 게 보였지만, 커다란 너도밤나무가 내 시야를 가리는 바람에 엘리엇은 볼 수 없었다.

"난 에블린 고모가 마음을 바꾸기만을 바랄 뿐이야."

엘리엇이 말했다.

"그리고 아빠가 고모한테 좀 맞섰으면 좋겠고. 우린 둘 다 낙천주의자인가 봐."

초록 후드티가 씁쓸한 목소리로 말했다.

내 눈이 휘둥그레졌다.

에블린 고모? 아빠? 초록 후드티랑 엘리엇이 '형제'였어?

누군가의 휴대폰 벨이 울렸다.

"난 집에 가야겠어. 같이 갈래?"

엘리엇이 물었다.

초록 후드티가 고개를 저었다.

"아빤 내가 학교에서 더 일찍 버스 탄 걸 몰라. 난 8시 안에 들어가지 않는 걸로 되어 있으니까 시간을 좀 때워야 해. 여기에서 연습하다 갈게."

발이 이리저리 움직이는 소리와 나뭇잎이 바스락거리는 소리가 났다. 그리고 내가 나무 기둥 뒤로 물러날 새도 없이 엘리엇이 눈앞에 나타났다.

엘리엇은 나를 보고 멈칫했다.

"피파?"

엘리엇의 얼굴빛이 어두워졌다.

"엘리엇."

나는 힘겹게 마른침을 삼켰다.

엘리엇은 내가 왜 여기 있는지 알려 달라고 따져야 할지 아니면 내 옆을 곧장 지나가야 할지, 그 사이에서 갈피를 못 잡는 것 같았다. 하지만 엘리엇이 뭐라고 말을 꺼내기 전에 초록 후드티가 엘리엇 옆으로 나왔다.

이제야 그 얼굴이 또렷이 보였다. 초록 후드티의 머리카락 색이 더 짙고 이목구비가 좀 더 강인하게 생기긴 했지만, 이 가족이 닮았다는 걸 알 수 있었다.

"이야! 피파 박, 다시 만나서 반가워."

초록 후드티가 놀라며 빙그레 웃었다.

엘리엇이 자기 형에게 덤빌 듯 물었다.

"형, 피파를 알아?"

그러고는 깜짝 놀란 표정으로 내게 돌아섰다.

"너 매튜 형을 알아? 어떻게?"

설명하려고 내가 입을 벌렸지만, 우리의 이상한 첫 만남을 설명할 단어들을 적절히 조합할 수가 없었다.

"두어 달 전에 피파가 날 도와줬었어."

내가 어쩔 줄 몰라 허둥대는 동안 초록 후드티, 그러니까 매튜가 말했다.

"우린 지난 9월에 만났어, 내가 아빠랑 그 엄청난 싸움을 벌인 직후에."

"아."

이제 엘리엇은 아주 조금 덜 혼란스러운 얼굴이 되었다.

"우린 아주 중요한 공통점이 있는, 친숙하면서 낯선 사이야."

매튜가 나를 보고 씩 웃으며 덧붙였다.

"우리 둘 다 자신의 열정을 반대하는 가족이 있다는 게 어떤 기분인지 잘 알거든."

나는 차분하고 태연한 표정을 지으려고 애썼다. 매튜의 말은 내가 그냥 간식을 하나 준 게 아니라, 진짜 곤란한 상황에서 자신을 구해 준 것처럼 들렸다. 하지만 그 말을 바로잡지 않을 작정이었다. 엘리엇이 새로운 관심으로 나를 보고 있는 지금은 아니었다. 가만 보니 형이 인정한다는 건 퍽 중요한 의미를 갖는 게 분명했기 때문이다.

"자, 그럼 넌 피파 박을 어떻게 알아?"

매튜가 엘리엇에게 물었다. 성 없이 이름만으로는 불완전하다는 듯 내 이름에 성을 붙여서 부르는 방식이 마음에 들었다.

내가 중요한 사람인 것처럼 들렸다.

엘리엇의 눈썹 사이가 잠시 좁아졌다.

"난 피파한테 수학을 가르쳐 줘. 그리고 학교 친구야."

나는 놀라서 엘리엇을 쳐다보았다. 친구라고? 엘리엇이 나를 친구로 여겼단 말이야? 엘리엇의 마음속에서 내가 그렇게나 높은 평가를 받는 줄은 몰랐다. 하지만 그런 평가에 대한 내 감정을 결정하기도 전에 엘리엇의 휴대폰에 메시지 수신 알림음이 울렸다. 엘리엇이 주머니에서 휴대폰을 꺼내 화면을 쳐다보고는 얼굴을 찡그렸다.

"아빠 때문에 스트레스야. 나 정말로 가야겠어. 이따 봐."

엘리엇은 매튜에게 이렇게 말한 뒤 나를 짧게 한번 쳐다보고는 자리를 떠났다.

"잘 가."

나는 우리 관계의 이런 변화를 어떻게 처리할지 여전히 고심중이었다.

엘리엇이 가는 걸 보고 나서 매튜에게 물었다.

"엘리엇한테 형이 있다는 걸 내가 어떻게 몰랐지? 매주 화요일에 과외 수업 받으러 하버포드 저택에 가는데. 어떻게 내가 한 번도 못 봤어?"

"난 기숙학교에 다니거든. 사실은 군사학교야. 그래서 집에 거의 없어."

매튜가 얼굴을 찡그리며 자신의 짧은 머리를 쓰다듬었다.

"그리고 집에 오면……."

나는 머릿속을 샅샅이 뒤지며 이걸 어떻게 말해야 예의 있는 표현이 될지 고민했다.

"……시간 대부분을 그레이 숲에 숨어서 보내는 거야?"

"난 숨어 있는 게 아니야!"

매튜가 항의했다. 미간에 생긴 주름은 엘리엇이 문제를 인정하지 않을 때의 모습과 정확히 판박이였다.

"난 단지 '공식적으로는' 아직 집에 온 게 아니라서 그래."

매튜가 헛기침한 뒤 말을 이었다.

"추수감사절 휴가를 조금 일찍 떠나왔어, 허락을 받지 않고. 보스턴에 일이 좀 있었거든."

"오디션 말이야?"

내가 물었다.

"아, 내가 그 얘기 하는 걸 들었구나?"

매튜가 눈썹을 치켜올렸다. 아마 내가 자기들 얘기를 얼마나 오랫동안 염탐했는지 궁금할 것이다.

얼굴이 붉어졌다.

"조금."

그리고 재빨리 덧붙였다.

"하지만 그래도 여전히 설명이 안 돼. 왜 추운데 밖에서 바이올린을 켜고 있는지 말이야. 이게 흔한 일은 아니지 않아?"

매튜의 미소가 조금 흔들렸다.

"복잡해. 슬프지만 내가 연습할 수 있는 유일한 곳이 바로 여기야."

"진심으로?"

나는 매튜를 빤히 쳐다보았다. 농담인지는 알 수 없었다.

"내가 집에 가 본 적이 있다는 말 기억하지? 한 사람이 바이올린을 갖고 들어갈 만큼은 충분히 커 보였는데. 아마 두 사람도?"

"하하."

매튜가 웃으려고 했지만 찡그린 얼굴에 좀 더 가까워 보였다.

나는 계속 빤히 쳐다보았다. 매튜가 한숨을 내쉬더니 말을 이었다.

"너, 물어본 거 후회하게 될 거야."

매튜는 바이올린을 검은 케이스에 조심스럽게 넣고 천으로 덮은 뒤 뚜껑을 닫았다. 그런 다음, 놀이터로 향했다.

"저기 앉아서 얘기하자."

매튜가 그네를 가리켰다.

나는 매튜의 뒤를 따라가 그네에 나란히 앉았다. 매튜가 그네를 천천히 앞뒤로 밀자 긴 다리가 바닥에 끌렸다.

"하버포드 가족에 대해 얼마나 많이 알고 있어?"

나는 눈썹을 치켜올렸다. 이건 내가 기대한 게 아니었는데.

"아주 많이는 아니야. 끔찍한 자동차 사고에 관한 이야기를 하나 듣긴 했어. 대충 그 정도야."

"음, 바로 거기서 모든 이야기가 시작돼."

한쪽 팔로 바이올린 케이스를 부드럽게 가슴에 안은 채, 매튜가 이야기를 시작했다.

"우리 조부모님, 즉 우리 아버지의 엄마와 아빠는 그 사고로 돌아가셨어. 그 일이 일어났을 때 우리 아빠는 겨우 두 살이었고, 에블린 대고모는 엄청난 죄책감을 느꼈지. 고모는 그분들이 돌아가신 게 자기 잘못이라고 생각했거든."

이씨 아주머니가 나에게 해 준 얘기가 생각났다.

"왜냐하면, 모두 자신의 공연을 보러 오던 길에 그 일이 일어났으니까? 가혹하게 들릴지 몰라도, 난 이해할 거 같아."

매튜가 고개를 끄덕였다.

"그동안 내가 들은 바로는 에블린 대고모의 아버지, 그러니까 우리 증조할아버지는 연주회를 다니는 피아니스트가 되겠다는 고모에게 꿈을 포기하라고 심하게 압박하셨었대. 증조할아버지는 피아니스트가 하버포드 가문과는 맞지 않고, 특히나 여자는 그렇게 대중 앞에 나서는 게 아니라고 생각하셨던 거야. 고모가 그저 적당한 남자랑 결혼해서 사교계의 훌륭한 아내가 되는 게 마땅한 의무라고 계속 말씀하신 거지."

"상당히 중세시대적인 얘긴데!"

"그렇지? 아주 오래전이었어. 하지만 아직도……. 하여튼, 그 사고가 일어났잖아, 그러고 나서 한 일주일 후에 우리 증조할아버지가 돌아가셨어. 에블린 대고모는, 음, 완전히 무너지셨어. 그 얘기는 안 하셔……. 사실, 내가 아는 건 다 우리 엄마랑 아빠가 나누던 얘기에서 엿들은 거야, 두 분이 이혼하시기 전에. 하지만 대고모가 2년 정도 정신병원에 있었던 건 거의 확실해. 그 시기에 우리 아빠는 보육원에 있었고."

"보육원이라고?"

내가 되풀이했다. 빅토리아처럼 작은 도시에서 자라다 보면, 그런 게 있다는 걸 잊기 쉬웠다.

"알아, 터무니없는 이야기지? 기다려 봐. 갈수록 더하니까."

매튜가 그네에서 일어나 바이올린 케이스를 잔디밭에 내려놓았다. 그리고 초조하게 서성거리기 시작했다.

"그러다 어느 시점에, 에블린 고모는 병원에서 나와 새티스가에 있는 집으로 돌아왔어. 스스로를 대부분의 사교계와 차단하고, 다섯 살이던 우리 아버지를 고모가 입양해서 키웠어. 그런데 문제는, '공식적으로' 고모에게는 아무 이상이 없는데도 고모는 절대 그 사고에서 벗어나지 못했다는 거야."

그 이상한 노부인이 생각났다. 금박으로 장식된 드레스를 입고 고압적인 얼굴을 하고 있었다. 맞아, 나도 동의할 수밖에 없었다. 그 말을 입 밖으로 꺼내지는 않았지만, 그랬다.

"우리 아빠가 그렇게 긴장하고 날이 서 있는 이유는 바로 고모 때문이야. 내가 추측하기로는 고모의 죄책감 때문인 거지. 고모는 하버포드 가문에 관한 생각에 완전히 사로잡혀 있어, 우리 가문의 '특별한 도의적 의무'에."

매튜가 손가락으로 허공에 따옴표를 그렸다.

"그리고 고모는 아빠도 그걸 믿게 만드셨어. 아빠를 세뇌한 거지. 아마 너도 눈치챘을 거야, 우리 아빠가 완벽해야 한다며 엘리엇을 상당히 압박한다는 걸 말이야. 성적, 운동, 전부 다."

나는 고개를 끄덕였다.

"응, 눈치챘어."

"엘리엇은 그 문제에 대처하는 게 나보다 나아. 항상 나 죽었소, 하고 숙이고 있으니까. 난 좀 반항적이었고. 그래서……."

매튜가 두 팔을 활짝 펴고 애처로운 웃음을 지었다.

"군사학교로 쫓겨난 거야!"

나는 생각에 잠겨, 그네 아래 흙이 닳은 자리에 농구화를 대고 직직 문질렀다. 엘리엇에게서 이해할 수 없던 많은 부분이 이제 명확해졌다. 엘리엇 가족의 삶은 내 삶보다 천 배는 더 엉망진창이었다. 그게 엘리엇의 무례함에 대한 변명이 되지는 않겠지만 엘리엇이 정말로 안쓰러웠다.

그래도 여전히 매튜가 설명하지 않은 게 남아 있었다.

"왜 숲에서 바이올린을 연주하는지는 아직도 모르겠어."

매튜가 웃음을 터뜨렸다.

"그게 나의 반항이야! 에블린 대고모는 내가 음악가가 되는 걸 결사반대하시거든. 사실상 어떤 종류의 음악도 무조건 반대야. 우리 집에서 천으로 덮어 둔 피아노 본 적 있어? 그림들도? 음악이랑 조금이라도 관련 있으면 그 어떤 것도 고모는 쳐다보질 못해. 여전히 그 자리에 남겨 두기는 하지만. 고모가 스스로를 벌주고 있는 것 같아. 내 생각에는 전부 고모의 트라우마인 거지."

"아!"

내가 현관문 앞에서 실수로 베토벤 음악을 터뜨렸을 때 엘리엇이 어떤 반응을 보였었는지 떠올랐다. 이제야 이해가 갔다.

매튜가 손으로 머리를 긁적였다.

"그리고 에블린 고모가 돈을 전부 통제하셔. 그래서 만약 내가 보스턴에 있는 음악학교에 들어가려면 전액 장학금을 받아야 해. 그 말은 어디서든 내가 할 수만 있다면, 엄청난 연습을 해야 한다는 뜻이야. 필요하면 거기가 숲속이라 할지라도. 집에서는 연주가 허락되지 않으니까."

"말도 안 돼. 학교에서는 연습할 수 있어?"

"군사학교야, 기억하지? 거긴 자유 시간이 별로 없어."

갑자기 다소 무책임한 생각이 번쩍 떠올랐다. 즉시 떨쳐 버리려 했지만 매튜의 얼굴에 나타난 간절한 표정은 로열에 필사적으로 끼고 싶었을 때의 내 모습을 그대로 보여 주고 있었다.

그 생각이 머릿속에서 맴돌수록 더 괜찮아 보였다. 음, 만에 하나 언니가 알게 되면 난 죽음이라는 사실만 제외한다면 말이다.

"있잖아, 혹시 필요하면 연습할 만한 장소가 하나 있어."

매튜가 고개를 갸웃거렸다. 내 말을 완전히 믿지 않는다는 걸 알 수 있었다. 매튜 잘못이 아니다. 나는 그저 어떤 어린애일 뿐이었으니까. 그것도 잘 모르는 애였다.

나 스스로를 더 깎아내리기 전에, 나는 그네에서 폴짝 뛰어내려 농구공을 집어 들고 말했다.

"날 따라와."

제20장 호의

럭키 빨래방에 가까워질수록 내 아이디어에 대한 확신이 줄어들었다. 레이크뷰에서 나는 내 생활의 세세한 부분을 숨기려고 엄청나게 노력해 왔다. 그런데 지금 매튜, 다름 아닌 '엘리엇의 형'을 우리 빨래방으로 데려가려 하고 있었다.

그곳은 좁고 칙칙했으며 엘리엇 형제는 아마 하버포드 대저택에 우리 빨래방보다 더 근사한 세탁실이 있을지도 몰랐다. 나중에 둘이 럭키 빨래방을 두고 웃으면 어떻게 하지?

나는 매튜와 엘리엇이 그렇게는 하지 않을 것이라 믿고 싶었다. 어쨌든 돌아가기에는 너무 늦었다. 가방에서 열쇠를 꺼내 빨래방 문을 열고 매튜를 안으로 안내했다. 탁, 하고 전등을 켠 뒤 조심스럽게 매튜를 지켜보았다. 페인트가 벗겨지고 있는 벽이나 낡고 바랜 타일 바닥을 보고 매튜가 질색하는 건 아닐지 알고 싶었다.

하지만 그러는 대신 매튜는 이렇게 말했다.

"넌 여기를 자유롭게 드나드는 거야? 근사한데."

매튜가 작업대 중 한 곳에 올라가 바이올린 케이스를 내려놓고 걸쇠를 풀었다.

"음향 상태를 확인해 보고 싶어, 여기 소리가 꽤 괜찮을 거 같은데. 혹시 안 될까?"

매튜가 경건하게 악기를 꺼내며 물었다.

나는 고개를 가로젓고는 두 번째 공연을 간절히 기다리며 건조기 위로 폴짝 올라가 앉았다. 그리고 이번에는 추운 날씨에 나무 기둥 뒤에서 쪼그리고 숨어 있지 않을 셈이었다.

매튜가 왼쪽 쇄골에 바이올린을 받치고 눈을 감았다. 자신만의 정확한 의식으로 들어가는 중이라는 걸 알 수 있었다. 바이올린의 줄이 다시 가볍게 흔들리기 시작하자 매튜가 마치 다른 세상에 있는 것 같았다. 농구장에 있을 때의 내가 저런 모습이려나.

애절한 곡의 희미하게 아른거리는 음색이 빨래방을 채우는 동안, 나는 두 형제의 다른 점에 대해 생각했다. 엘리엇은 차갑고 거리감이 느껴지며 내향적인 반면에, 매튜는 마음이 무척 따뜻하고 다정해 보였다. 하지만 내가 엘리엇에 대해 잘못 생각한 게 있었을까? 오늘 나는 엘리엇의 내면에서도 따스함의 신호를 엿보았다. 아마 매튜가 동생의 부드러운 측면을 꺼내 주었을지도 모른다.

매튜가 예상보다 일찍 활을 내리고는 나를 쳐다보았다. 방금 큰 문제가 떠올랐다는 듯한 표정이었다.

"여기 시간이 어떻게 돼? 분명 문을 닫았을 때만 연주할 수 있을 텐데, 내가 밤늦게 집에서 빠져나올 수 있을지 모르겠어."

"문제없어."

이렇게 쉽게 매튜를 안심시킬 수 있다니 기분이 좋았다.

"여긴 우리 언니가 하는 가게야. 언니가 한국에 가 있는 동안에는 문을 닫고 있어. 그리고 언니는 한동안 돌아오지 않을 거야."

"우와, 이거 정말 굉장하다고 인정해야겠는데. 그래도 내가 여기서 연습하는 게 넌 진짜 괜찮아? 너희 언니도 괜찮고?"

"당연하지."

내가 대답했다. 비록 내가 낯선 사람을 빨래방으로 불러들여서 편히 있으라고 했다는 사실을 언니가 알게 되면 지금부터 늙어 죽을 때까지 날 괴롭힐 거라는 걸 알고는 있었지만 말이다.

매튜는 낯선 사람이 아니야, 라고 나 자신에게 상기시켰다.

매튜는 엘리엇의 형이었다.

"자, 내 전화번호를 줄게. 연주할 공간이 필요하면 언제든 그냥 메시지 보내면 돼."

"확실해? 나를 들락거리게 하는 게 너한테 부담스러운 부탁일 수도 있어. 믿을 수 없을 만큼 후한 제안이긴 하지만……."

"문제없어, 사실은 열쇠 복사본도 만들어 줄 수 있어. 그렇게 하면 언제든 원할 때 들어올 수 있을 거야."

내가 단호하게 말했다.

"농담하는 거지!"

오케이, 이제는 언니가 날 그냥 괴롭히는 게 아니라 목 졸라 죽이겠구나. 하지만 매튜의 흥분은 전염성이 있었다. 난 매튜를 도와주고 싶었다.

매튜가 내게 휴대폰을 건넸다. 휴대폰에 내 연락처를 입력해 주자, 고개를 설레설레 저으며 이런 행운이 도저히 믿기지 않는다는 듯 환한 웃음을 지었다.

휴대폰을 돌려주며 우린 서로 마주 보고 미소 지었다. 약간의 어색한 침묵이 흐르고 매튜가 입을 열었다.

"그러니까, 레이크뷰에서는 다 잘되고 있는 거지?"

"응? 아, 그럼. 난 농구팀에 있어."

매튜는 흐뭇한 표정을 지을 뿐 놀란 것 같지는 않았다.

"내가 맞혀 볼게. 아마드 코치님은 빅토리아 중학교를 물리치는 데 집착하고 계셔, 맞지?"

"완전 그래. 잠깐, 그런데 아마드 코치님을 어떻게 알아?"

"내가 8학년 때 남자 농구팀 부코치로 계셨거든. 실력이 대단하셔. 그래서 승진하신 거고. 천하무적 여자 농구팀을 가장 원하는 사람이 누구인지를 따지자면 우리 아버지랑 코치님이 막상막하일 거야."

매튜가 알 듯 말 듯 한 미소를 지었다.

"바로 그래서 내가 코치님한테 네 얘기를 한 거고."

난 고개를 저었다. 매튜의 말이 진심인지, 내가 제대로 들은 건지 확신이 들지 않았다.

"잠깐만, 그러니까 날 레이크뷰에 넣어 준 사람이 바로 매튜라는 거야?"

매튜의 얼굴에 미소가 가득 번졌다.

"코치님한테는 뛰어난 선수가 필요했어. 너한테는 새로운 시작과 새로운 팀이 필요했고. 그날 공원에서 네가 농구하는 모습을 보면서 너한테 재능이 있다는 걸 알았어. 네가 나한테 너무 친절하게 대해 줘서 나도 너한테 뭔가 보답해 주고 싶었거든."

"하지만…… 장학금이라니, 내가 준 건 겨우 간식이었는데!"

내가 흥분해서 말했다.

"적절한 순간에 딱 맞는 간식이었지. 그땐 막 아버지랑 큰 말다툼을 벌인 뒤였어. 난 일종의 자기연민에 빠져서 무척 괴로웠는데, 그때 네가 네온색 카스타드 크림 파이를 건네줬고, 그건 마치……."

매튜가 어깨를 으쓱하며 말끝을 흐렸다.

"아무튼 그래서 난 코치님한테 네 얘기를 했고, 코치님은 그 얘기를 아버지한테 했고, 그 뒤에는 이렇게 된 거야."

내가 아직 건조기 위에 앉아 있어서 참 다행이었다. 갑자기 정신이 약간 몽롱해졌기 때문이다. 나를 레이크뷰에 들어가게 해 준 사람이 바로 매튜였구나! 여태까지 난 배후에 엘리엇이 있다고 믿었는데.

어쩌면 이렇게 오해할 수 있었을까?

내가 이런 생각을 정리하는 동안 매튜가 휴대폰을 확인했다.

"뛰어가야겠어, 우리 가족들은 내가 버스 정류장에 도착하는 시간이…… 대략…… 지금이라고 알고 있어. 날 찾으러 경찰견을 보내기 전에 집에 도착해야 해. 다시 한번 고마워, 피파 박! 메시지 보낼게!"

그러고는 뒷모습을 쳐다보는 날 남겨 두고 쏜살같이 문을 빠져나갔다.

다음 날은 미국의 추수감사절이었다. 우리 가족은 추수감사절을 대수롭지 않게 여겼다. 추석을 워낙 크게 챙기기 때문이다. 보통 나는 버디네 가족이 저녁 식사를 마치고 나서 시간이 조금 지난 후에 버디네 집을 방문하곤 했다. 우린 같이 놀다가 영화도 보고 비디오 게임도 하고 남은 파이로 배를 잔뜩 채우기도 했다.

올해는 아니었다. 올해, 버디는 나랑 말을 안 하고 있다. 버디에게 사과할 방법을 찾아야 했지만, 내 인생에서 벌어지고 있는 다른 모든 일들 때문에 더는 어떤 극적인 상황에도 직면할 자신이 없었다.

언니가 그날 아침 전화를 걸어와 엄마의 상태를 알려 주었다. 형부가 스피커폰으로 받은 덕분에 둘이 같이 들을 수 있었다.

"상당히 심각한 사고였어. 옴마는 갈비뼈 세 개랑 팔이 부러지고 골반에도 금이 갔어. 타박상도 많아, 하지만 병원에서 정말로 걱정한 건 뇌출혈이었어."

"뇌출혈이라고!"

형부가 나를 흘낏 보며 다시 말했다. 심장이 쿵쾅거리기 시작했다. 나는 입술을 잘근잘근 씹으며 정신줄을 놓지 않으려고 노력했다.

"병원에서 이제 출혈이 멈춘 것 같대."

언니의 통보에 안도의 한숨을 크게 내쉬었다.

"하지만 옴마를 치료하고 상태를 감시하는 동안에는 일단 혼수상태를 유지하도록 조치해 놨었어."

"옴마는 말할 수 있어? 옴마한테 인사해도 돼?"

"아직 안 돼. 혼수상태에서는 깼지만 거의 온종일 주무셔."

"당신은 어때, 여보? 잘 버티고 있어?"

형부의 물음에 언니가 한숨을 쉬었다.

"2, 3일이 진짜 길었어."

목소리에 피곤함이 묻어 있었다.

"그리고 내 생각에 적어도 2주는 더 여기 있어야 할 것 같아. 내가 챙겨야 할 게 너무 많아서."

"우린 이해해. 피파랑 내 걱정은 하지 마. 우린 진짜 잘하고 있으니까. 피파, 그렇지?"

형부가 언니를 안심시켰다.

"그렇죠."

내가 그대로 따라 했다.

지금까지는, 하고 혼자 속으로 생각했다.

"피파, 내일 아침에 '더 프라이어리'랑 '아브루치'에서 추수감사철 때 사용한 리넨 빨랫감이 한가득 들어올 거야. 물량이 정말 많을 텐데, 네가 그 주문을 처리해 줬으면 좋겠어. 세탁하고 다림질인데, 식탁보는 중간으로 풀을 먹이고 냅킨은 가볍게 풀을 먹이면 돼."

언니가 내게 지시했다.

"그 일을 마다할 형편이 안 돼."

"알았어."

실망한 것처럼 들리지 않게 하려고 노력했다. 전에 언니가 동네 식당에서 리넨 주문을 받았을 때 도와준 적이 몇 번 있었다. 양이 정말 많았는데, 이제는 나 혼자 해야 한다.

"학교는 어때? 중요한 수학 시험 준비는 다 됐어?"

놀라서 침을 꿀꺽 삼켰다. 언니가 상기시켜 주지 않기를 바랐는데. 시험은 월요일이었다. 그리고 나는 엘리엇과의 지난 과외 수업을 놓쳐 버렸다…….

"하고 있어, 아직 공부할 시간이 4일이나 남았어."

이렇게 말하며 탁자 밑에서 손가락을 꼬았다.

"공부 열심히 해. 그 시험이 얼마나 중요한지, 너도 알지?"

나는 입술을 안으로 말아 넣고 꽉 다물었다. 익숙한 분노의 밀물이 목까지 차오르는 기분이었다. 언니는 지구 반 바퀴 떨어진 곳에서까지 정말 내 성적에 대해 잔소리를 해야 할까? 언니가 엄마를 보살피러 갔다는 건 알지만, 그래도…….

형부가 전화기를 가져가며 스피커폰을 껐다.

"지금 막 시작하려고 했어."

수화기에 이렇게 말하고는 나를 향해 씩 웃었다.

"어서 가, 우리 강아지. 아침 설거지는 내가 할게."

내가 방으로 들어가는 동안 형부는 언니와의 대화를 쭉 이어 갔다. 수학 교과서를 펼치고 로저스 선생님이 시험에 대비해서 풀어 보라고 알려 준 연습 문제를 흘낏 보았다. 하지만 억지로라도 집중이 되지 않았다.

휴대폰을 꺼냈다.

안녕, 가족들과 즐거운 칠면조 데이 보냈길. 월요일이 시험인데 내일 아무 때나 나 수학 과외 해 줄 수 있어?

엘리엇에게 메시지를 보냈다.

잠시 후에 휴대폰 진동과 함께 엘리엇의 답장이 왔다.

바빠. 일요일 2시에 가능.

일요일이라고? 아, 뭐, 최소한 안 하는 것보다는 나을 것이다. 나의 칠면조 데이 언급을 엘리엇이 무시했다는 사실에 마음이 조금 아팠다. 어제는 우리가 좀 더 친해질 수 있겠다고 생각했는데, 지금은 그렇게 보이지 않았다.

한숨을 쉬며 다시 내 수학 교과서로 돌아와 집중하려고 노력했다.

"으아아아."

앓는 소리가 저절로 나왔다. 다림질 기계에서 몸을 쭉 펴고 일어나 등허리를 문질렀다. 나이 든다는 게 어떤 느낌인지 이제야 알았다.

금요일 오후, 난 이미 빨래방에서 여섯 시간 넘게 일하고 있었다. 아브루치에서 온 냅킨과 식탁보는 세 가지 다른 온도에서 삼중으로 세탁하고, 그런 다음 풀을 먹이고, 또 그런 다음 낮은 온도에서 말리고, 또또 그런 다음 다림질을 했다.

우리 플랫베드 다림질 기계는 오래되고 까다로워서 옷감을 손으로 하나씩 아주 조심스럽게 넣어 줘야 한다. 최소 식탁보 다섯 장은 다시 작업해야 했는데, 내가 잘못 집어넣어서 구겨졌기 때문이다.

시간 대부분을 빨래방 뒤편에서 보냈지만 이따금 작업을 멈추고 앞으로 나와 창문 밖을 내다보았다. 누군가가 나를 쳐다보고 있다는 느낌을 털어 버릴 수가 없었다.

더 프라이어리에서 온 두 배 더 많은! 빨랫감을 겨우 나르기 시작하는데 초인종이 울렸다.

"세상에!"

나는 안 놀란 척하고 긴장을 풀었다. 매튜 하버포드가 유리문으로 들여다보고 있었다. 나를 본 매튜는 바이올린 케이스를 들어 올리며 손을 흔들었다.

"온통 보풀투성이구나."

문을 열어 주자 들어와서는 나를 이렇게 평가했다.

내 몸을 내려다보았다. 매튜 말이 맞았다. 짙은 감색 맨투맨 티셔츠가 건조기의 하얀 솜털 뭉치로 완전히 뒤덮여 있었다. 마치 솜사탕 기계에서 뒹굴다 나온 것처럼 보였다.

"식탁보 때문에."

나는 얼굴이 빨개져 중얼거렸다.

"매번 이럴 거 같은데."

매튜가 알겠다는 듯 고개를 끄덕이고는 바이올린 케이스의 잠금장치를 풀기 시작했다.

"있잖아, 여기서 연주하게 해 줘서 다시 한번 고마워. 너한테 방해되지 않았으면 좋겠다."

"사실은 나 지금 나가 봐야 해. 혼자 두고 가도 괜찮겠지."

형부는 오늘도 늦게까지 일하는 중이었고 오늘 밤에는 내가 저녁을 준비하겠다고 말했다. 이제 보니 그러지 말 걸 그랬다. 그랬으면 그 시간을 공부하는 데 쓸 수 있었을 텐데.

하지만 포장 음식을 주문할 돈이 없다는 건 나도 알고 있고, 무엇보다 형부가 그렇게 많이 일하는 이유가 바로 돈 때문이었으니 할 수 없었다.

"그럼, 문제없어!"

매튜 목소리가 생각에 잠겨 있던 나를 현실로 데려왔다.

나는 억지로 미소를 지었다.

"나갈 때 문 잠그는 것만 확실히 해 줘."

그러고는 그날 아침 철물점에서 만들어 온 여분 열쇠를 건넸다. 언니가 눈에서 불을 뿜으며 나를 노려보는 흐릿한 이미지는 한쪽 구석으로 밀어 두었다.

바깥은 또다시 흐리고 바람이 거셌다. 아직 그렇게 어둡지는 않았지만 가로등이 벌써 켜져 있었다. 하늘을 한번 올려다보니 눈이 내릴지도 모르겠다는 생각이 들었다. 그 정도로 날이 무척 추웠다.

내 뒤로 문을 닫는데 보도에서 반짝이는 물건 하나가 눈에 띄기에 무릎을 구부려 집어 들었다. 트럼프 카드의 퀸 클로버 모양이 새겨진 조그마한 은색 직사각형으로, 위쪽에 작은 구멍이 뚫려 있었다. 누가 귀걸이를 잃어버렸나?

누군가 이 근처를 걷다가 떨어뜨린 건가 싶어 주위를 둘러보았다. 검정색 쓰레기 봉지 더미가 도로 경계석을 따라 늘어서 있었지만 막 모퉁이를 돌아가는 어떤 사람을 제외하고는 아무도 보이지 않았다.

거리에 인적이 끊겨서인지 문득 섬뜩한 기분이 들었다. 가볍게 몸을 떨면서, 작은 은색 조각을 코트 주머니에 집어넣고 아파트로 서둘러 돌아갔다.

제21장 소동

"아아아아악!"

나는 아파서 비명을 질렀다.

손에 고추장이 묻은 걸 깜빡하고는 오른쪽 눈에 들어간 머리카락을 꺼내려고 눈을 문지른 것이다. 불같이 매운 고추장 때문에 벌 수천 마리가 내 눈알을 쏘는 것만큼 아팠다.

"아악, 아악, 아악, 아악!"

부리나케 옆으로 움직여, 주방 수도꼭지 밑에 손을 넣고 비누로 문질러 씻었다. 그런 다음 얼굴에도 찬물을 끼얹었다.

"으어어어."

앓는 소리가 절로 나왔다. 눈에 불이 붙었어! 고추장 때문에 시력을 잃을 수도 있을까?

요란하게 지글거리는 소리에 잽싸게 가스레인지로 몸을 돌렸다. 눈물이 줄줄 흐르는 불타는 눈으로 보니 냄비에서 주황색 액체가 부글거리며 흘러나오고 있었다.

"안 돼!"

나는 비명을 지르며 냄비 뚜껑을 잡아챘다.

섣부른 행동이었다. 엄청 뜨거웠다!

주방 바닥에 쨍그랑 소리와 함께 뚜껑을 떨어뜨린 뒤 손가락을 미친 듯이 흔들었다. 뚜껑이 사라진 냄비에서 김이 피어올랐다. 그때 주방 창문 밖에서 무언가 번쩍하고 빛났다. 번개인가? 일기예보에서 폭풍우가 칠 거라고 했는데 이제 도착했나 보다.

김치찌개가 온 사방으로 끓어 넘치기 전에 가스레인지를 간신히 끄고, 조심조심 냄비 안을 들여다보았다. 크기와 모양이 제각각인 밝은 분홍색 스팸이(삼겹살은 다 먹고 없었다.) 김치, 가죽 같은 말린 버섯, 약간의 양파와 함께 기름진 액체에 둥둥 떠 있었다. 나는 의심스러운 눈으로 냄비를 쳐다봤다.

형부가 이 요리를 만들 때는 겉이 바삭한 황금빛 돼지고기 조각과 연한 채소, 그리고 입 안에서 부드럽게 녹는 반듯한 모양의 두부가 진하고 감칠맛 나는 국물과 어우러져 있었다. 내가 넣은 두부는 산산이 부서져 남은 게 거의 없었고 국물은 형광

주황색에다가 이상할 정도로 묽었다.

현관문 열쇠가 돌아가는 소리가 들리고 잠시 후에 형부가 들어왔다.

"냄새 정말 좋은데?"

형부가 나를 보며 활짝 웃었다.

나는 형부를 향해 애절한 표정을 지었다.

"김치찌개를 만들려고 했어요. 그런데 조금 망친 것 같아요."

"분명히 맛있을 거야. 김치찌개는 망칠 수가 없는 요리거든."

형부가 나를 안심시켰다.

"배고파 죽겠다! 지금 먹을 수 있어?"

나는 질척거리는 주황색 국물 두 그릇을 국자로 듬뿍 퍼 담아 식탁에 놓았다. 형부가 과장된 몸짓으로 숟가락을 들고 크게 한 숟가락 떠서 입에 넣었다.

"음!"

음식을 씹으면서 나를 보는 눈이 반짝거렸다.

그러더니 갑자기 형부의 눈이 동그래졌다. 아니, 눈이 툭 튀어나왔다. 동시에 얼굴이 시뻘겋게 달아오르자 나는 놀라서 쳐다보았다. 코에서는 땀이 솟았다.

"왜 그래요?"

내가 걱정스럽게 물었다.

형부가 입에 든 걸 꿀꺽 삼키고는, 기다리라는 듯 손가락 하나를 세우고 기침하기 시작했다.

나는 벌떡 일어나 수도꼭지에서 물을 한 컵 가득 채워 형부에게 건넸다. 형부는 물을 벌컥벌컥 마시고 컵을 내려놓은 뒤 주먹으로 가슴을 두드렸다.

"어, 여기에 고추를 얼마나 많이 넣은 거니, 우리 강아지?"

"음, 한 움큼이요? 형부가 매운맛을 좋아하는 줄 알았어요."

내가 인상을 찡그리며 말했다.

"맞아, 난 좋아해. 그냥……. 좀 놀라서."

형부가 웃으며 물을 조금 더 홀짝거렸다.

"맛있는데!"

나는 내 그릇에 숟가락을 살짝 담갔다가 아주 조금만 떠서 조심스럽게 먹었다. 입 안에서 통증이 폭발했다.

"악!"

나는 비명을 지르며 숟가락을 떨어뜨렸다.

"끔찍해요, 형부!"

"아, 아냐, 그렇게 말하지 마. 시도는 좋았어. 단지 약간의 연습이 필요할 뿐이야. 내가 〈찹드Chopped〉* 보잖아. 우리가 해결할

---

* 미국의 요리 경연 리얼리티 프로그램.

수 있어."

형부가 일어나 가스레인지 위에 놓인 냄비로 다가갔다. 하지만 형부조차도 내가 벌려 놓은 주방 대참사에서 승리를 거두지 못했다. 우리는 결국 그 끔찍한 스튜를 갖다 버리기로 했다. 형부가 남은 밥에 생강과 파를 넣어 볶은 다음 위에 달걀을 올려 주었다.

저녁을 다 먹고 나자 거의 10시가 되었다. 그리고 주방은 여전히 뭔가 폭발한 것 같은 모습 그대로였다.

"너무 힘들어요, 형부."

내가 툴툴거렸다.

"오늘 빨래방에서 일곱 시간 동안 세탁하고, 낑낑거리며 식탁 리넨을 전부 접었어요. 저녁 준비는 망쳤고 오른쪽 눈은 아직도 안 보이는데 설거지는 산더미에 수학 시험공부는 하나도 못 했다고요! 우리가 앞으로 2주를 언니 없이 어떻게 살죠?"

크고 정직한 형부 얼굴이 걱정으로 어두워졌다.

"한참일 것 같지만 빨리 지나갈 거야, 우리 강아지. 자, 주방은 걱정하지 마. 내가 설거지할 테니까. 넌 가서 공부해."

형부가 나를 안심시켰다.

"그건 불공평해요."

이렇게 말했지만 약간은 건성이었다. 난 정말 녹초가 되어 있었고, 진짜로 공부도 해야 했다.

"완전히 공평해. 너 오늘 열심히 일했잖아! 어서 가."

"알았어요. 고마워요, 형부."

내 방으로 가다가 문 앞에서 형부를 돌아보았다. 싱크대 앞에서 있는 형부의 어깨가 피곤함에 절어 축 처져 있었다. 형부가 나보다 스무 살쯤 더 많고 몸집도 두 배나 더 큰데도 불구하고, 문득 보호가 필요한 사람은 형부가 아닐까 하는 생각이 들었다.

토요일은 금요일과 상당히 비슷하게 지나갔다. 빨래방에서 일하고, 수학 시험을 대비해 공부하고, 교과서에 엎드려 잠이 들었다.

몇 가지 다른 점도 있었다. 하나는 내가 저녁을 준비하려고 애써서 시도하지 않았다는 것이다. 아침에 형부와 나는 이번만은 피자를 먹어도 괜찮겠다는 데 합의했다.

다른 하나는 헬렌한테서 메시지를 받았다는 것이다. 일요일에 쇼핑몰에서 열리는 영화 마라톤 관람 행사에 로열과 함께 가자는 내용이었다.

존 휴스 페스티벌이야, 〈아직은 사랑을 몰라요〉, 〈조찬클럽〉, 〈핑크빛 연인〉 그리고 배 터지게 먹고도 남을 엄청난 팝콘이 있어. 진짜 재미있을 거야.

입술을 깨물었다. 재미있을 것 같았다. 하지만 갈 방법이 없었다. 사실 시간이 없다는 것 말고도, 인터넷에서 입장권 가격을 찾아보니 간식을 포함하지 않은 영화표만 30달러였다. 나한테는 30달러가 없었다. 헬렌에게 내 매니큐어 비용 20달러를 일주일 전에 겨우 갚았다.

나도 가고 싶은데, 월요일 수학 시험에서 낙제하지 않으려면 수학 과외에 가야 해.

이렇게 메시지를 보내고 우는 이모티콘을 추가했다. 그러고는 나 자신을 불쌍하게 여기지 않으려 노력하면서, 다림질 중이던 냅킨 더미로 돌아갔다.

1분 후에 휴대폰 진동이 울렸다. 이번에도 헬렌이었다.

아, 너무 아쉽다, 잘 지내? 엄마한테서 새로운 소식은?

솔직하게 대답하려면 쓰는 데 시간도 걸리고, 헬렌이 정말로 궁금해하는 건지 확신도 없었다. 게다가 여기 신경 쓰기에는 너무 피곤했다.

나아지고 계셔, 고마워.

휴대폰을 내려놓았다. 그러고 보니, 문득 스로우어웨이한테서 메시지를 안 받은 지 거의 두 달이 되었다는 생각이 떠올랐다. 지난 며칠을 엄청난 혼란 속에 보내면서 익명의 메시지에 대해서는 거의 잊고 있었다. 심장 박동이 조금 빨라졌다.

수수께끼 발신자가 흥미를 잃었을 가능성이 있을까? 이 일은 전부 비열한 허세에 지나지 않았던 것일까?

제발, 제발, 그런 거라고 해 주세요.

만약 걱정거리가 하나라도 줄어들 수 있다면 이번 학기를 무사히 넘길 수 있을 텐데…….

일요일에는 빨래방에서 두 시간 동안 일했다. 드디어 리넨 작업이 끝났다. 그리고 물론, 이제 화려하게 변한 식탁보의 모습에 나는 눈물을 훌쩍이지 않을 수 없었다. 내가 해냈다. 공부해야 한다는 건 나도 알고 있었지만, 그게 아니면 이제 꽤 더러워지기 시작한 욕실 청소라도 하는 게 맞았지만, 나는 〈꽃보다 남자〉를 몇 편 보면서 스스로를 축하했다.

점심으로 차가운 피자 한 조각을 먹어 치운 다음 엘리엇과의 과외 수업 준비를 시작했다. 서랍장을 들여다보고는 손톱을 잘근잘근 씹었다. 정말 말도 안 되는 게, 지난 3일을 빨래방에서 보냈는데도 불구하고 깨끗하다고 할 만한 옷이 별로 없었다.

분노의 한숨을 푹푹 내쉬고는 구멍이 안 난 청바지 한 벌과 앞면에 펠트를 구겨서 만든 꽃이 있는 분홍색 긴소매 티셔츠를 꺼냈다. 그리고 재킷을 움켜쥐고는 서둘러 집을 나섰다.

하버포드 저택까지 반쯤 갔을 때, 역시나, 며칠 동안 금방이라도 마을을 강타할 비를 뿌릴 것 같던 악천후가 요란한 천둥소리와 함께 도착했다. 내가 새티스 가에 들어설 무렵 차가운 비가 퍼붓기 시작했다. 코트를 머리에 뒤집어쓰고 엘리엇네 집으로 전력 질주했다. 앞마당의 물웅덩이를 피해 현관문으로 달렸다. 사자 머리 손 고리를 재빨리 두드리는데 바람이 장대비를 옆으로 날려 보냈다.

거의 바로 문이 열렸다. 엘리엇은 평소보다 훨씬 더 무표정했고 눈 밑에는 다크서클이 선명했다.

"안녕."

엘리엇이 건조한 목소리로 인사했다.

'어? 와, 너 흠뻑 젖었구나.', 혹은 '내가 수건 갖다줄게.'가 아니었다. 나는 입을 꾹 다물었다. 이제 나는 엘리엇에 대해 단지 그런…… 이상한 사람이라고 결론 내리고 있었다.

엘리엇은 일반적인 십대들의 규범을 굳이 신경 쓰지 않았다. 하버포드 가문에 대해 매튜에게 들은 내용을 고려해 보면 그렇게 놀랄 일은 아닐 것이다.

엘리엇을 따라 우중충한 거실과 복도를 지나 우리가 늘 가던 곳으로 갔다. 하버포드 씨의 서재를 지날 때, 문이 닫혀 있는데도 불구하고 언성을 높인 목소리가 또렷이 들려왔다. 나는 무의식적으로 걸음을 늦추고 귀를 기울였다.

"……교칙을 얼마나 많이 어긴 거냐? 허가 없이 외출, 명령을 따르지 않음, 무단으로 결석……."

하버포드 씨가 강한 어조로 묻고 있었다.

"그래서 어떻게 하실 거예요?"

매튜 목소리가 하버포드 씨의 말을 끊었다.

"워즈워스 군사학교는 감옥보다 한술 더 떠요, 아빠. 제가 탈옥을 시도해도 놀라지 마세요."

"아니, 그렇게 호들갑 떨지 마라."

하버포드 씨가 딱딱하게 말했다.

"피파!"

나는 움찔해서 얼른 모퉁이를 돌아 엘리엇을 따라갔다. 엘리엇이 식당 탁자에서 나를 기다리고 있었다.

"매튜가 학교에서 일찍 나온 걸 너희 아빠가 알게 되셨나 봐, 응?"

내가 낮은 목소리로 물었다.

엘리엇이 입을 꾹 다문 채 고개를 끄덕였다.

"오디션에 대해서도 알고 계셔?"

내가 재촉했다.

엘리엇의 눈이 휘둥그레졌다.

"그런 말은 하지도……."

"오디션?"

누가 내 뒤에서 말했다.

나는 고개를 홱 돌렸다. 오싹하게도, 하버포드 양이 복도 저쪽에 서 있었다. 오늘은 1950년대에 만들어진 것 같은 수수한 회색 정장 차림이었다. 무릎 밑 길이 치마와 허리에 벨트가 있는 빳빳한 박스형 재킷을 입고, 회색 가죽으로 만든 펌프스 구두를 신고 있었다. 늘 그렇듯 머리는 이상한 하얀 버섯처럼 머리 꼭대기에 풍성하게 쌓여 있었다.

"무슨 오디션?"

하버포드 양이 캐물었다.

"어……."

내가 입을 벌렸다가 다시 닫았다. 우리 얘기를 얼마나 많이 들었을까?

"레이크뷰 중학교 연극 오디션이에요."

엘리엇이 목이 조인 듯한 이상한 목소리로 말했다.

"저희가 하던 얘기는 그거였어요."

"맞아요."

내가 재빠르게 말을 받았다.

"그러니까, 어, 〈인어공주〉요."

말해 놓고 움찔했다. 〈인어공주〉? 그것도 심지어 연극으로?

"막 엘리엇한테 하던 말은……. 음, 제가 에리얼 역할에 도전할 거라는 거였어요."

하버포드 양이 눈을 가늘게 뜨고, 평가하는 눈길로 오랫동안 나를 응시했다. 그러더니…….

"흐으으으음."

코웃음을 쳤다.

"상당히…… 진보적이군."

하버포드 양이 몸을 돌려 집 뒤쪽으로 사라졌다. 단단한 나무 바닥에 닿는 구두 굽 소리가 또각또각 울렸다.

나는 천천히 숨을 내쉬고 엘리엇에게 속삭였다.

“믿으시는 것 같아?”

“그냥 조용히 있어.”

엘리엇도 똑같이 속삭였다.

“미안해.”

나는 자리에 앉아 교과서를 꺼냈다.

우리는 공부하고 있었다, 아니 공부하려고 노력하고 있었다. 하지만 여전히 하버포드 씨의 서재에서 들려오는 말다툼 소리 때문에 집중하기가 어려웠다.

약 10분 후에 복도에서 하버포드 양의 또각거리는 구두 소리가 다시 들렸다.

“……그런 다음에 x를 교차하면…….”

엘리엇이 설명하고 있는데 하버포드 양이 불쑥 들어왔다. 고개를 든 엘리엇의 몸이 뻣뻣하게 굳었다.

엘리엇의 시선을 따라간 나는 연필을 툭 떨어뜨리고 말았다.

하버포드 양이 매튜의 바이올린 케이스를 꽉 움켜잡고 있었기 때문이다.

그대로 우리 옆을 성큼성큼 지나 서재로 향하며 자랑스럽게 외쳤다.

"사무엘!"

서재 문이 열리는 소리가 나고 곧이어 하버포드 씨가 식당 복도에 모습을 나타냈다.

"무슨 일이에요, 에블린 고모?"

성가신 듯한 목소리였다.

"물어봐 줘서 기쁘구나!"

하버포드 양이 딱딱하게 말했다. 그러고는 숨겨둔 장물이라도 되는 것처럼 바이올린 케이스를 들고 이리저리 흔들었다.

"내가 커튼 뒤에 숨겨 둔 이걸 발견했다. 그런데 정말 이게 뭐라니?"

엘리엇과 나는 공포로 얼어붙어 그 자리에 앉아 있었다. 나도 모르게 입이 벌어지는 게 느껴졌다.

"모르겠는데요."

하버포드 씨가 바이올린 케이스를 건성으로 흘낏 보고는 대꾸했다. 그러고는 곧 다시 시선이 그쪽을 향했다. 얼굴이 약간 창백해졌다.

"바이올린 케이스?"

매튜가 방에서 나왔다. 에블린 고모 손에 들린 케이스를 본 매튜의 눈에 독기가 서렸다.

"제 거예요."

"내 집에서."

하버포드 양이 낮고 무시무시한 목소리로 말했다.

"내 지붕 아래서."

"고모."

하버포드 씨가 불렀지만, 하버포드 양은 과장되게 손을 내밀며 말을 끊었다.

"아니, 사무엘. 변명하지 마라. 분명 네 아들은 나도, 내 소원도 전혀 존중하지 않는구나. 그래도 난 저 애를 탓하지 않아. 이건 부모로서 너의 실패니까."

"에블린 고……."

하버포드 씨가 다시 말을 꺼내려 했지만 이번에도 소용없었다.

"네가 오디션 같은 데 참가했다는 소릴 들었어. 내 예상에 넌 대학에 가는 대신 음악 학교에 다닐 생각을 하는 중인 것 같더구나."

매튜가 입을 떡 벌리고는 나를 향해 배신당했다는 표정을 지었다. 나는 애원하듯 매튜를 간절히 쳐다보았다.

"사고였어!"

그동안 나는 가능한 한 눈에 띄지 않으려고 했는데 그게 효과가 있었던 것 같다. 하버포드 씨가 그제야 처음으로 내 존재를 알아차린 듯했기 때문이다.

"피파!"

하버포드 씨의 목덜미가 붉어졌다.

"고모, 이건 적절하지 않아요……."

"이걸 알아 둬라."

하버포드 양이 차갑게 말했다. 하버포드 씨는 덫에 걸린 표정으로 입을 다물었다.

"난 이 가족의 어떤 구성원도 그런 터무니없는 환상을 좇게끔 허락하지 않을 거라는 걸 말이다."

매튜가 턱에 힘을 주고 앞으로 나섰다. 나는 평소에 매튜가 따뜻하고 다정한 사람이라고 생각했는데, 그런 매튜가 얼마나 위협적일 수 있는지 이제야 알게 되었다. 하나부터 열까지 하버포드였다.

"아, 그래요? 절 막을 수 있을 거라고 생각하세요?"

그에 대한 대답이라는 듯, 에블린 고모가 바이올린 케이스를 하버포드 씨에게 건넸다.

"이거 처리해."

에블린 고모의 명령에 따라, 하버포드 씨는 고분고분하게 바이올린을 받았다.

그러고는 매튜에게 뭐라고 중얼거리며 복도 끝으로 사라졌다. '넌 무슨 생각을 하고 있던 거냐?'라고 말하는 것 같았다.

잠시 후에 하버포드 씨가 돌아왔다.

"난 널 막을 수 있고 막을 거다."

하버포드 양이 매튜에게 말했다. 두 사람은 서로를 노려보면서 사실상 정면으로 맞서고 있었다. 매튜가 하버포드 양보다 족히 7에서 8센티미터는 더 컸는데도 서로 대등해 보였다.

"음악학교에 간다면 나한테서 수업료를 단 한 푼도 받지 못할 거야."

첫 두 단어는 거의 내뱉다시피 했다.

"돈 잘 지키세요! 전 장학금을 받을 거니까, 고모 도움은 필요 없어요!"

매튜가 되받아쳤다.

하버포드 양이 입술을 비쭉거렸다.

"어디 두고 보자꾸나! 내 영향력이 미치는 범위를 과소평가하지 마라. 난 그 장학금이 순식간에 사라지게 할 수도 있으니까."

매튜의 얼굴에서 핏기가 싹 가셨다. 하지만 겁을 먹었다기보다는 더욱 격분한 것 같았다.

"피파."

나는 고개를 들었다. 하버포드 씨가 내게 손짓하고 있었다.

"넌 집에 가는 게 좋겠다."

난 교과서를 가방에 재빨리 집어넣었다. 마음 한편에서는 이 자리를 얼른 벗어나 이 혼돈의 가족 드라마는 하버포드 가족에게 맡기라고 말했다.

하지만 다른 한편에서는 매튜를 강력히 변호해 주고 싶다고 말했다, 아니 매튜에게는 변호가 필요했다.

나는 일어서서 작게 헛기침을 했다.

"매튜는 진짜 잘해요, 아시겠지만. 그냥 그걸 알아주셨으면 좋겠어요."

큰 소리로 자랑스럽게 말하려는 의도였는데 간신히 부드럽게 속삭였을 뿐이다.

나한테서 갑자기 촉수가 돋아 나오기라도 한 것처럼 하버포드 양이 나를 빤히 쳐다보았다.

"조언 고맙구나."

잠시 쉬었다가 이렇게 덧붙였다.

"하지만 이건 가족 문제야."

나는 마지막으로 이 네 사람을 한 번 더 바라보았다. 부풀린 흰 머리와 차가운 푸른 눈빛의 키가 크고 깡마른 하버포드 양, 창백하고 단호한 표정의 매튜, 이 자리의 책임자가 아닌 것이 분명한데도 책임자로 보이기 위해 최선을 다하는 하버포드 씨,

동상처럼 탁자에 앉아 자기 손을 내려다보고 있는 엘리엇.

나는 고개 숙여 인사를 하고, 그 방을 나왔다.

복도를 걸어 나오다 하버포드 씨 서재로 들어가는 문을 지났다. 열려 있는 문틈으로, 책상 위에 놓인 매튜의 바이올린 케이스가 언뜻 보였다. 내 뒤로 하버포드 양의 날카로운 목소리가 다시 들려오기 시작됐다. 경찰차 사이렌 소리를 흉내 내는 듯한 고음의 히스테리였다.

불쌍한 매튜. 자신이 태어나기도 전, 증조할머니 대에 일어났던 일 때문에 매튜가 고통 받는 건 옳지 않았다. 부당했다.

현관문에 거의 도착했을 때 나는 가던 길을 멈췄다.

어리석은 짓 하지 마, 피파. 이건 네 싸움이 아니야. 그냥 집에 가.

그러면서도 나는 몸을 돌려 식당을 향해 살금살금 돌아갔다.

하버포드 씨의 서재 밖에서, 한 번 더 망설였다.

내가 들어가는 걸 아무도 알아채지 못했다.

그리고 내가 슬그머니 빠져나오는 것도, 아무도 알아채지 못했다, 손에 바이올린 케이스를 꼭 움켜쥐고 나오는 나를.

제22장 도둑

바깥의 폭우는 그쳐 있었다. 아드레날린이 몸속에서 빠르게 흐르는 동안 나는 내달렸다. 바이올린 케이스가 다리에 쿵쿵 부딪혔다.

몇 블록을 지난 후 속도를 늦춰 걷기 시작했다. 하지만 집에 가까워질수록 방금 내가 저지른 행동의 무게가 나를 짓눌렀다.

만약 내가 악기를 갖고 온 걸 에블린 고모님과 하버포드 씨가 알아내면 어떻게 하지? 나는 바이올린 케이스를 숨이 막힐 정도로 가슴에 꼭 껴안았다.

만약이라니? 당연히 알아내겠지. 다른 누가 그런 짓을 할 수 있겠어?

나는 체포될까? 그 사람들이 날 소년원에 보낼까? 겁이 나 침을 꿀꺽 삼켰다. 거기서는 수학 성적이 가장 사소한 걱정거리일 것이다.

돌아가는 게 나을지도 몰랐다. 몰래 들어가서 바이올린을 하버포드 씨의 서재에 돌려놓는 것이다. 하지만 집에 어떻게 들어갈 수 있지? 만약 엘리엇이나 매튜에게 전화를 한다면…….

나는 거리 한복판에 서서 휴대폰을 꺼내 매튜에게 메시지를 보냈다.

내가 바이올린 갖고 있어.

잠시 기다렸지만 답이 없었다. 이마에 주름이 생겼다. 만약 매튜가 내 메시지를 일종의 보이스 피싱이라고 생각하면 어떻게 하지? 매튜는 대고모님께 오디션 얘기를 한 것 때문에 이미 내가 자신을 배신했다고 생각하고 있었다. 아마 나를 자신에게 돈을 요구하는 풋내기 범죄자쯤으로 생각하고 있을지도 모른다.

언제든 와서 가져가, 아니면 내가 갖다줄게. 뭐든 돼.

매튜가 기꺼이 답장을 보내 주길 기다리며 화면을 응시했다. 아무 일도 없이 1분이 지나자, 휴대폰을 주머니에 집어넣고 다시 걷기 시작했다. 아파트에 도착해 계단을 뛰어 올라가서는 내 방 침대 밑에 바이올린을 두었다. 그런 다음 앉아서 생각을 좀 해 보려고 했다.

휴대폰 진동이 울리자마자 와락 움켜쥐었다. 매튜였다.

너 미쳤…… 지만 정말 엄청난데! 빨래방에 놔 줄 수 있어? 버스 정류장 가는 길에 들고 갈게.

알았어. 없어진 거 어른들이 눈치채셨어?

아니. 아빠 화나서 박차고 나가셨어. 돌아오시기 전에 갈 거야. 걱정하지 마, 어른들이 탓하는 건 나일 테니까. 또 신세 졌네, 피파 박.

안도의 한숨을 크게 내쉬자 내 안에서 슈욱, 하고 공기가 빠져나갔다. 나는 매튜가 가족들과 사이가 더 나빠지게 하고 싶지는 않았는데, 최소한 하버포드 씨가 자기 아들을 도둑으로 체포

할 가능성은 적어 보였다.

맞다, 도둑. 비록 아무도 모른다고 해도 난 여전히 도둑이다.

맥박이 다시 치솟기 시작했다. 도둑이라는 단어가 머릿속에서 쾅쾅 울렸다. 마치 경찰이 문을 걷어차는 것만큼이나 믿기 힘든 큰 소리였다.

바로 그때, 형부가 공장에서 교대 근무를 마치고 돌아왔다.

"과외는 어땠어?"

과외? 형부를 쳐다보던 내 심장이 자이로드롭처럼 발끝으로 툭 떨어졌다. 그 난리통 속에서, 내가 애초에 하버포드 저택에 간 이유를 통째로 잊고 있었다. 두 번을 연속으로 빼먹었고 이제 나에게는 시간이 거의 없었다.

마른침을 꿀꺽 삼켰다.

"저기……. 형부, 1차 방정식에 대해 아는 거 좀 있어요?"

형부가 샤워하러 갈 때까지 기다린 후에 바이올린을 몰래 꺼내서 빨래방에 숨기기로 했다. 그 무렵에는 날이 어두워지고 바람도 세게 불고 있었다.

나는 서둘러 거리로 나와 걸으면서 주머니에서 열쇠를 찾아 꺼냈다. 빨래방과 제일 가까운 가로등은 고장이 났는지 유리문이 어둠에 가려 있었다. 더듬더듬 열쇠 구멍을 찾는데 심장 박동이 빨라지는 게 느껴졌다.

바이올린을 안고 어두운 공간으로 한 걸음 들어서며 손으로 더듬더듬 전등 스위치를 찾았다. 스위치를 탁 켜는데 일시적으로 빨래방에 눈부신 빛이 폭발하듯 꽉 찼다. 나는 눈을 깜빡이며 천장을 올려다보았다. 형광등 하나가 터졌나?

아닌데, 전부 웅웅 소리를 내며 잘 켜져 있었다. 혹시 자동차가 이쪽으로 상향등을 켜고 있나 싶어 창밖을 내다보았다. 하지만 내가 아는 한 근처 어디에도 차가 없었다. 차가운 유리창에 얼굴을 바싹댔지만 보이는 건 바람에 미끄러지는 구겨진 박스 종이가 전부였다. 누군가 밖에 있었더라도 이미 갔을 것이다.

적막한 거리를 마지막으로 한번 훑어보고 나서, 숨기기 좋은 장소를 찾으려고 몸을 돌렸다. 잠시 고민한 끝에 밖에서는 보이지 않는, 벽을 오목하게 파서 만든 벽감으로 발을 들였다. 그리고 5번 건조기 뒤에 바이올린 케이스를 집어넣었다. 재빨리 매튜에게 메시지를 보내 어디에 있는지 알려 준 다음, 문을 잠그고 황급히 아파트로 뛰어왔다.

내가 몰래 돌아오자마자 형부가 체크무늬 파자마를 입고 수건으로 머리를 털면서 방에서 나왔다.

"밖에 나갔다 왔어?"

"그냥, 음, 휴대폰 좀 찾아보느라고요."

내가 휴대폰을 들어 보였다.

"계단에 떨어뜨린 줄 알았는데 줄곧 제 주머니에 있었네요. 그런 식이죠, 뭐. 하! 하!"

내 웃음소리는 히스테리에 좀 더 가까웠고, 형부가 내 거짓말을 꿰뚫어 보고 있을 거라는 생각이 들었다. 하지만 형부는 내가 웃는 걸 보니 안심이 된다는 듯 나를 따라 웃었다. 형부가 옆을 지나면서 손가락으로 내 콧등을 가볍게 두드렸다.

"내가 저녁을 준비할까 하는데, 어때? 우리 강아지. 너 공부하는 동안 말이야."

내 얼굴의 웃음이 흐려졌다.

"좋아요."

지금으로서는 그 정도의 공부가 그렇게 큰 차이를 만들지는 않겠지만요.

낡고 오래된 소파에 털썩 주저앉아 공책을 펼쳤다. 지난주에 로저스 선생님이 나눠 준 연습 문제지를 쳐다보았다.

v를 풀어 보시오: $-2(v+1)-9=5v-10$

v를 전부 한곳으로 모아야 하는 건 아는데, 괄호가 어떻게 작동하는 거지? 그리고 마이너스 숫자가 있는 경우에 다른 쪽으로 옮기면 전부 플러스로 바뀐다고 했었나?

불안감이 높아지자 배 속이 꼬이기 시작했다. 형부가 스팸과 생강을 굽고 있었다. 평소 내가 좋아하는 음식이었는데 갑자기 그 냄새에 속이 메스꺼워졌다. 거기에 형부가 노래를 흥얼거리자 그 소리가 신경에 거슬렸다.

벌떡 일어나 내 방으로 향했다. 아마 거기서는 집중이 더 잘 될 것이다.

나는 다른 문제로 넘어갔다. 다른 걸로 머리를 좀 풀고 나서 다시 v 문제로 돌아오기로 했다. 그래프는 어떨까?

방정식 $y=-3x$를 그래프로 나타내시오.

골똘히 생각해 보았다. 만약 x가 1이라면 y는 마이너스 3이 되는 건가? 아니면 마이너스 3분의 1이 되는 건가? 분명 둘 중 하나는 맞을 거라는 확신이 들었다. 로저스 선생님이 객관식 문제를 낸다면 나에겐 적어도 50대 50의 기회가 있을 텐데…….

침대에 벌러덩 누워 눈을 꼭 감고 이마에 손을 얹었다.

당황하지 마, 넌 할 수 있어.

나 자신에게 단호히 말했다.

휴대폰 진동이 울렸다. 아마 바이올린을 가져갔다는 매튜의 메시지일 거라 생각하며 손을 뻗었다.

하지만 그건 매튜에게서 온 메시지가 아니었다. 화면 속 악랄한 이름을 노려보던 내 몸이 차갑게 굳었다.

'Throwaway74312'.

이번 메시지는 간단했다.

'마침내 기다림은 끝났다.'

제23장 설상가상

'덧셈의 결합 특성을 가장 잘 설명한 답을 고르시오.'

시험지에서 정답 가능성이 있는 네 가지 보기를 노려보다가 창밖으로 시선을 돌렸다. 어떤 게 답인지 전혀 감이 오지 않았다.

차고 화창한 날이었다. 거센 바람이 불어와, 산책길을 따라 늘어선 단풍나무에 남아 있던 나뭇잎들을 잡아당기고 있었다. 바람이 내 머릿속의 뿌연 안개도 날려 줄 수 있었으면 싶었다. 모래가 들어간 듯 눈이 뻑뻑했고 묵직한 두통 때문에 관자놀이가 욱신거렸다.

시험에 대한 불안감과 스로우어웨이가 나를 두고 계획한 일에 대한 두려움 사이에서, 지난밤에는 두 시간도 못 잤다.

"10분 남았어, 얘들아."

로저스 선생님이 알려 주었다.

아직 다 풀지 못한 수학 시험지를 내려다보았다. 네 문제가 남아 있었다. 문제를 읽기 시작했지만 방정식의 답을 찾는 게 마치 매달린 사과 따먹기 게임처럼 느껴졌다. 너무 미끄러워서 답을 잡을 수가 없었다.

문득 정신을 차리고 보니 로저스 선생님이 '모두 시험지 제출하자.'라고 말하고 있었다.

뭐라고? 나는 눈을 끔뻑거렸다. 10분이 벌써 지나갔단 말이야? 땀이 나기 시작했다. 마지막 문제의 답을 아직 못 찾았다.

"자, 모두라고 했지. 너도 포함되는 거야, 피파."

자포자기하는 심정으로 x값과 y값을 대충 찍었다. 손가락을 꼬아 행운을 빌며 시험지를 제출했다.

"넌 토끼 문제 답을 뭐라고 적었어?"

교실을 나오는데 헬렌이 물었다.

"기억이 안 나."

내가 웅얼거렸다. 사실은 토끼에 관한 문제를 읽은 기억조차 없었다.

시험을 엉망으로 본 게 분명했다. 얼마나 못 봤는지는 모르겠지만 80점을 받을 수 있을지 의심스러웠다. 80점은 내 GPA를 허용 범위 안으로 유지하는 데 필요한 최소한의 점수였다.

학교에서 날 곧바로 내쫓을까? 아니면 학기 말까지 성적을 다시 끌어올리도록 시간을 줄까? 준다고 해도 내가 해낼 수 있을까?

스로우어웨이는 또 어떻게 하지?

'마침내 기다림은 끝났다.'

이 메시지를 받은 건 어젯밤이었다. 그럼 폭탄을 언제 터뜨린다는 걸까?

긴 한숨을 내뱉었다. 이렇게든 저렇게든, 이곳 레이크뷰에서의 내 인생은 조만간 끝을 맺을 것 같았다.

이런 상황이라면 반쯤 제정신이 아닌 상태로 날뛰어야 정상인데, 오늘은 어떤 까닭인지 회색 베일에 가려진 것처럼 모든 게 흐릿하게 느껴졌다.

더는 내가 할 수 있는 게 없어. 무슨 일이 있어도, 일어날 일은 일어날 거야, 라는 생각뿐이었다.

"너 괜찮아, 피파? 오늘 좀 조용한 것 같아."

헬렌이 물었다.

"그냥 피곤해서."

이 말을 증명이라도 하듯, 곧바로 턱이 빠질 것 같은 엄청난 하품이 나왔다.

"너 잠을 좀 자는 게 낫겠어, 금요일에는 컨디션이 최상이어야 하잖아."

헬렌이 잔소리를 했다.

"금요일?"

나는 멍하니 따라 했다.

헬렌이 내 어깨를 가볍게 툭 쳤다.

"시합 말이야! 시즌 개막전이잖아! 여보세요?"

"아, 맞다! 걱정하지 마, 괜찮을 거야."

나는 억지로 웃음을 터뜨렸다.

남은 오전 수업 시간은 깨어 있기 위해 고군분투하며 보냈다. 프랑스어 시간에는 잠깐 조는 바람에 트루유푸 선생님한테서 대화문을 읽으라는 벌을 받았다. 어마어마한 콧소리를 내는 역할이어서 우리 반 아이들은 물론 엄청나게 웃기다고 생각했을 것이다.

무아? 빠똥*Moi? Pas tant.

* '나? 별로.'라는 뜻의 프랑스어.

마침내 점심시간 종이 울렸다. 나는 반쯤 졸면서 급식실을 향해 걸었다. 좀비가 된 느낌이었다. 한 걸음 한 걸음 운동화를 질질 끌면서, 그것만 아니면 새것처럼 완벽한 바닥에 자국을 남기며 걸었다. 그러다 문 앞에서 하마터면 올리브와 부딪칠 뻔했다. 내가 들어갈 때 올리브가 나오고 있던 것이다.

"미안."

하지만 올리브는 한마디도 안 하고 나를 스쳐 지나갔다.

음식을 사려고 줄을 섰다가, 문득 나한테는 구깃구깃한 1달러짜리 지폐 한 장과 굴러다니는 동전 몇 개밖에 없다는 사실을 깨달았다.

평소의 2주 동안 하는 것보다 지난 3일 동안 더 많은 세탁 일을 했는데도 불구하고, 언니가 한국에 가 버려서 나한테 용돈을 줄 사람이 없었기 때문이다. 나는 사과 한 알로 만족하기로 했다. 헬렌이 내가 감자튀김 몇 개만 집어먹게 해 주기를 바랐다. 헬렌은 평소 그렇게 해 주었으니까.

급수대에서 받은 물 한 컵과 사과를 들고 로열이 있는 식탁으로 가는데 급식실로 들어오는 엘리엇이 눈에 들어왔다.

늘 그렇듯 운동을 좋아하는 무리와 함께였다. 평소라면 저렇게 친구들에게 둘러싸여 있는 엘리엇에게 감히 다가가 말을 걸지 못하겠지만 오늘 나는 무서울 게 없었다. 아니면 정신줄을 놓았을 수도 있다.

어느 쪽이었든, 쿨해지는 법이나 비앙카, 혹은 캐롤라인이 어떻게 생각하는지 정말로 신경이 쓰이지 않았다. 그저 내가 하버포드 저택을 떠난 다음 매튜에게 무슨 일이 있었는지 알고 싶을 뿐이었다. 매튜가 어젯밤에 빨래방에서 바이올린을 가져갔는지 궁금했지만, 만나지도 물어보지도 못했기 때문이다.

나는 엘리엇 옆을 지나가면서, 눈을 마주친 다음, 고개를 옆으로 홱 돌리고, 눈썹을 위로 치켜올렸다. 엘리엇이 상당히 내키지 않는 표정으로 날 쳐다보았다.

"야, 저 여자애 목에 무슨 쥐가 났나 봐, 아니면 너랑 얘기하고 싶던가."

짧은 빨강머리 친구가 엘리엇에게 말했다.

엘리엇의 뺨에 불그스름한 얼룩이 생겼다. 엘리엇이 내게 다가와 친구들을 등지고 섰다.

"무슨 일인데?"

약간 당황한 목소리였다.

"매튜가 괜찮은지 알고 싶어."

목소리를 낮추고 말했다.

엘리엇이 손으로 얼굴을 문질렀다. 눈에 희미하게 핏발이 섰고 눈 밑으로 다크서클이 있었다. 나만큼이나 피곤해 보였다.

"네가 어떻게 정의하느냐에 따라 다르겠지. 형은 어젯밤에 학교로 돌아갔는데, 아빠 서재에서 바이올린을 가지고 갔어. 그것 때문에 우리 모두 놀랐고, 특히 에블린 고모는 심장마비를 일으킬 뻔한 것 같았어. 보통은 고모 뜻을 거스르는 사람이 없거든."

"그거라면."

나는 엘리엇에게 바이올린의 행방에 대한 진실을 말해 주려고 했다. 하지만 빨강머리 친구가 식탁에서 엘리엇을 부르기 시작했다.

"야, 하버포드! 네 여자친구랑은 그만 놀고 이리 와! 제이슨이 이 하바네로 먹으려고 해!"

내 얼굴이 화끈거리는 게 느껴졌다. 엘리엇은 귀가 빨개졌다.

"나, 가야 해."

이렇게 웅얼거리고 엘리엇이 발을 돌렸다. 그리고 인상을 찌푸리며 자리에 가서 앉았다.

"야, 입 다물어라."

빨강머리가 뭐라고 말하자 엘리엇이 툴툴거리는 소리가 내게 들렸다.

나는 입술을 깨물며 로열의 자리로 향했다. 식탁에 물과 사과를 내려놓고 내 의자를 당겼다. 자리에 앉고 나서야 캐롤라인이 나를 노려보고 있다는 걸 알아챘다. 비앙카의 표정은 싸늘했고 윈과 스타시에는 각자의 점심을 의도적으로 신중하게 살피고 있었다. 오직 헬렌만 아무렇지 않게 보였다.

맞은편에 있던 캐롤라인이 식탁으로 몸을 숙였다.

"가엾은 피파."

가식적으로 상냥한 표정을 지으며 말을 이었다.

"너 지금 얼굴이 완전히 맛이 갔어! 기분 괜찮니? 아니면 그냥 엘리엇한테 차여서 그러는 거야? 이번에도?"

그러고는 비앙카를 힐끗 쳐다보았다. 둘은 짧은 비웃음을 주고받았다.

사과를 한입 깨물었다. 아무 맛도 나지 않는 사과를 씹으며 저 둘을 무시하자고 속으로 말했다. 하지만 캐롤라인이 날 내버려 두지 않았다.

"세상에, 내가 신경을 건드린 건 아니지?"

그러고는 내 표정을 살폈다. 마침내 우리 둘의 눈이 마주친 순간, 난 캐롤라인이 이 상황을 정말로 즐기고 있다는 사실을 깨달았다.

"미안, 널 화나게 하려던 건 아니었어. 그냥, 네가 엘리엇한테 끊임없이 굽실거리는 거 같아서 보기 좋지 않았거든, 피파. 친구로서 하는 말이니까 받아들여. 게다가 엘리엇이 도대체 왜 너한테 관심이 있겠니? 옆에 이미 비앙카 같은 애가 있는데 말이야."

남은 사과를 꿀꺽 삼키고 숨을 깊이 들이마셨다. 그리고 캐롤라인에게 네 조언은 필요 없다고, 정중히 말할 생각으로 입을 열었다. 적어도 그러려고는 했다.

그런데 전날 잠이 부족해서였는지, 수학 시험 대참사의 스트레스가 심해서였는지, 엘리엇의 친구가 한 말에 당황해서였는지, 아니면 내 인생에서 잘못 돌아가고 있던 다른 모든 일이 전부 합쳐져서 그랬는지는 모르겠지만, 아무튼 난 갑자기 폭발하고 말았다.

"그거 알아? 넌 내가 엘리엇한테 무슨 말을 했는지 전혀 몰라, 엘리엇이 나한테 무슨 말을 했는지도 전혀 모르고. 그러니까 상관 마. 너희들이 드라마 찍고 싶을 때면 날 친구라고 부르는 것도 이제 그만 둬. 너희가 날 바보 취급하는 게 너무 역겨우니까. 비앙카 대신 싸움닭 노릇을 하는 너까지 보태지 않아도 나한테는 이미 문제가 차고 넘쳐!"

놀랍게도, 눈가가 따끔따끔하게 눈물이 차오르는 게 느껴졌다. 전교생이 쳐다보고 있는 이 급식실에서 내가 마지막으로 하고 싶은 일은, 여기서 끝내는 거였다.

"난 빠질 거야."

나는 벌떡 일어나 자리를 떴다.

현관홀을 지나 쭉 걸었다. 문을 활짝 열어젖히고 학교의 넓은 베란다로 나갔다. 쌀쌀한 공기를 깊이 들이마셨다. 내가 방금 무슨 짓을 한 거지?

뭐, 한 가지는 확실했다. 로열과 함께 지낼 수 있는 기회를 스스로 포기했다는 것. 조만간 레이크뷰에서 쫓겨나는 게 거의 확실하기 때문에 그건 별로 중요하지 않을 것이다. 하지만 헬렌과의 우정, 심지어 윈과 스타시에도 정말 그리울 것 같았다.

남은 점심시간은 밖에서 춥게 보냈다. 그냥 운동장을 가만히 내다보며 아무 생각도 하지 않으려고 했다. 마침내 모차르트 선율이 내게 교실로 돌아가 평소처럼 행동하라고 알려 주었다.

계단을 올라 2층에 있는 영어 교실로 가는데, 복도에 있던 애들이 흠칫 놀라며 나를 두 번씩 쳐다보거나 빤히 응시한다는 걸 눈치챘다. 비앙카와 캐롤라인이 나를 헐뜯는 데 쓴 시간이 헛되지 않은 것 같았다. 그 사실에 기분이 나빠질 줄 알았는데 정말이지 너무 피곤했다. 약간 불편할 뿐 견딜 만했다.

더글러스 선생님 교실에 들어가 내가 평소 앉던 자리에 앉았다. 놀랍게도 디비야가 내 옆자리에 풀썩하고 앉았다. 내가 자기를 빤히 쳐다보고 있다는 걸 알고는 내게 가벼운 미소를 지었다.

"안녕."

"안녕."

내가 당황하며 대답했다. 비앙카와 캐롤라인이 한 짓 때문에 더는 나를 미워하지 않게 된 걸까?

디비야가 무슨 얘기를 할까 싶어 기다렸지만 자기 가방에서 공책을 꺼내느라 분주할 뿐이었다. 몇몇 다른 애들이 나를 흘낏 쳐다보고 속닥거리는 게 보였다. 혼란스러웠던 마음은 체념으로 바뀌었다. 로열은 정말로 이 학교를 지배했다.

더글러스 선생님이 허겁지겁 들어와 칠판에 '캡틴 위컴'이라고 적으면서 수업이 시작됐다.

이 수업에서는 깨어 있는 편이 더 나았다. 한 가지 이유는 내가 평소에 영어를 좋아해서고(디비야와 짝이 되어야 했던 때를 제외하고), 다른 한 가지 이유는 사실 오늘 아침 7시 이후로는 먹은 게 사과 한 알뿐이어서 내 배 속은 음식을 달라며 아우성을 치기 시작했기 때문이다. 연습에 가기 전에 크래커나 다른 먹을 게 있는지 샅샅이 찾아봐야겠다는 생각이 들었다.

수업이 거의 끝날 무렵에 어떤 학생이 들어와 더글러스 선생님께 메모를 건넸다. 메모를 읽은 선생님이 나를 쳐다보았다.

"피파, 헤드마스터가 사무실로 오라고 하신다."

"저요?"

내가 멍하게 대답했다. 두피가 따끔거렸다. 헤드마스터가 날 왜 보자고 하는 걸까?

지난번에 교실 밖으로 불려 갔던 일이 갑자기 떠올랐다. 엄마한테 다른 무슨 일이 생겼나? 언니나 형부한테? 두려움이 확 밀려왔다.

교과서를 챙겨서 허둥지둥 계단을 내려가 로비로 향했다. 내가 안내 데스크로 다가가자 엘킹톤 양이 나를 보며 미소 지었다. 내 상상이었을까, 아니면 날 동정하는 걸까?

"들어가. 기다리고 계셔."

걱정 때문에 배 속이 울렁거렸다. 문득 내가 점심을 많이 먹지 않았다는 사실이 다행스럽게 느껴졌다.

헤드마스터의 사무실로 한 걸음 들어섰다. 벽에 걸려 있는 대학 졸업장과 대학원 졸업장부터 책상에 놓여 있는 화강암 펜 세트까지 재빨리 훑어보았다.

헤드마스터는 두 손을 책상에 내려놓고 허리를 꼿꼿이 세운 채 육중한 검은 의자에 앉아 있었다.

"박 양을 오래 잡아 두지는 않을 거예요."

앞에 놓인 딱딱한 나무 의자에 내가 앉기도 전에 이렇게 말했다.

머릿속에서 다른 종류의 경고음이 울렸다. 하버포드 씨가 나를 '박 양'이라고 부른 건 이번이 처음이었다. 보통은 나를 피파라고 불렀는데.

"제 수학 성적과 관련된 문제인가요?"

긴장으로 목소리가 약간 떨렸다. 분명히 로저스 선생님이 우리 성적을 벌써 매기지는 않았을 텐데? 어쩌면 내가 낙제하는지 알아 보려고 내 시험지만 채점했을 수도 있다.

하버포드 씨가 한숨을 쉬었다.

"아니, 박 양, 이건 수학 성적과 관련된 문제가 아니에요."

그러고는 책상에 놓여 있던 종이를 홱 뒤집어 나를 향하도록 돌려놓았다. 헤드라인과 사진, 그리고 칼럼 형식의 글이 신문처럼 보이는 출력물이었다.

더 정확히 말하면, 한 헤드라인이 지면을 가로지르며 큰 소리로 묻고 있었다.

'피파 박은 누구인가???'

나는 영문을 몰라 잠시 멍하니 바라보았다. 나랑 이름이 같은 어떤 유명인이 있었나?

그때 내 시선이 첫 번째 사진에 꽂혔다. 우리 아파트 주방에 있는, 나였다. 보풀 가득한 맨투맨 티셔츠를 입고 눈이 퉁퉁 부어 있으며 가스레인지 위 냄비에서는 고추장 연기가 피어오르는 와중에 내가 떨어뜨린 냄비 뚜껑이 허공에 멈춰 있었다. 내 뒤로 금이 간 리놀륨 바닥과 아주 오래된 이 빠진 도자기 싱크대가 보였다.

"자, 이것 좀 설명해 주겠니?"

나는 완전히 어리둥절해서 하버포드 씨를 쳐다보았다.

"누군가가 제 뒤를 쫓고 있던 게 분명해요. 그런데 누군지는 모르겠어요, 만약 그걸 물어보시는 거라면……."

하버포드 씨가 고개를 가로저었다.

"내 말은 이거."

그러면서 페이지 바닥에 있는 두 번째 사진을 톡톡 두드렸다.

나는 고분고분하게 시선을 밑으로 내렸다. 하버포드 씨는 플래시가 과다노출이 된 내 사진을 가리키고 있었다. 사진 속의 나는 빨래방에서 검은색 바이올린 케이스를 가슴에 꼭 끌어안은 채, 손에서는 열쇠가 달랑거리고, 머리카락은 온 사방으로 휘날리고 있었다. 플래시를 받은 내 눈이 야생동물의 눈처럼 빛을 번뜩거렸다. 사진 설명에는 이렇게 적혀 있었다.

'럭키 빨래방에서의 희귀한 발견. 이것이 진짜 피파 박인가?!'

하버포드 씨가 이렇게 화난 이유를 이제야 알았다.

매튜의 바이올린.

침을 삼키려 했지만 입이 바싹 말라 있었고, 목구멍에는 이미 덩어리가 생겨서 목이 메이기 시작했다.

"그 케이스 알아보겠니? 네가 내 서재에서 갖고 갔어, 그렇지?"

"저는…… 저는……."

나는 말을 더듬었다.

"이건 심각한 일이에요, 박 양. 굉장히 심각해. 내 집에서 물건을 훔쳤어. 그걸 절도라고 부르지, 그리고 그건 범죄야."

"하지만 매튜가……."

내가 말을 꺼냈다.

"그래, 난 처음에 내 아들이 가져갔다고 추측했는데, 그게 아니었어. 그렇지? 이 사진이 진실을 말해 주는구나. 이 말은 꼭 해야겠다. 이런 행동은 젊은 시절의 객기를 넘어서는 거야. 심각한 문제다, 피파. 네가 한 행동에 대해 해명할 게 있니?"

나는 눈물을 참으려고 눈을 깜빡이며 손을 내려다보았다.

전 범죄를 저지르려고 한 게 아니었어요. 그저 매튜를 돕고 싶었어요.

"응?"

하버포드 씨가 재촉했다.

입술이 가늘게 떨렸지만 입이 떨어지지 않았다. 섬뜩한 소름이 머리부터 팔까지 파도처럼 흘러내렸다. 그리고 목구멍에는 마치 거대한 혹이 생긴 기분이었다. 그래서 나는 그저 조용히 고개만 저었다.

하버포드 씨가 코로 숨을 내쉬었다.

"피파, 이렇게 해서 내가 얻는 즐거움은 전혀 없다. 하지만, 징계위원회와 내가 널 어떻게 할지 결정하는 동안 너에게 정학 처분을 내려야 할 것 같구나."

그러고는 자리에서 일어나 문을 열었다.

"엘킹톤 양이 네 보호자에게 통보했다. 그분이 널 데리러 금방 도착할 거야. 그동안 밖에서 기다리고 있으렴."

나는 자리에서 일어나 경직된 몸짓으로 사무실을 나왔다. 로비에 있으니 벽들이 서로 밀치며 온 사방에서 나를 상자로 밀어 넣는 것 같았다. 숨을 쉬어보려 했지만 폐가 확장될 때마다 갈비뼈가 아팠다.

스로우어웨이는 '협박'을 아주 잘 수행했다, 그건 확실했다. 스로우어웨이가 '신문'을 어디에 게시했을지 궁금해졌다. 학교 사람들이 다 봤을까? 신문이 어떻게 해서 하버포드 씨의 책상에 놓이게 되었을까? 결국에는 답을 찾게 될 거라는 걸 알고 있었지만 지금 당장은 그냥 집에 가서 숨고 싶었다.

형부가 이미 와서 나를 기다리고 있기를 바라면서 안내 데스크 쪽을 쳐다보았다. 하지만 형부도 없고 엘킹톤 양도 없었다. 그런데 익숙한 형체가 게시판 앞에 서서, 오래된 공지를 내려놓고 새로운 공지를 붙이며 게시판을 정리하고 있었다.

"피파, 너 기분이 안 좋아 보여. 무슨 일 있니?"

올리브 지오다노가 물었다.

목소리가 이상하게 들떠 있었다. 그리고 눈, 나를 유심히 쳐다보는 올리브의 눈이 흥분으로 밝게 빛나고 있었다. 올리브가 지난 공지를 떼려고 팔을 뻗었을 때 손목에서 빙글빙글 돌아가는 팔찌가 불쑥 확대돼서 눈에 들어왔다. 은색 참 장식이 서로 부딪치며 쨍그랑거렸다.

갑자기, 빨래방 밖 길가에서 작은 은색 트럼프 카드를 주우려고 몸을 구부리던 내 모습이 떠올랐다. 난 그게 귀걸이라고 생각했는데, 이제야 진실을 알았다.

누군가가 나를 쫓고 있다고, 나를 지켜보고 있다고 느꼈던 그 시간이 떠올라 몸이 부르르 떨렸다.

"너였구나. 그 사진들을 찍은 사람은 바로 너였어."

"나?"

아이섀도를 너무 짙게 바른 올리브의 눈이 휘둥그레졌다.

"네가 스로우어웨이야, 그렇지?"

제24장 게임 끝?

“스로우어웨이? 무슨 말을 하는 건지 전혀 모르겠는데.”

올리브가 쏘아붙였다. 하지만 얼굴 전체에 퍼지는 은밀한 웃음은 감추지 못했다.

“넌 날 스토킹했어. 나한테 끔찍한 메시지를 보내고 내 사진을 찍었어! 왜 그랬어, 올리브? 왜 그런 짓을 한 거야?”

“왜냐고?”

가식을 벗기로 한 듯 올리브가 내 말을 따라 했다.

“네가 나한테 한 짓을 생각해 봤어? 내 친구인 척하다가 로열이랑 어울리게 되자마자 날 걷어찼잖아!”

“안 그랬어…….”

말을 시작하려다 그만두었다. 사실은 그런 척했기 때문이다. 실제로는 한 번도 올리브를 그렇게 좋아하지 않았다. 아는 사람이 아무도 없었을 때 올리브가 날 그냥 자기 마음대로 하게끔 내버려 두었다.

하지만 올리브 역시 자기만의 방식으로 나와 친한 척했다는 걸 깨달았다. 올리브는 나를 한 인간으로 보고 관심을 가진 게 절대 아니었다. 자신의 인기를 높여 주고 로열의 점심 테이블에서 한 자리 얻게 해 줄 도구로 나를 봤을 뿐이었다.

"뭐, 서로 비긴 것 같네."

올리브뿐 아니라 나한테도 한 말이었다.

"사실은 네가 이긴 걸지도 몰라. 난 정학 처분을 받았고, 어쩌면 퇴학당할지도 모르니까."

올리브가 눈을 끔벅거렸다. 입을 헤벌리고 동그랗게 뜬 눈으로 날 멍하니 쳐다본 걸 보면 진심으로 놀란 것 같았다.

"하지만……."

올리브가 다음 말을 잇기 전에 엘킹톤 양이 복도에서 서둘러 다가왔다.

"올리브, 수업에 들어가야지. 내가 전에 말했잖아, 학생 홍보대사 임무를 핑계로 영어 수업을 빠지면 안 된다고."

엘킹톤 양이 올리브를 나무랐다. 그리고 책상 뒤로 걸어가면서 휘휘 내쫓듯이 손을 저었다.

"지금 어서 가."

올리브는 입을 다물고 가방을 집어 들었다. 그리고 교실 쪽으로 걷기 시작했다. 몇 발자국 걷다가 어깨너머로 고개를 돌려 나를 쳐다보았다. 이해가 안 된다는 표정이었다. 그러고는 가버렸다.

나는 혼자 남아, 형부가 나를 데리러 와서 레이크뷰에서 얼른 데려가 주기를 기다렸다. 어쩌면 마지막으로…….

기다리는 동안 휴대폰으로 이것저것 검색하기 시작했다. 정말로 관심 있어서라기보다는 뭔가를 하는 것처럼 보이고 싶어서였다. 하지만 몇 초 만에, 왜 온종일 모두가 나를 빤히 쳐다보고 수군거렸는지 알게 되었다.

하버포드 씨가 내게 보여 주었던 기사, '피파 박은 누구인가???' 페이지로 연결되는 링크가 학교 블로그에 댓글로 달려 있었다. 그리고 당연하게도 온갖 소셜 미디어로 공유되었다. 시간 정보를 보니 글을 올린 지 두어 시간이 지나 있었다. 점심시간 동안 포스팅되었다는 뜻이다.

오늘 일찍 급식실을 나오면서 나를 밀치고 지나가던 올리브의 모습이 떠올랐다. 바로 그때 그 게시물을 올리러 가고 있던 게 틀림없다.

맞아, 올리브는 자기가 학교 신문을 발행했다고 했어.

올리브는 나를 끌어 내리는 데 필요한 도구를 모두 갖고 있었다.

나는 기사를 읽기 시작했다.

피파 박은 누구인가? 피파는 자신이 보스턴 출신이라고 말하지만, 한번 맞혀 보시라. 피파는 바로 여기 빅토리아에서 자랐다.(이 이야기는 내가 찍은 요리 대참사 사진 뒤에 이어진다.)

피파는 언니가 사업장을 운영한다고 말한다. 어떤 종류의 사업인지 당신은 알고 있는가? 빨래방이다! 바로 그렇다. 정말 멋진 피파 박은 자신의 여가시간을 다른 사람들의 속옷을 개는 데 쓰고 있다.

이 단락 뒤에 내가 빨래방에서 바이올린을 들고 있는 사진이 이어졌다. 그 사진이 내게 정학 처분을 내렸다. 그 사진이 가져올 진짜 결과에 대해서 올리브는 전혀 몰랐을 거라는 사실을 깨닫고, 나는 숨을 깊이 들이마셨다.

올리브는 하버포드 씨의 서재에서 내가 바이올린을 훔친 줄은 전혀 몰랐다. 올리브에게는 그저 곤란한 장소에 있는 보기

흉한 내 사진에 불과했다. 내가 정학당했다고 말했을 때 올리브가 그렇게 깜짝 놀란 것도 당연했다.

기사를 끝까지 읽기로 했다.

모든 사람이 피파가 보스턴에 있는 비싼 학교에 다녔다고 생각한다. 하지만 진실은 한 달 전까지 피파가 공립학교에 다녔다는 것이다. 그것도 그냥 공립학교가 아니라 빅토리아 중학교에 다녔다. 그 학교의 스타 농구선수였다.

피파 박은 누구인가? 거짓말쟁이다. 그리고 지금 이 거짓말쟁이는 레이크뷰 재규어스에서 선수로 뛰고 있다. 소문은 이렇다. 피파가 경기에 일부러 져서 자신의 옛 학교에 승리를 안겨 주려 한다는 것이다. 사람이 그렇게 음흉할 수 있다니 믿기 힘들지 모른다. 하지만, 정말 피파 박처럼 거짓된 사람이 있다는 게 놀랍지 않은가?

내가 빅토리아 중학교에서 선수로 뛰었다는 걸 우리 팀이 알게 되면 나를 의심하지 않을까 줄곧 걱정했었다. 그리고 이제 올리브가 그걸 완전히 믿을 만한 이야기로 만들어 놓았다.

이것으로 결론이 났다. 나는 레이크뷰에서 끝났다. 헤드마스터가 나를 퇴학시키지 않는다고 해도, 남은 시간 동안 여기서 따돌림을 받게 될 것이다. 아무도 다시는 내게 말을 걸지 않을 것이다.

형부가 도착했다. 형부는 내 얼굴을 한 번 보고 묵묵히 손을 내미는 것으로 나를 동정했다. 나는 형부를 따라 나와서 차에 탔다. 그리고 여전히 침묵 속에 집으로 향했다. 내 눈은 지나가는 집과 나무, 가로등을 하나하나 인식할 수 있었지만 내 마음은 거기에 집중할 수 없었다.

우리는 아파트로 돌아왔다. 나는 소파에 주저앉아 멍하니 벽을 바라보았다.

형부는 수프를 담았던 보온병을 헹구고, 우리가 입었던 코트를 걸어 놓느라 분주히 움직였다. 그런 다음 내 옆에 앉아 어깨를 부드럽게 쓰다듬었다.

"우리 강아지, 무슨 일인지 나한테 말해 줄 수 있어?"

나는 손톱 거스러미 하나를 뜯었다.

"형부, 저한테 너무 화가 나면 절 사랑하지 않을 거예요?"

형부는 1초도 생각하지 않고 대답했다.

"절대 아니야."

형부의 따뜻한 마음에 안심이 될 줄 알았는데, 기분이 훨씬 더 안 좋아졌다. 형부가 만들어 준 점심 도시락에 느꼈던 수치

심, 형부의 서투른 애정 표현에 대한 짜증, 그리고 형부의 때 묻은 옷차림에 대한 당혹감 등이 모두 합쳐져 죄책감이 파도처럼 나를 덮쳤다. 형부는 내가 아는 가장 마음 따뜻한 남자였다. 그것 말고 다른 게 왜 그렇게 중요했을까?

"만약 제가 정말, 정말로 망쳤더라도요?"

"그렇다고 해도, 피파. 무슨 일이 있어도. 그러니까 그냥 얘기해 봐. 그런 다음 우리 거기서부터 시작하자."

나는 바짝 마른 입술에 침을 바르며 적절한 단어를 찾으려고 궁리했다. 마침내, 나는 숨을 내쉬었다.

"형부, 제가 정말로 망쳐 버렸어요."

"그래, 얘기해."

형부가 다시 한번 말했다.

그리고 어쩐 일인지 나는 그렇게 했다. 곧, 단어가 입에서 수도꼭지의 물처럼 뿜어져 나왔다. 아니, 차라리 댐을 뚫고 쏟아져 나오는 것에 더 가까웠다. 멈출 수가 없었다.

처음에는 이야기의 일부만 말하려고 했다. 그런데 어느새 낱낱이 털어놓고 있는 나를 발견했다.

나도 모르게 엘리엇한테 푹 빠져 버린 것부터 레이크뷰의 새 친구들이 나를 진짜 내가 아닌 다른 사람으로 믿게 한 것, 그리고 버디와의 관계에 문제가 생긴 계기까지, 한 시간은 족히 이야기했다. 형부는 시종일관 조용히 들으면서 이따금 고개를 가볍게 끄덕였다.

내가 정학 처분 받은 이야기를 하는 부분에 이르자 형부는 좀 더 다정한 표정으로 내 뺨에 흐르는 눈물을 닦아 주었다.

"그리고 형부, 가장 끔찍한 건, 그게 전부 정말로 제 잘못이라는 거예요. 전, 내가 다른 사람이 될 수 있다는 생각에 사로잡혀 있었어요."

아랫입술이 떨렸다.

"내가 다른 사람이 되기만 하면 언젠가는 로열이 될 거라고 계속 생각했어요. 엘리엇의 여자친구가 될 거라고, 레이크뷰에 잘 어울릴 거라고요. 하지만 절대 그럴 수 없을 거예요. 그건 내 세계가 아니니까요. 그리고 이제는 모두가 절 끔찍한 사람이라고 생각해요."

형부가 내 손을 잠깐 꾹 쥐었다가 놓았다. 그러자 어째서인지 훨씬 더 많은 눈물이 흘러내렸다. 몸이 부들부들 떨려서 두 팔로 내 몸을 꼭 감쌌다.

"학교 전체가 제가 빅토리아 중학교에서 왔다는 걸 알아요, 그리고 제가 시합에서 일부러 져 줄 거라고 생각해요. 지금 그건 중요하지 않아요, 전 그 시합에서 뛰지 않을 거니까요. 하지만 사람들이 날 그렇게 생각하는 걸 참을 수가 없어요."

나는 소파에서 몸을 낮게 수그렸다.

“그리고 옴마요, 옴마가 너무 걱정돼요. 옴마는 이미 너무 약한데, 이 일 때문에 더 안 좋아지면 어떡해요? 옴마가 날 자랑스러워하기만을 바랐는데…….”

마침내 내가 입을 다물었다. 형부가 셔츠 깃에 손을 넣어 잡아당겼다.

“많은 일이 있었구나, 우리 강아지.”

형부가 머뭇거리며 말을 시작했다. 다시 고개를 조금씩 끄덕였는데, 어떤 말을 해야 할지 고심하는 것 같았다.

“먼저, 옴마는 좋아지실 거야, 그리고 이미 너를 자랑스러워하고 계셔. 그러니까 그 생각은 머릿속에서 지워 버리자. ‘끔찍한 사람’이라는 말도 안 되는 소리도 함께. 넌 몇 가지 실수를 한 거야, 피파. 누구나 실수해.”

형부가 숨을 깊이 들이마셨다.

“네 친구들 얘기는 안타깝게 생각해. 하지만 그 애들이 진짜 친구라면 네 얘기를 들어주고 이해하려고 노력할 거야. 그리고 너한테 한 번 더 기회를 줬으면 좋겠다. 그렇지 않다면, 어쨌든 넌 그 애들에게 과분해. 이게 너한테 크게 도움 되는 조언이 아니라는 건 나도 알지만.”

눈물로 흐려진 눈을 맑게 하려고 눈을 깜빡거리며 형부를 쳐다보았다.

"제가 친구들에게 과분하다고 생각하세요?"

'과분하다.'라고 말하는데 목소리가 갈라졌다.

"제가 전부 잘못했는데도요?"

형부가 팔을 뻗어 나를 안아 주었지만 나는 형부를 밀어냈다. 죄책감을 견딜 수 없었기 때문이다. 지난 두 달 동안 형부를 실망시켰던 일을 전부 떠올리자 새로운 눈물이 볼을 타고 흘러내리기 시작했다.

"제가 했던 온갖 끔찍한 생각을 형부가 알게 되면 절 못 안아 줄 거예요. 추석에 형부한테 거짓말했어요. 버디가 오지 않은 이유는 저한테 이미 화가 나 있었기 때문이에요. 그리고 새 학교 친구들이 안 온 이유도 너무 바빠서가 아니에요. 제가 아예 초대하지 않았어요. 죄송해요."

형부의 짙은 눈썹이 위로 올라갔다.

"우리가 부끄러워서 그랬어?"

나는 고개를 숙였다.

"다들 전부 부자예요, 그리고 전에 다른 장학생을 놀리는 걸 들었어요. 제가 빨래방에서 일하는 걸 알게 되고, 저랑 어울리기에는 자기들이 너무 과분하다고 생각할 것 같았어요. 그리고 우리 좁은 아파트를 보면 비웃을까 봐 걱정도 됐고요."

나는 눈물을 꿀꺽 삼켰다.

"부끄러웠어요."

"아직도 그렇게 생각하니?"

형부가 물었다.

나는 잠깐 생각해 보았다. 그리고 흘러나온 내 대답에 나도 깜짝 놀랐다.

"아뇨."

하버포드 가족의 으리으리한 집이 생각났다. 긴장감과 죽은 사람의 망령, 그리고 이상하고 퀴퀴한 냄새로 가득 차 있는 집이었다. 우리 아파트는 허름하기는 했지만 적어도 맛있는 음식 냄새가 나고 가족의 온기가 느껴졌다.

"솔직히, 지금 형부랑 앉아 있는 우리 거실보다 더 나은 곳은 저한테 없어요. 여기는……."

나는 내 주위를 가리켰다.

"……훌륭해요. 여기 말고 다른 덴 별로예요."

나는 한숨을 내쉬었다.

"이 모든 게 무너지지 않기만을 바랄 뿐이에요. 지금은 다닐 학교도 없고, 레이크뷰의 모든 사람이 저를 두고 쑥덕거리고 있어요. 버디는 저랑 말도 안 하고……."

형부가 누그러진 표정으로 내 콧등을 톡톡 두드렸다.

"이걸 기억해, 우리 강아지. 더 낮은 곳으로 떨어질수록 올라갈 공간은 더 많아진다는 거. 이 일도 결국은 지나갈 거야."

"그건 사실이 아닌 것 같아요."

"언제나 시간이 약이야."

형부가 단호하게 말했다.

"상황은 멀리서 보면 다르게 보이거든."

그러고는 잠시 말을 끊었다.

"네가 바꿀 수 없는 상황일 경우에는 그렇지. 하지만 어떤 것들은 네가 바꿀 수 있어."

무얼 가리키는지 짐작할 수 있었다.

"버디와의 일 말이에요?"

형부가 고개를 끄덕였다.

"바로 그거야. 버디랑 얘기해 봐. 사과하고."

나는 형부의 말을 '지혜의 말'로 받아들였다. 형부가 내게 준 건 내 문제를 전부 해결해 줄 마법 같은 조언은 아니었다. 사실 형부가 한 말 대부분은 이미 마음속으로 알고 있던 것이었다. 하지만 형부가 말하는 방식에는 내 기분을 나아지게 하고, 또 강해지게 하는 무언가가 있었다.

형부가 덧붙였다.

"네가 말해야 할 사람이 또 있어. 나만큼 너를 많이 사랑하는 사람이야, 비록 그 사랑을 좀 다른 방식으로 보여 주긴 하지만."

뱃속이 울렁거렸다.

"언니요?"

내가 작은 목소리로 물었다.

형부는 그저 나를 참을성 있게 바라볼 뿐이었다.

"지금요?"

형부가 주방 벽에 걸린 시계를 흘낏 쳐다보았다.

"한국은 지금 새벽 4시야. 지금이 제일 좋은 시간은 아니겠지. 오늘 밤에 한번 전화해 보자, 같이."

나는 힘들게 침을 삼켰다.

"고마워요."

형부가 내 어깨를 부드럽게 쥐었다가 놓았다. 그런 다음 나는 내 방으로 향했다. 휴대폰을 꺼내 버디에게 보낼 메시지를 썼다.

> 너무 미안해. 넌 나한테 제일 좋은 친구였는데 내가 망쳤어. 널 밀어내려고 내가 할 수 있는 모든 짓을 다 했어. 새로운 친구들을 쫓아다니느라 너한테 못되게 굴었어. 그래도 나한테 기회를 준다면 더 잘할 수 있어. 내가 귀찮게 하는 게 싫다면 이해할게. 모르겠어. 내가 할 수 있는 말은 네가 보고 싶다는 게 전부야. 그리고 정말, 정말 미안해. 네 마음 깊은 곳 어딘가에서 너도 여전히 나를 그리워하길 바랄게.
> 언제나 너의 친구, 피파.

다 쓴 메시지를 다시 읽어 보았다. 너무 짧은가? 너무 긴가? 거짓말처럼 들리나? 버디가 읽기는 할까?

그냥 보내.

나는 자신에게 말했다. 숨을 깊이 들이마시고, 내 마음이 바뀌기 전에 '보내기' 버튼을 눌렀다.

제25장 게임 체인저

"갈 준비 됐니, 피파?"

형부가 내 방으로 고개를 쑥 들이밀고 물었다.

"우리 늦으면 안 돼."

금요일, 하버포드 씨와 함께 나에 대한 징계 회의를 하는 날이었다. 내 모습을 내려다보았다. 평범한 빨간 티셔츠와 청바지 차림이었다. 레이크뷰 교복을 입을까 곰곰이 생각해 보았지만 그건 주제넘은 행동 같았다. 이제 그 학교로 돌아갈 수 없을 것 같다는 확신이 들었기 때문이다.

일어나서 문으로 향했다.

"할 수 있는 준비는 다 했어요."

형부가 고개를 끄덕이더니 문 앞에서 머뭇거렸다. 미안해하는 표정으로 바뀌어 있었다. 무엇 때문일까?

“오늘 아침에 언니한테 얘기했어. 그리고 언니가, 음, 회의 끝나고 나서 전화해 달라고 아주 분명히 말했어.”

나는 입술을 한 번 깨물고 고개를 끄덕였다.

“알겠어요.”

불확실한 상태로 집에서 보낸 며칠은 기분이 이상하면서 대부분 즐겁지 않았다. 하지만 놀랍게도 언니와의 대화는 내가 예상했던 것만큼 끔찍하지 않았다. 형부가 먼저 언니에게 이야기했는데, 형부는 방해를 피하고자 전화기를 안방으로 가지고 들어갔었다.

형부가 꽤 오래 자리를 비우고 있는 동안 나는 거실에 남아 손톱을 물어뜯으면서 언니가 온갖 방법으로 나를 실패자라고 비난하는 모습을 상상했다. 실패자의 동의어를 찾으려고 엄지 손가락으로 유의어 사전을 넘기는 언니 모습이 눈앞에 선했다.

마침내 형부가 방에서 나와 내게 전화를 건넸다. 전화기를 귀에 갖다 대는 내 손이 바들바들 떨렸다.

“미안해.”

‘여보세요.’라는 말도 없이 내가 불쑥 내뱉었다. 전화 저편에서 잠시 정적이 흘렀다.

"당연히 그러겠지."

"내가 정말로 어리석었어."

"맞는 말이야."

또 한 번 긴 정적이 이어졌다. 언니의 그다음 말에 나는 깜짝 놀랐다.

"아마 우리 둘 다 그랬던 거 같아."

언니 목소리가 딱딱하고 긴장한 것처럼 들렸다.

"나 다시는……. 잠깐. 뭐라고?"

"'아마'라고 했어."

언니가 재빨리 덧붙이고는 한숨을 쉬었다.

"네 성적이 향상될 여지가 있다는 건 우리 둘 다 알고 있어. 하지만 그게 네가 노력을 하지 않아도 된다는 뜻은 아니야. 난 네가 더 잘할 방법에 많이 집중했고, 가끔은 네가 하는 걸 보면 참 자랑스럽다고 말하는 걸 까먹기도 했어."

나는 수화기를 내 귀에서 떼고 한참을 빤히 쳐다보았다. 나 지금 다른 차원의 우주에 있는 거 아냐?

"언니, 우리 언니 맞아?"

내가 조심스럽게 물었다.

그러자 익숙한 코웃음 소리가 들렸다.

"피파, 들어 봐. 난 이런 거 그렇게 잘 못하지만, 내가 널 사랑

한다는 걸 알았으면 좋겠어. 그리고 내가 널 왜 그렇게 심하게 밀어붙이는지도 이해했으면 해. 난 네가, 옴마가 넌 이렇게 살았으면 좋겠다고 바라는 그런 삶을 살기를 바랄 뿐이야. 너한테는 옴마가 결코 가질 수 없었고, 나도 가질 수 없었던 기회가 있어. 난 네가 그 기회들을 낭비하지 않았으면 좋겠어."

언니가 숨을 내쉬고 말을 이었다.

"하지만 나도 나 자신의 꿈으로 너한테 부담을 주고 있었던 것 같아. 그리고 그게 너한테는 정당하지 않았겠지."

"와, 언니 말이 맞아."

이번에는 언니랑 내가 실제로 마음이 통했다는 사실에 깜짝 놀랐다.

"부당했어."

"하지만 그래도 중학교에서 낙제하지 않도록 노력해야 해."

언니 목소리가 좀 더 차분해졌다.

"너 자신의 이익을 위해서야."

언니는 내가 하버포드 씨의 서재에서 바이올린을 가져 온 행동이 얼마나 '믿을 수 없을 만큼, 거의 기절할 만큼 현명하지 못한'지에 해당하는 단어를 여러 개 알고 있었다. 하지만 전반적으로, 그날의 통화는 내가 그동안 우리 언니와 나눈 대화 중 최고였다. 전화를 끊고 나니 어깨에 있던 무거운 짐이 내려진 것 같았다.

기분이 조금 나아진 또 다른 일은 화요일에 헬렌에게 메시지를 받았다는 것이다. 한밤중에 잠자리에 들어서야 그 메시지를 확인했다. 내용은 단순했다.

얘기 좀 할래?

전화를 걸기에는 너무 늦은 시간이었고, 어쨌든 우리 팀 누군가와 대면할 준비가 되었는지 아직 확신이 없었다. 그래서 이렇게 썼다.

아마도 나중에.

헬렌이 곧바로 답장을 보냈다. 그냥 하트 이모티콘이었다. 하지만 그 이모티콘은 적어도 헬렌에게는 내가 완전히 악당은 아니었다는 걸 알려 주었다.

그게 화요일이었고, 오늘은 금요일이다. 나는 3일 동안 아파트 주변에 앉아, 배트맨의 조수 로빈과 친구들이 지구를 지키는 텔레비전 만화 〈틴 타이탄〉 재방송을 보면서, 내게 일어났던 일을 되새기기를 멈추려고 노력했다. 이번 징계 회의에 대한 스트레스는 말할 것도 없고, 버디가 내 메시지에 답장을 보내지 않았다는 사실에도 집착하지 않으려고 노력했다.

형부 뒤를 따라 자동차로 향했다. 형부는 운전하면서 대화를 나누려고 했지만, 나는 내 안의 긴장감 외에는 아무것에도 집중할 수 없었다. 손톱이 손바닥을 파고 들어가 살에 초승달 모양의 패인 자국을 남겼다.

학교 행정실로 들어가는데 형부가 거의 나만큼이나 불안해 보인다는 걸 눈치챘다. 형부는 작업복을 벗고, 약간 구겨진 하나뿐인 초록색 버튼다운 셔츠와 물 빠진 짙은 색 청바지를 입고 좋은 테니스화를 신었다. 어느 정도 격식을 갖추었다는 느낌을 주려고 여기에 어울리는 넥타이도 맸지만, 결과는 핼러윈에 '어른' 분장을 하려고 차려입은 어린이에 좀 더 가까웠다.

누가 볼까 봐 신경 쓰던 내 주변의 소소한 부분을 무시하고, 형부 손을 꼭 잡고 정문으로 걸어갔다. 높은 창문을 통해 비스듬히 들어오는 햇살부터 반들반들하게 윤이 나는 진열장의 나무까지, 눈에 담을 수 있는 모든 것을 담으려고 노력했다. 아마도 오늘이 내가 레이크뷰의 내부를 보는 마지막 날이 될 테니까.

바람이 잘 통하는 현관홀에는 사람이 거의 없었다. 나의 옛 반 친구들은 한창 마지막 교시 수업 중이었다. 우리가 안내 데스크로 걸어가자 엘킹톤 양이 미소를 지었다. 처음 여기 왔을 때보다 내가 바닥으로 얼마나 많이 떨어졌을까 하는 생각이 들었다.

돌아보면, 그때 나는 굉장히 낙관적이었다. 슬픔의 파도가 밀려왔다. 지난주가 얼마나 끔찍했는데, 그런데도 나는 여전히 레이크뷰가 너무 좋았다. 멋진 경치와 놀랄 만큼 맛있는 음식, 아마드 코치님의 깐깐한 연습이 그리울 것이다. 심지어 로저스 선생님의 수학 수업도 그리울 것이다. 그리고 당연히 헬렌과 엘리엇, 그리고…….

침을 꿀꺽 삼켰다. 아름다운 기억으로 나 자신을 고문해도 이제 아무 소용이 없다.

하버포드 씨가 부르기를 기다리는 동안 형부는 넥타이 매듭을 풀었다 조였다, 하면서 만지작거렸다. 그러다 결국 넥타이가 셔츠처럼 구겨지고 말았는데, 형부가 그렇게 긴장하는 모습은 생전 처음 보았다.

형부를 안심시킬 만한 걸 생각해 내기도 전에 하버포드 씨가 방문을 열고 우리에게 안으로 들어오라는 동작을 취했다.

"이런 자리를 마련해 주셔서 감사합니다, 선생님."

형부가 딱딱한 나무 의자에 앉으며 어색하게 말을 꺼냈다. 목소리가 평소보다 아주 부자연스러웠다.

"피파의 상황에 관해 이야기 나눌 기회를 주셔서 고맙게 생각합니다."

하버포드 씨가 동의의 표시로 고개를 살짝 끄덕이며 형부에게 계속하라는 손짓을 했다.

"음, 가장 먼저, 피파가 용서를 구하고 싶어 합니다, 어, 선생님 댁에서의 사고에 대해서요. 그러니까……."

형부와 하버포드 씨가 함께 나를 쳐다보자 곤혹스러웠다.

"맞아요."

나는 고개를 끄덕이고는 숨을 내쉬었다.

"네, 음. 제가 한 짓에 대해 정말 죄송하게 생각합니다. 완전히 선을 넘은 일이었어요. 선생님 서재에는 절대 들어가지 말았어야 했습니다. 제 것이 아닌 물건에 손을 대는 건 더군다나 안 되고요. 잘못된 행동이었습니다."

하버포드 씨의 시선이 어쩐지 조금 부드러워졌다. 하지만 멍청하게도 난 말을 끊지 못했다.

"그래도 이것만은 말씀드리고 싶어요. 그건 절 위해 한 행동이 아니었어요."

"피파."

형부가 초조하게 나를 불렀다.

하지만 하버포드 씨는 놀란 것 같지 않았다. 사실은 어깨가 살짝 내려앉았다.

"그래."

하버포드 씨가 헛기침했다.

"그거라면, 내 아들과 이야기했다. 네 의도가 무엇이었는지 이해할 것 같구나. 네가 바이올린을 훔치려던 게 아니라 매튜에게 돌려주려고 그랬다는 걸 이제는 안다. 그건 충동적이고 어쩌면 바보스럽기도 했지만, 그래도 관대한 행동이었어."

나는 형부와 깜짝 놀란 눈빛을 황급히 주고받았다.

하버포드 씨가 의자에 등을 기대고 양손의 열 손가락이 맞닿게 마주 세웠다.

"피파, 네 상황을 두고 내가 어떻게 해야 할지 상당히 고심 중이라는 걸 인정해야겠구나."

고심 중?

갑자기 기운이 났다. 가슴에서 작은 희망의 꽃이 피어나기 시작했다. 내 운명이 아직 결정되지 않았을 수 있다는 의미일까?

"한편으로는, 너는 여기 레이크뷰에서의 시작이 그렇게 무난하지 않았어. 올리브와 있었던 사건에 상처받고 수치스러웠겠지. 우린 이미 지오다노 양과 함께 별도의 징계위원회를 열었단다. 하지만 동시에 로저스 선생님은 수업에서 네 성과가, 이를테면 미흡한 수준이라고 하더구나."

나는 축 처졌다.

"수학 시험에서 낙제했나 보네요."

하버포드 씨가 입술을 오므렸다.

"사실, 네 점수는 C-야."

기뻐서 놀란 내 표정을 보고는 말을 덧붙였다.

"그래도 필수 GPA를 유지하기 위한 커트라인보다는 낮아."

"하지만 낙제는 아니에요."

형부가 반박하더니 곧 자신의 대담함에 놀란 표정을 지었다.

"그렇습니다, 그리고 로저스 선생님은 정상 참작이 가능한 중대 상황을 지적했습니다. 피파의 주 보호자 한 분이 심각한 교통사고를 당한 어머니를 보살피기 위해 멀리 떠나 있다는 점을 제게 상기시켜 준 거죠."

"맞아요, 그리고 피파는 빨래방과 집에서 일하며 그 빈자리를 메웠어요. 심지어 저녁 식사 준비도 했고요!"

형부가 불쑥 끼어들었다.

"네, 저도 사진 봤습니다."

하버포드 씨가 건조하게 대답했다. 그 말에 웃음이 터지는 걸 참을 수 없어 얼른 기침으로 바꾸었다. 하버포드 씨도 농담을 할 수 있구나!

그리고 잠시 망설이더니 어색하게 덧붙였다.

"그리고 엘리엇이 알려 줬단다. 그, 우리 가족 간의…… 소란으로 인해 네가 시험 직전에 수학 과외를 두 번 연달아 놓치게 되었다고 말이다."

나는 눈을 깜빡거렸다.

"엘리엇이 제 얘기를 했어요?"

"엘리엇, 그리고 다른 사람들도. 넌 여기 있던 짧은 시간 동안 강한 인상을 남겼더구나."

그러고는 손을 들어 손가락으로 허공에 체크 표시를 하기 시작했다.

"찾아오고, 전화하고, 이메일도 보냈단다. 헬렌 펠로이, 위노나 후세인, 비앙카 데이비스……."

비앙카?

비앙카가 내 편을 들었다고? 이제는 내가 평행 우주에 있다는 생각이 들기 시작했다. 그러다 비앙카는 아마 나를 팀에 남기고 싶어 할 거라는 사실을 깨달았다. 빅토리아 중학교에 맞서 이기고 싶은 욕구가 나에 대한 미움을 넘어선 것이다.

하버포드 씨는 나를 변호하기 위해 찾아왔던 사람들의 이름을 계속해서 나열했다.

"……로저스 선생님, 아마드 코치님, 그리고 지금은 잊었지만 몇몇 다른 아이들. 내 아들들은 말할 것도 없고, 둘 다 말이다."

다시 헛기침을 했다.

"그리고 물론 너희 언니는 굉장히…… 설득력 있는 사람이더구나."

그 말에 형부가 콧소리를 내며 웃음을 터뜨렸다.

"그래요, 그렇죠?"

언니는 나한테 헤드마스터한테 전화할 거라는 얘기를 하지 않았는데, 언니가 가만히 있을 사람이 아니라는 걸 알았어야 했다.

하버포드 씨가 넥타이를 잡아당기며 나를 힐끗 보았다.

"이 말은 해야겠다. 피파, 만약 너희 언니가 가진 설득력을 네가 조금이라도 갖고 있다면 넌 장차 법대 진학을 고려해야 할 거라는 점 말이다. 어쨌든, 요지는 너에게 기회를 한 번 더 줘야 한다는 말에 내가 설득되었다는 사실이야. 로저스 선생님은 네가 2주 후에 보충 시험을 보게 한다는 데 동의했단다."

"농담이시죠. 제 말은, 제발 그러지 마세요. 그런데…… 정말요?"

나는 카메라가 숨겨져 있는 건 아닌지 찾아보려고 오른쪽과 왼쪽을 돌아보았다. 이거 새로운 리얼리티 프로그램인가? 〈펑크드Punk'd*: 사립학교 편〉?

---

* 할리우드 스타들의 깜짝 놀라는 모습을 담은 미국의 예능 프로그램.

"굉장한 소식이에요!"

형부가 소리쳤다. 얼굴에 커다란 웃음이 활짝 폈다.

"고맙습니다, 선생님. 고맙습니다!"

"그런데 한 가지 조건이 있어요."

하버포드 씨가 손가락을 들어 올렸다.

아, 이런. 사실이라기에는 너무 좋은 소식이라는 걸 알고 있었지.

"바로 오늘 밤 빅토리아 중학교와 하는 시합에 나가서 이겨야 한다는 거다."

나는 고개를 흔들었다.

"교장 선생님, 저를 믿어 주세요. 그 기사에 뭐라고 쓰여 있든지 전 절대 시합에서 져 줄 생각은 하지 않았어요."

"네가 그럴 거라고는 생각 안 했어."

하버포드 씨가 놀란 얼굴로 이야기를 계속했다.

"에디 로체스터는 내가 레이크뷰 농구팀에 있을 때 우리 팀 동료였어. 그리고 나머지 팀 동료들보다 농구를 얼마나 잘했는지, 아무도 절대 에디를 잊지 못하게 됐지."

그러면서 손으로 머리를 쥐어뜯는 바람에 머리카락이 쭉쭉 서 버렸다.

"에디와 난 지난 7년 동안 내기를 했어. 난 단지 우리가 그 팀을 완패시켰을 때 에디의 표정이 보고 싶을 뿐이야!"

에디 로체스터, 내 눈이 휘둥그레졌다. 그분은 빅토리아 중학교의 교장 선생님이었다!

"아, 깜빡 잊을 뻔했네. 아마드 코치가 너에게 주라고 한 게 있지."

그러고는 책상 밑으로 손을 넣어 비닐 쇼핑백을 꺼내 내게 주었다.

안을 들여다보았다. 거기, 깔끔하게 접힌, 내 유니폼이 있었다.

하버포드 씨가 손목시계를 흘낏 보았다.

"워밍업까지 10분 정도 남았구나. 난 가 봐야겠다."

제26장 돌아온 피파

나는 시간을 낭비하지 않았다. 헤드마스터의 사무실에서 뛰쳐나와 복도를 전속력으로 달렸다. 뒤에서 형부의 희미한 외침이 아스라이 들렸다.

"싸워서 이겨, 강아지!"

동시에 하버포드 씨도 고함쳤다.

"복도에서 뛰면 안 돼!"

그러다 체육관에 가까워지자 속도를 늦추었다. 하버포드 씨가 그래야 한다고 해서만은 아니었다. 흥분에 휩싸여서 순간적으로 올리브가 쓴 기사를 잊고 있었다. 우리 팀 모두가 이제 나를 거짓말쟁이로 생각하고, 심지어 내가 빅토리아 중학교에 일부러 져 줄 거라고 믿고 있을지 모른다.

나는 마음을 단단히 먹고 유리문을 밀었다. 그저 그들이 틀렸다는 걸 코트에서 증명해야 한다. 정말 잘해서 감히 아무도 나를 의심하지 못하게 할 것이다. 그 후에는……. 음, 어떻게 될지 한번 봐야겠지.

뱃속이 다시 울렁거리기 시작했다. 용기를 잃기 전에 탈의실로 벌컥 들어갔다. 그 소리에 우리 팀 동료들이 돌아보았다. 나를 본 스물두 개의 눈이 휘둥그레지면서 모두 정적에 빠졌다. 약 1초 후에 탈의실이 비명과 함께 폭발했다.

"피파! 네가 왔다니 믿을 수가 없어!"

"널 응원하고 있었어!"

"네가 돌아와서 너무 기쁘다!"

"난 네가 그 말을 한 사람인 줄 알았……."

"입 다물어!"

헬렌이 껑충 뛰어와 팔로 나를 감싸 안았다.

"오늘 온종일 손가락을 꼬며 행운을 빌었어!"

나는 웃고 있는 얼굴 하나하나를 바라보았다. 나를 향해 농구공을 집어 던지는 대신 모두가 응원해 주는 것이 분명히 기쁘긴 했지만, 약간 혼란스러운 마음은 어쩔 수 없었다.

상황을 정리한 건 스타시에였다.

"코치님이 전부 설명해 주셨어. 너를 빅토리아 중학교에서 어떻게 영입했는지, 그리고 네가 어디 출신인지는 말하지 말고 있으라고 하신 것도."

숨이 탁 걸렸다. 어느 정도는 사실이었지만 정확히 그렇게 진행된 건 아니었기 때문이다. 코치님이 날 도와주려고 했던 것 같았다. 친절한 코치님, 하지만 모두의 생각을 바로잡아 주어야 할 것이다. 나에 대한 거짓말은 더 이상 안 된다.

"정말 미안해. 무엇보다, 모두가 알아주었으면 하는 게 있어, 난 결코 절대로 시합에서 져 주지 않을 거라는 거야."

"아, 우린 그 말 전혀 안 믿어. 다들 그건 단지 올리브가 일을 키우려고 한 말이라는 거 알아."

윈이 웃으며 말했다.

약간 안심이 되었다. 그때 처음으로 올리브가 안 보인다는 걸 알았다.

"어, 올리브는 어디 있어?"

"정학당했어. 사이버 폭력으로."

비앙카가 알려 주고는 입을 꾹 다물었다.

"레이크뷰는 사이버 폭력을 절대 봐주지 않거든."

캐롤라인이 덧붙였다.

내 뒤에서 탈의실 문이 다시 활짝 열렸다.

"자, 여러분, 우리가 기다리던……."

코치님이 나를 발견하고는 말을 뚝 끊었다.

"피파? 혼란스럽네."

코치님이 인상을 찌푸리자 의심으로 마음이 조여들었다.

"어……. 전 더는 정학 상태가 아니에요. 헤드마스터가……."

"그 얘기가 아니야."

코치님이 급히 내 말을 끊었다.

"내가 혼란스러운 건 저 문이 열리기 전에 워밍업을 할 시간이 15분도 안 남아서야. 심지어 넌 옷도 안 갈아입었잖아. 서둘러 유니폼으로 바꿔 입어! 나머지 너희는 워밍업 시작해! 당장!"

다른 아이들이 모두 순순히 탈의실 밖으로 나가는데 헬렌만 잠시 머뭇거렸다.

"너 괜찮아?"

헬렌이 물었다.

"응."

티셔츠를 머리 위로 뒤집어쓰고 나자 헬렌의 얼굴이 보였다.

"근데, 난 그런 대접을 받을 자격이 없는데도 넌 나한테 너무 잘해 줬어. 진실을 알려 줄까?"

난 헬렌의 대답을 기다리지 않았다. 용기를 잃고 싶지 않았기 때문이다.

"공립학교에 다녔던 과거를 비밀로 해 달라고 한 건 코치님이 아니었어. 내가 그랬어. 내가 너를 포함한 모두에게 거짓말을 한 거야."

"아, 피파."

헬렌이 고개를 흔들었다.

"우린 작년 시즌 개막전 때 너랑 같은 시합에서 뛰었어. 네 얼굴이 왜 그렇게 익숙한지 기억하는 데 시간이 조금 걸리긴 했지만, 네가 여기 오고 일주일이 지나고부터는 빅토리아 중학교 출신이라는 걸 알게 되었어. 난 상관없어."

나는 헬렌을 빤히 쳐다보았다.

"이해가 안 돼. 어째서 로열한테 말하지 않았어?"

헬렌이 어깨를 으쓱했다.

"네가 그 문제를 비밀로 하는 데는 너 나름의 이유가 있을 거라고 판단했어. 네가 스스로 털어놓기를 기다렸을 뿐이야."

탈의실 문이 벌컥 열렸다.

"펠로이! 박!"

코치님이 고함쳤다.

"심리 상담은 나중으로 남겨 두고! 당장 코트에 올라가라!"

헬렌이 나를 보며 눈알을 굴리고는 문밖으로 뛰어나갔다. 나는 숨을 깊이 들이마시고 헬렌의 뒤를 따라갔다. 경기 시작이다.

15분 후, 체육관 문이 열리자 많은 관중이 쏟아져 들어왔다. 몇 분 만에 관중석이 꽉 찼다. 경기 시작 시간에 맞춰 시계가 카운트다운을 하자 군중들이 내는 소음은 귀가 먹먹할 정도로 요란해졌다.

선발 출전 선수에는 나를 비롯해 헬렌, 윈, 캐롤라인, 그리고 비앙카가 포함되었다. 비록 비앙카가 헤드마스터 앞에서 내 편을 들어주긴 했지만, 나를 보는 냉정하고 비판적인 비앙카의 태도는 다른 어떤 것보다 팀에 있어 내 존재 가치에 관한 문제였다는 걸 확인시켜 주었다. 이 코트 밖에서도 우리가 진정한 친구가 될 수 있을지는 의심스러웠지만, 오늘 밤 우리는 공통의 목표를 공유하고 있었다. 난 그거면 됐다.

심판이 호루라기를 불자 관중이 조용해졌다. 우리는 코트 한가운데로 달려 나갔다. 헬렌이 점프볼을 하러 점프볼 서클에 다가갔고, 그때 내 전 팀 동료였던 카미 빌리거를 똑바로 바라보게 되었다.

카미는 지난 시즌보다 키가 5센티미터 정도 더 크고 몸무게가 7킬로그램 가까이 늘었다. 그리고 어느 때보다 격렬해 보였다. 카미가 내게 짧은 미소를 지었는데, 그 미소는 곧 결의에 찬 눈빛으로 바뀌었다. 처음으로 나는 뱃속에서 신경이 곤두서는 걸 느꼈다. 빅토리아 중학교가 지난 7년 동안 이 시합에서 승리를 차지한 데는 이유가 있었다. 나의 옛 팀이 잘했기 때문이다. 정말 잘했다.

나는 손가락 마디마디를 꺾고 시선을 잠시 군중 속으로 던졌다. 나를 안심시킬 순간이 필요해서 형부가 어디 있는지 찾아 열을 훑어보았다. 정확히 관중석 한가운데에 앉아 있는 형부를 발견했다. 그리고 형부 옆에 적어도 한 달은 보지 못한 사람이 있었다. 버디였다.

나와 눈이 마주치자, 버디가 나를 보고 웃으며 손을 흔들었다. 바로 그 순간이 되어서야 내가 그동안 버디를 얼마나 많이 그리워했는지 정확히 깨달았다. 마음이 행복으로 꽉 차서 버디를 향해 커다란 웃음을 짓고는 열정적으로 허공에 하이파이브를 날렸다.

버디가 자리에서 벌떡 일어나고 형부가 나를 보며 열광했다.

"가자아아아, 피파!"

형부가 머리 위로 손을 흔들며 소리쳤다. 형부는 스포츠를 그다지 좋아하는 사람이 아니었는데, 이런 행동이 일반적인 수준이라고 생각한 것 같았다. 몇 주 전이라면 그런 형부의 모습이 부끄러워 움츠러들었을 테지만 지금은 그저 웃음이 나올 뿐이었다.

세 줄 떨어진 곳에서 엘리엇의 금발이 자석처럼 내 눈을 잡아끌었다. 매튜와 함께 앉아 있었다. 나를 본 두 사람이 함께 미소 지었다. 엘리엇은 조심스럽게 손을 흔들어 주기까지 했다.

그때 심판이 다시 호루라기를 불었다. 시합에 집중해야 할 시간이었다.

나는 심호흡을 하며 어깨의 긴장을 풀었다. 한 달여 만에 처음으로 나만의 고유한 평화가 거세게 밀려왔다. 여긴 내 학교였다. 내 코트, 그리고 내 경기였다. 난 그걸 증명할 준비가 되어 있었다.

심판의 호루라기 소리에 우리 모두 달려 나갔다. 카미가 점프볼에서 이겼고 공은 코트로 내리꽂혔다. 나머지 선수들이 공을 쫓았다. 모두의 다리가 최대한 열심히 빠르게 움직였다. 윈이 카미를 차단하자 카미가 공을 빅토리아 중학교의 신입 스몰포워드에게 패스했다. 내가 그 애의 손에서 공을 낚아챘다.

"여기!"

윈이 소리쳤다.

난 그쪽으로 공을 던졌다. 완벽한 패스였다.

그때부터 경기가 빠르게 진행되었다. 시간기록계가 똑딱거리며 시간이 흐르는 동안 나는 공에 집중했다.

"다들, 맨투맨이야. 엉덩이를 써라, 윈!"

아마드 코치님이 소리쳤다.

빅토리아의 슈팅가드가 3점 라인까지 돌아 뛰다가 완벽한 슛을 날렸다. 공이 맞은 것은 네트 외에 아무것도 없었다. 엄청난 함성이 빅토리아 중학교 관중석에서 터졌다. 카미가 슈팅가드를 향해 슛 시늉을 하자 슈팅가드가 웃음으로 답했다.

'0-3'

심판이 호루라기를 불자 스타시에가 경계선 밖으로 달려갔다. 심판이 스타시에에게 공을 던지고 다시 한번 호루라기를 불자 모두가 앞 다투어 흩어졌다.

"여기야!"

헬렌이 외쳤다.

스타시에가 공을 패스하자 헬렌이 코트를 쏜살같이 내달렸다. 빅토리아 중학교는 맨투맨보다 지역수비가 전문이었다. 내가 골대 밑의 로우 블록 한 곳으로 전력 질주하자 카미가 급히 달려와 나를 지켰다. 잠깐 우리 둘의 눈이 마주쳤다.

"행운을 빌어, 피파."

"너도."

내가 대답했다.

"피파!"

헬렌이 소리쳤다.

"여기야!"

헬렌이 한 발을 딛고 몸을 돌린 뒤 공을 바닥에 튕겨 내게 패스했다. 나는 카미 앞으로 몸을 숙여 엉덩이로 카미의 등을 밀치며 돌아서서 깔끔한 2점 슛을 날렸다.

휙. 그래, 그렇지. 중독성 있는 아드레날린이 분출했다. 순수한 힘이 느껴졌다.

"나이스 슛, 피파."

아마드 코치님이 외쳤다.

"이제 모두, 디펜스!"

1쿼터가 끝날 무렵, 나는 땀에 흠뻑 젖어 달리고 있었다. 점수는 12 대 16으로 나의 옛 팀 빅토리아 중학교에 1쿼터를 내줘야 했다. 빅토리아의 공격은 끝내줬다. 슈팅가드는 이미 또 한 번의 3점 슛을 성공시켰고, 카미는 언제나처럼 최고의 포인트가드였다.

"포스트업*!"

* 농구에서 상대를 등지고 공격하는 자세.

파르 코치님의 명령에 따라 하마터면 골대로 갈 뻔하다가 지금은 상대 팀 지도자라는 사실을 떠올렸다.

카미가 안나라는 근육질 센터에게 공을 패스했다. 하지만 내가 엄청나게 필사적으로 달라붙자 안나는 슛을 쏠 만큼 움직일 공간을 찾지 못했다. 결국 발을 딛고 몸을 돌리다가 비틀거리며 뒷걸음질 치고 말았다.

"워킹!"

심판이 호루라기를 불자 공이 우리 쪽으로 넘어왔다.

경기가 재개되기 전에 아마드 코치님이 캐시와 샘 그리고 비너스를 코트로 내보냈다. 나는 비앙카, 헬렌과 함께 사이드라인 밖으로 물러났다.

"잠깐 쉬어."

코치님이 우리를 향해 고개를 끄덕였다.

나는 휴식이 필요했지만 벤치에 붙어있는 매 초가 고통스러웠다. 내내 다리를 위아래로 달달 떨며 시간을 보냈다.

빅토리아 중학교 포워드 한 명이 거의 무방비로 레이업 슛을 성공시키자 나는 무력감에 짜증이 나서 앓는 소리를 냈다. 비너스가 놀라운 2점짜리 슛으로 이를 만회했지만, 다시 코트에 서고 싶다는 내 욕구는 그 무엇으로도 가라앉힐 수 없었다. 다행히 코치님이 몇 분 만에 나를 다시 코트로 들여보내 주었다.

마지막 쿼터에는 내 다리가 젤라틴처럼 흐물거렸다. 빅토리아 중학교에서 타임아웃을 외치자 나는 물을 벌컥벌컥 들이켰다.

"한 번 더 쉴래, 피파?"

코치님의 물음에 나는 고개를 흔들었다.

"아니요, 코치님."

방어적으로 나온 말이었지만 2분도 남지 않았고 막상막하인 상황이었다.

코치님이 씩 웃었다.

"그럼 됐어."

그러고는 목소리를 높여 외쳤다.

"애들아, 모여!"

우리는 재빨리 코치님 주변에 원 형태로 모였다.

"점수는 30 대 31이야. 겨우 1점 뒤지고 있어, 애들아. 그건 아무것도 아니야. 침착하게 대응하고 바보 같은 경기는 하지 마. 우린 여기서 이길 수 있어, 하지만 그건 함께 할 때만 가능한 거야."

코치님은 한 명 한 명의 얼굴을 훑어보았다.

"1분 30초 남았어. 시간 낭비하지 마."

호루라기가 울리고 우리는 다시 코트로 향했다.

우리 공이었다. 원이 헬렌에게 패스하고 헬렌은 비앙카에게,

비앙카는 캐롤라인에게 패스했다. 캐롤라인이 슛을 던졌지만 골대 테두리에 맞아 튕겨 나오는 걸 지켜봐야 했다. 카미가 리바운드를 노리는 순간 내가 카미와 공 사이로 뛰어들어 공을 헬렌에게 넘겼다. 헬렌이 2점 슛을 성공시켰다.

"레이크뷰가 32 대 31로 앞서고 있습니다."

심판의 말에 우리 쪽 관중석에서 커다란 포효가 들려왔다.

이를 악문 카미가 공을 안나에게 패스했다. 안나는 스타시에를 쏜살같이 지나갔다.

"디펜스, 피파!"

코치님이 소리쳤다.

안나가 드리블하며 가까워지자 나는 재빨리 자리를 옮겨 공을 뺏을 위치에 섰다. 하지만 안나는 나를 대비하고 있었다. 으르렁거리며 짧게 멈췄다가 내 옆을 지나 앞으로 질주했다. 헬렌도 지나쳤다. 그리고 완벽한 레이업 슛 성공.

'32-33'

다시 1점 뒤진 상황에서 나는 점수판을 힐끗 보고는 깜짝 놀라 움찔했다. 남은 시간이 30초였다. 숨을 돌릴 시간이 없었다. 캐롤라인이 헬렌에게 공을 패스하고, 헬렌이 드리블하며 앞으로 나갔다.

비앙카와 나 둘 다 손을 번쩍 들고 코트를 질주했다. 빅토리아 선수 두 명이 헬렌을 구석으로 몰자 헬렌이 공을 비앙카에게 패스했다. 하지만 비앙카는 간신히 드리블을 한 뒤 빅토리아의 슈팅가드에게 막혀 버렸다. 두 선수는 가슴을 맞대고 서 있었고, 비앙카는 빠져나갈 구멍을 찾으면서 공을 바닥으로 낮게 유지하고 있었다.

15초 남았다.

"피파!"

비앙카가 소리치며 나에게 공을 던졌다.

내가 공을 잡았지만 3점 슛 라인을 가까스로 통과하는데 카미가 나를 밀고 들어왔다. 카미가 다시 공 뺏기를 시도했고 나는 드리블을 하다 헛디뎌 뒤로 넘어졌다. 공을 재빨리 가슴으로 들어 올렸다.

한 걸음 더 움직이면 워킹 파울에 걸릴 것 같았다. 골대를 힐끗 보았다. 이 슛을 성공시킬 수 있을지 자신이 없었다.

땀방울이 눈으로 떨어졌다. 시간기록계가 5초 남았다고 알려주었다.

"언더독! 언더독!"

외치는 소리가 들렸다. 버디 목소리였다.

모두가 약자를 사랑해, 피파!

버디의 말이 생각났다. 그리고 갑자기, 나는 레이크뷰의 반짝

반짝 빛나는 체육관에서 나를 바라보는 200명의 관중, 그리고 서로를 바라보며 즐겁게 웃는 내 옛 동료들과 함께 있지 않았다. 그 대신, 공원에 있는 허름한 농구장에서 헛소리를 주고받으며 골대로 슛을 날리는 버디와 나만 있었다.

훌륭한 선수들은 모두 상대의 몸통에 집중하는 것이 요령이라는 걸 알고 있다. 왜냐하면 눈은 거짓말을 할 수 있고 어깨와 발, 머리도 거짓말을 할 수 있기 때문이다.

이 아이들은 모두 훌륭한 선수였다……. 그래서 나는 어깨를 앞으로 쭉 펴고 있다가 순간적으로 비앙카에게 다시 공을 패스했다. 비앙카의 본능과 공을 잡는 능력을 믿었다. 비앙카가 주장인 데에는 이유가 있었으니까.

2초를 남겨 두고 비앙카가 슛을 던졌다. 공이 들어갔는지 확인하려고 쳐다볼 필요가 없었다. 왠지 모르겠지만 온몸으로 느껴졌다.

버저가 울렸을 때 점수는 34 대 33이었다. 관중들이 미친 듯이 열광했다.

레이크뷰는 지난 일곱 경기에서 졌을지 모르지만 여덟 번째 경기는 우리 것이 됐다.

제27장 게임 오버

피터슨 체육관 안은 그야말로 대혼돈 그 자체였다.

관중석에서 환호성이 터져 나오는 동안 아마드 코치님은 목에 걸린 금화에 입을 맞추었다. 우리 팀 모두가 서로에게 달라붙어 동시에 뛰다가 끌어안다가 했으며, 스타시에는 내 귀에다 꺄악, 하고 너무 크게 소리를 질러서 고막이 찢어지는 줄 알았다. 나는 헬렌과 하이파이브를 나눈 후 비앙카를 돌아보았다.

"멋진 슛이었어."

"고마워."

비앙카가 존중이 담긴 눈빛으로 나를 보며 고개를 끄덕였다. 그러고는 헬렌을 안아 주러 갔다. 고개를 돌리니 엘리엇과 매튜가 코앞에 있었다.

“오늘 밤에 굉장한 쇼를 보여 줬네.”

매튜가 내게 하이파이브를 하며 말했다.

“경기 내내 우린 완전히 손에 땀을 쥐고 있었어.”

“고마워! 그런데 여기서 뭐 하는 거야? 마흔 살까지 군 교도소에 있을 줄 알았는데.”

매튜가 웃음을 터뜨렸다.

“나도. 그런데 네가 한 그 미친, 그러니까 친절한 행동이 파급 효과를 일으켰어. 이번에는 아빠랑 내가 서로 소리를 지르는 대신 대화를 나눴거든. 그리고 어떻게 된 줄 알아? 내가 음악학교 오디션 보는 걸 허락해 주셨어. 에블린 고모가 뭐라고 협박하든 상관없이.”

매튜가 활짝 웃으며 말을 이었다.

“넌 내 행운의 부적이야, 피파 박!”

매튜의 시선이 내 뒤에 있는 사람에게로 옮겨 갔다.

“안녕하세요, 코치님! 제가 이 아이에 대해 뭐라고 말씀드렸었죠?”

“네 덕분이야, 하버포드.”

아마드 코치님이 내 곁으로 다가와 내 등을 ‘세게’ 내리쳤다.

“올해 운 좋게 제대로 된 선수를 만났어. 내년에는 저 팀을 완전히 박살 낼 거야."

코치님과 매튜가 이야기를 나누며 조금씩 멀어졌다. 엘리엇은 그 두 사람을 힐끗 보았지만 조금은 길을 잃은 듯한 표정으로 내 앞에 뿌리를 박고 서 있었다. 승리의 아드레날린이 아직 많이 남아 있어서 몸이 쿵쿵 울렸다.

엘리엇의 눈부신 얼굴을 보면서 발을 동동 구르고 싶은 나를 간신히 억눌렀다. 비록 엘리엇에게 정신없이 푹 빠졌던 마음이 다소 열어지긴 했지만(나도 놀랐다.) 엘리엇이 말도 안 되게 완벽한 외모라는 사실은 부인할 수 없었다.

"비앙카가 마지막 슛을 제대로 성공시켰어, 그치?"

엘리엇이 고개를 갸웃거렸다.

"그랬지, 하지만 네 마지막 패스가 없었으면 우리가 경기에서 이기진 못했을 거야. 너 정말 잘했어."

가슴이 아주 조금 설레었다.

그만해, 피파.

"고마워, 어쨌든, 이제 가 봐. 비앙카가 기다리고 있을 거야."

엘리엇이 약간은 당혹스럽고 약간은 짜증난다는 표정을 불쑥 지었다.

"비앙카가 왜 나를 기다리고 있어?"

"네 여자친구 아니야?"

엘리엇의 눈썹이 가운데로 모였다.

"누가 그래?"

뭐, 비앙카랑 캐롤라인이 그렇다고 분명히 암시했지.

"음, 그냥 그렇게 생각했어, 그러니까, 가끔 비앙카와 만나는 거 같아서……."

"과외 때문이야."

엘리엇은 이런 식으로 흘러가는 대화가 불편하다는 표정을 뚜렷이 지었다.

"비앙카가 수학을 도와 달라고 부탁했어. 그때 너도 같이 있지 않았어?"

내 입이 벌어졌다. 그냥 과외라고? 그 이상은 없는 거야?

"어쨌든, 비앙카는 7학년이야. 난 7학년이랑은 연애 안 해."

아주 잠시, 딱 1초 동안, 내 기분이 완전히 구겨졌다.

당연히 엘리엇은 7학년이랑 연애 안 하지, 도대체 무슨 생각을 하고 있던 거야?

나는 스스로를 야단쳤다.

그때 문득 이 상황이 재미있다는 생각이 들어 웃음이 나왔다.

"뭐가 그렇게 웃겨?"

엘리엇이 미심쩍어하며 물었다.

"아, 아무것도 아냐. 그냥 행복해서, 그게 다야. 나중에 봐, 엘리엇."

"화요일에, 맞지?"

"화요일에!"

나는 자리를 뜨면서 어깨너머로 소리쳤다.

군중 속에서 형부와 버디를 찾아 헤매다가 마침내 버디를 발견했다. 놀랍게도 버디는 헬렌이랑 윈과 함께 서 있었다. 서둘러 다가갔지만 내가 인사를 하기 전에 윈이 내 어깨에 팔을 둘렀다.

"시합 시작 전에는 시간이 없어서 못 했는데, 그 일 때문에 내가 굉장히 속상했다고 말해 주고 싶었어."

윈은 목소리를 낮추고 내게 더 가까이 기대며 속삭였다.

"그리고 너희 가족이 빨래방을 한다고 해서 부끄러워할 필요 없어. 있지, 우리 엄마는 청소 일을 하시고 나도 장학생이야."

내가 깜짝 놀라 뒤로 물러서서 눈을 끔벅거리는데 헬렌이 손뼉을 쳤다.

"오늘의 승리를 축하해야겠어. 다 함께 말이야! 난 오늘 밤을 끝낼 준비가 전혀 되어 있지 않거든."

버디가 목이 부러져라 열심히 고개를 끄덕였다.

"변변치 않지만 제 소견으로는, 이건 우정과 명예…… 그리고 모두가 먹을 수 있을 만큼 많은 아이스크림을 필요로 하는 행사

입니다!"

헬렌이 킥킥거리며 웃었다. 헬렌이 버디와 얼마나 가까이 서 있는지 알아차린 나는 흠칫 놀랐다. 내가 눈짓을 하자 버디의 뺨에 뚜렷한 분홍빛이 나타났다. 놀라서 눈이 휘둥그레졌다.

버디가 시선을 딴 데로 돌리자 나는 헬렌을 향해 눈썹을 찡긋찡긋 움직였다. 헬렌이 활짝 웃었다.

"그럼, 우리 모두 듀오디너로 갈까?"

버디가 제안했다.

"난 괜찮을 것 같은데."

헬렌이 동의했다.

"잠깐만"

나는 목을 쭉 빼고 형부를 찾았다. 잠시 후 몇 걸음 떨어진 곳에 서 있는 형부를 발견했다. 나는 형부에게 달려가 귀에 속삭였다. 형부가 내 얘기를 들으며 고개를 끄덕였다. 환한 미소가 얼굴에 천천히 번졌다.

나는 친구들을 향해 말했다.

"더 좋은 생각이 있어. 우리 집에서 저녁을 먹는 게 어때? 우리 형부가 너희가 맛본 것 중 가장 맛있는 김치찌개를 끓여 줄 거야. 그리고 수박맛 아이스바를 먹으면 완전 감동일걸."

내일부터 나는 안 좋은 성적과 잘못된 선택으로 남은 결과물을 처리하기 시작할 것이다. 하지만 지금은 형부가 집으로 가는 길을 앞장서고, 나머지 내 친구들과 뒤를 따라가면서 같이 웃고 함께 농담하고 있다.

그리고 이번 학기를 통틀어 처음으로 내가 가식적으로 행동하지 않고 있다는 걸 느꼈다. 내가 그냥 나처럼 느껴졌다. 조금은 어색하고 조금은 너무 열정적이면서 조금은 쿨하지 않은.

하지만 순도 백 퍼센트의 피파 박으로.

작가의 말

이 책을 만드는 데 도와주신 너무나 많은 분께 깊은 감사를 드립니다. 한 분 한 분께 직접 감사의 말을 전할 시간은 부족하지만, 제가 여러분 모두에게 얼마나 많이 감사하고 있는지 알아주셨으면 합니다.

먼저, 끝없는 감사와 사랑을 트레이시에게 보냅니다. 트레이시, 당신은 이 책을 최고로 만드는 데 도움을 주고자 무한한 노력을 기울였어요. 제게 엄청난 피드백을 준 것을 포함해, 제가 구성상의 허점이나 다른 복잡한 문제를 발견할 때마다 도와주었고, 세상에서 제일 훌륭한 격려의 말을 전하며 영감을 주었습니다. 그 많은 간식은 두말할 것도 없고요! 케이트, 수잔, 엘로이

즈, 리즈, 그리고 엘렌. 여러분은 굉장히 어설픈 초안에서의 피파를, 제가 정말로 사랑하고 다른 사람들도 사랑하기를 바라는 근사한 인물로 바꿔 주었어요. 여러분의 지혜와 시간, 그리고 재능에 깊이 감사드립니다. 그리고 극도로 엉망인 일정표를 처리할 때 보여 준 인내심에 대해서도요. 니콜, 스테이시, 그리고 샘을 포함해 나머지 페이블드 팀원들에게도 끝없는 감사를 표합니다. 여러분은 모두 마법사예요, 그리고 여러분 모두와 함께 작업하는 게 정말 즐거웠어요.

또한, 우리의 훌륭한 일러스트레이터 베브 존슨에게도 특별한 감사를 전합니다. 베브가 책 표지에 묘사한 피파를 처음 보았을 때 거의 울 뻔했어요. 너무나 아름다운 작품이었거든요!

그리고 물론, 데브라, 질리안, 제이미, 그리고 패트를 포함해 책 뒤에서 이 책의 현실성을 구현하는 데 도움을 준 다른 모든 분께도 어마어마한 감사를 표합니다. 여러분 모두가 없었다면 이 일을 할 수 없었을 거예요!

다음으로, 저의 영원한 사랑과 감사를 가족에게 보냅니다. 엄마와 아빠, 항상 저를 믿어 주시고 제가 쓰러지면 일으켜 세워 주셔서 고마워요. 두 분의 끝없는 지지가 없었다면 이 책은 고사하고 저도 존재하지 않았을 거예요.

세계 최고의 형제자매인 나탈리와 다니엘도 고마워. 두 사람은 나를 격려하고 도전하게 하며 놀라게 하는 데 실패한 적이 없어. 그리고 가족에 대한 감사 인사에서 우리 반려견 벨르와 요코에 대한 언급을 빼놓을 수 없죠. 요코, 너는 '가장 산만한 개' 상을 받을 수 있을지도 몰라, 하지만 네가 끝없이 짖어댄 덕분에 이따금 글쓰기에서 멈춰 휴식을 취할 수 있었어. 그러니 아마 네가 나를 보살펴 주고 있었을지도 모르겠어.

내 친구들 모두에게 감사를 보냅니다. 제 글쓰기에 대한 친구들의 지지, 열정, 그리고 공감에 정말로 깊은 감동을 받았어요. 야사스위 피수파티와 제니 듀오 청, 내 책이 출판되면 감사의 말 페이지에 너희들을 언급하겠다고 약속했었잖아, 그래서 자 이렇게 나왔어.

너희 둘은 내 모든 책에서 감사의 말에 나올 자격이 있으니 지극히 당연해. 그리고 알렉스, 나를 위해 해 준 모든 것과 이 책을 위해 해 준 모든 것에 감사해. 넌 내가 무언가로 갈등할 때마다 '도움을 얻기 위해 찾는' 사람이야. 수십 개의 가상 구성과 등장인물 문제에 답을 해 주고 새벽 2시에 '이 이름 중에서 가장 기분 좋은 소리가 나는 건 어떤 이름이야?' 같은 질문을 메시지로 보내도 불평하지 않았어. 피파에 대한 너의 열정과 지지는 항상 나를 부끄럽게 만들어. 사랑해.

마지막으로 이 책을 집어 든 모든 독자 여러분 고맙습니다. 이 책은 저에게 세상을 의미하거든요. 지금 당장은 제 목소리가 들리지 않겠지만 전 정말로 외치고 있어요. 당신은 대단하다고요.

에린 윤Erin Yun

작가 에린 윤과의 Q&A

Q『피파 박, 나만의 게임』을 쓸 때 본인의 경험에 바탕을 두었나요?

A 저희 엄마는 한국인이고 아빠는 폴란드와 독일 혼혈이세요. 이 책에서 주인공은 한국계 미국인 소녀이고 이 여자아이가 좋아하는 많은 것들, 즉 팥으로 속을 채운 호두과자부터 〈꽃보다 남자〉 같은 한국 드라마에 이르는 많은 부분을 저 역시 자라면서 참 좋아했습니다. 피파가 고스톱 게임을 하는 추석 장면도 저희 엄마가 평소에, 할아버지가 사활이 걸린 도박판에서 농장을 잃었다고 하던 얘기에서 영감을 받았어요. 이 얘기가 사실인지 아니면 엄포를 놓기 위한 엄마의 전략

인지 잘 모르겠어요. 아무튼 저희 남매는 엄마의 뛰어난 고스톱 실력에 항상 용돈을 잃었답니다.

Q 인물의 성격을 어떻게 창조했나요?

A 책의 초안을 작성할 때 제일 재미있었던 건 『위대한 유산』의 어떤 등장인물을 『피파 박, 나만의 게임』의 어떤 등장인물과 연결할지 정하고, 새로 만든 등장인물을 본래 인물과 얼마나 다르게 할지 정하는 거였어요. 책에 맨 처음 나온 인물에는(물론 피파 말고도!) 비디(버디), 조(정화), 그리고 에스텔라(엘리엇)가 있습니다.

Q 책에서 어떤 인물을 제일 좋아하나요?

A 이 질문은 좋아한다는 말의 정의에 따라 달라질 것 같아요. 이 책은 일인칭 시점에서 쓰였기 때문에 저는 피파의 관점에서 너무나 많은 시간을 보냈습니다. 때로는 피파에게 가장 비판적일 때에도 피파를 약간 편애하지 않을 수가 없었어요. 하지만 형부인 정화에게도 굉장히 마음이 가요. 마음이 너무 따뜻하고 피파에게 아버지 같은 존재거든요.

***Q* 피파 박의 성격을 창조한 과정을 좀 더 알려 주세요.**

A 책을 쓰기 시작하기도 전부터 이미 피파의 성격에 대해 브레인스토밍을 하고 있었어요. 피파의 스케치를 그리고, 피파라면 들을 법한 노래의 플레이리스트를 만들고, 피파의 성격검사를 하기도 했죠.(궁금한 분이 있다면 피파는 ESFP입니다.) 또한 피파가 친구나 언니, 혹은 선생님들과 나누는 무작위 대화를 공상하기도 했어요. 이 모든 과정이 제가 피파의 목소리에 대한 느낌을 갖는 데 도움이 되었습니다.

***Q* 피파가 작가님 자신을 떠올리게 하나요?**

A 흠, 어떤 면에서는 맞아요. 예를 들면, 우리 둘 다 말다툼이 벌어지면 눈물부터 터뜨려요, 수학을 지독하게 못 하고, 호두과자를 사랑하죠. 하지만 그만큼 상당히 다르다고도 생각해요. 피파는 저보다 훨씬 활기 넘치고 더 대담해요. 전 피파보다 조금 더 내향적이고 공상을 많이 했어요. 게다가, 피파가 저보다 농구를 더 잘한답니다. 그러니까, 훨씬 훨씬 더요.

Q *정화와 미나, 그리고 피파 사이에서 핵심 가족 관계와 역동성에 영감을 준 것은 무엇인가요?*

A 정화와 미나 부부의 관계는 다양한 많은 영감에 기반을 두었어요. 『위대한 유산』의 조 가저리와 가저리 부인 간의 관계는 물론이고, 제가 자라면서 가장 좋아했던 한국 드라마 중 〈꽃보다 남자〉에서 잔디 부모님 사이의 관계에서도 저희 부모님 두 분간의 역동성을 엿볼 수 있었는데, 거기에서도 영감을 받았습니다. 어렸을 때 제가 늘 알고 있던 일반적인 규칙이 있었어요. 만약 새 휴대폰처럼 큰 게 필요할 때는 저희 엄마가 '그래.'라고 말할 가능성이 가장 컸지만, 잡지나 아이스크림처럼 뭔가 작은 게 필요할 때는 같이 가주는 사람이 아빠였다는 사실이죠.

Q *왜 작가가 되었나요?*

A 특별한 이유는 없어요. 제가 항상 하던 일이 글쓰기였고 제일 좋아하던 일이 글쓰기였어요. 제가 기억하기 훨씬 전부터 글을 써 왔어요. 처음에는 낡은 공책에 너무 엉망진창인 손글씨로 써서 아무도, 저조차도 알아보기 힘든 상태예요.

시간이 좀 더 지난 후에는 컴퓨터 사용 시간을 두고 제 형제들과 싸워서 이길 때마다 컴퓨터를 켜 글을 썼습니다.

Q 글을 쓰다가 문제가 생기면 보통 어떻게 하시나요?

A 음악을 듣거나 그냥 멍하니 있는 편이에요. 일단 마음이 편해지면 제 마음속에 있는 다양한 등장인물들의 대화가 들리기 시작해요. 종종 제가 쓰고 있는 장면이 아닐 때도 있어요. 가끔은, 심지어 지금 쓰고 있는 작품의 인물이 아닐 때도 있고요. 하지만 창의력 향상과 새로운 관점을 얻는 데 도움이 되고, 그러다 보면 다시 활기를 얻은 기분으로 문장으로 돌아가게 됩니다.

Q 글을 쓰지 않을 때는 무엇을 하는 걸 좋아하세요?

A 저는 토론과 여행(좋아하는 장소는 서울과 런던이에요.), 게임을 좋아해요. 〈마리오 카트〉 게임을 진짜 못하지만 어리석게도 그 게임에 경쟁심이 강하답니다.

옮긴이의 말

중학생 때 종종 이런 상상을 했습니다. '딱히 불만이 있는 건 아니지만, 뭔가 극적인 사건이 내게 벌어졌으면 좋겠다!' 복권 당첨이나 친척의 막대한 유산 상속, 혹은 재벌급 친부모가 갑자기 나타난다는, 지금 적어 놓고 보니 온통 일확천금에 대한 열망이 깔린 그런 드라마 같은 상황을 막연히 꿈꾸었죠.

피파의 이야기를 읽으면서 그 시절 제 모습이 떠올라 웃음이 났습니다. 와, 이런 일이 진짜 벌어지다니, 피파는 정말 좋겠다 하며 수십 년 전의 상상이 실현된 듯 대리 만족을 느끼기도 했습니다. 콧대 높은 사립중학교 학생과의 수학 과외라는 끔찍한 상황이 독보적인 만찢남과의 만남, 명문 사립중학교 입성,

학교를 지배하는 로열 무리에 합류하는 과정으로 이어지니 얼마나 짜릿하고 행복할까 싶었거든요. 그러면서도 마음 한구석에서는 결국 이 거짓말이 오래가지 못할 거라는 예감이 들었고, 그 과정에서 피파가 최대한 덜 상처받기를 바랐습니다. 그만큼 피파의 마음과 성장에 공감하고 몰입했던 듯합니다.

새 친구들에게 실제 자기 모습을 감추면서도 이건 거짓말이 아니라고 합리화하는 피파의 변명이나 곳곳에 등장하는 한국 간식과 드라마, 케이팝 가수 이야기는 또 얼마나 생생하고 현실적인지 글을 옮기는 내내 흥미를 놓을 수 없었습니다.

열심히 생계를 꾸리며 아메리칸 드림을 실현하려는 재미 한인들의 삶은 지금도 진행 중인가 봅니다. 하지만 나는 부모와 다르게 살겠다며 자신이 원하는 바를 주장하고 선입견을 깨려는 청소년들의 움직임은 역시 미국에서도 다르지 않네요. 상상이 뚝딱 실현되지 않았으면 어떤가요, 부디 정체성을 찾아가는 모든 청소년의 삶이 발랄하고 생기 있기를 바랍니다.

2022년 9월

이은숙

초판 발행 2022년 09월 25일
초판 2쇄 2022년 10월 15일

지은이 에린 윤
옮긴이 이은숙
발행인 이진곤
발행처 블랙홀
출판등록 제 25100-2015-000077호(2015년 10월 26일)
주소 경기도 파주시 문발로 405 제2출판단지 활자마을
전화 02-338-0092
팩스 02-338-0097
홈페이지 www.seentalk.co.kr
E-mail seentalk@naver.com

ISBN 979-11-88974-63-4 44800
979-11-956569-0-5 (세트)

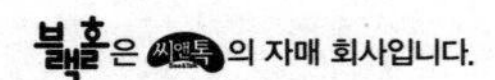